昭通师范高等专科学校学术著作出版基金资助

走进昭通文学

——昭通文学创作研究

刘廉昌 著

云南大学出版社

图书在版编目（CIP）数据

走进昭通文学：昭通文学创作研究／刘廉昌著，—昆明：云南大学出版社，2008

ISBN 978－7－81112－582－5

Ⅰ．走…　Ⅱ．刘…　Ⅲ．当代文学—文学评论—昭通市—文集　Ⅳ．I206.7－53

中国版本图书馆 CIP 数据核字（2008）第 055250 号

走进昭通文学——昭通文学创作研究

刘廉昌　著

责任编辑：李兴和　李　平
责任校对：段建堂
出版发行：云南大学出版社
印　　装：昆明银河印刷厂
开　　本：787mm×1092mm　1/16
印　　张：14.5
字　　数：210 千
版　　次：2008 年 6 月第 1 版
印　　次：2008 年 6 月第 1 次印刷
书　　号：ISBN 978－7－81112－582－5
定　　价：30.00 元

社　　址：云南省昆明市翠湖北路 2 号云南大学英华园内（邮编：650091）
发行电话：0871－5033244　5031071
网　　址：http://www.ynup.com
E－mail：market@ynup.com

序 言

蒋仲文

刘廉昌先生的文学评论《走进昭通文学——昭通文学创作研究》结集出版，实在令人欣喜。这本文集，收集了他多年来以极大的热情，孜孜不倦关注昭通文学创作，跟踪昭通作家成长所写的评论文章。这本有相当分量和深度的文集，是研究昭通作家的第一本个人专著。现在，昭通作家群及文学现象已引起全省、全国瞩目，正产生着越来越大的影响。这本集子的及时出版，无疑有着极为特别的重要意义。我在读他的这些文章时，清楚地感到，他为了写就这些文稿，作了极为充分的理论准备，这从他在文章中引经据典所列出的长长的参考书目，便可看出。

廉昌的评论文章，有着鲜明的行文风格，他的文风朴实隽永，轻盈灵动，如行云流水，从容而不拘谨，自如而不平庸，审慎而不矜持，恬淡而不寡味。他娓娓道来，字里行间透着飘逸睿智、理性的光彩。他不溢美，不做作，不狷躁，不浮丽卖弄，故作深奥，不趋炎讨好，揣摸人意，投其所好。读这些文字，有如品咂一杯龙井，幽香暗动，清雅内敛。但细细品来，却决不乏思考的力度、理论的根基。正是居于他胸有成竹，对立论的自信，文字才敢于如此淡定，平易近人，这反让他的文论有了更强的说服力和感染力。更为可贵的是，当文中涉及较深的理论时，他尚能沉着应对，举重若轻，深入浅出，全无评论文章常见的枯燥涩腻、形同嚼蜡的毛病。

文集中有两篇从整体的视角探讨昭通文学的文章：《从使命意识到生命意识》（以下简称《使命》）、《朴拙与灵秀》（以下简称《朴拙》），前者研究昭通作家创作思想的演变发展，后者探索昭通作家的创作风格。在《使命》一文中，作者指出“从使命意识到生命意识，这就是二十多年昭通作家思想演变发展的轨迹的简要概括”。接着，作者从两个方面论述了昭通作家使命意识的发展与深化。“第一，对旧的陈腐的传统观念的否定与批判，对人物心灵深处的奴性心理的揭示与嘲讽”，指出“否定精神是文学精神指向中最主要的内涵之一……一部辉煌的世界文学史,可以说就是由否定精神建构起来的历史”。“第二，昭通文学对于主体性的探索还表现在对人的自身价值的掌握与肯定上，表现在作品的主人公对人的情感、个性和人的权利、幸福合乎情理的追求，这是作品的人文精神的又一重要表现。”并结合小说《金沙江，河滩地》、《怪病》、《香香啊香香》、《白鸡》等作品，对以上论点作了极为深入可信的剖析。在“面对时尚化写作的坚守与借鉴”中，作者从四个方面论证了时尚化写作思潮形成的时代背景，表现和危害，指出“面对着文学上的这些新浪潮，昭通作家曾迷惘过，何去何从，他们艰难地决策。然而最终他们选择了坚守，在坚守的基础上进行批判、借鉴、吸收”。结合小说《布袋里装的什么》、《寄望》、《死胎》、《荒唐》、《四爷收徒》、《皇木滑竿》、《刘当当外传》等作品，做了层层深入的解剖分析，得出这样的结论“当国内时尚化写作在一些作家中一浪接一浪地向前推进的时候，昭通作家首先是没有盲目地去跟风追风，坚持了现实主义这一基本的创作路线；没有忘记文学应担负的社会责任，没有忘记自己所坚守的这一片红土地，并且力图在创作中找到自己”。这些论断是完全切合昭通作家的创作思想的，充分说明了昭通文学在起步时就关注全国的文学创作思想，吸纳有益的东西，就是站在了一个健康的较高的起点上向前走的，是和当时全国的文学发展同步的。在“生命意识的切入与张扬”中，作者指出“生命意识这个概念是在文学界对人性和人物的精神世界的深入探索之后产生的。但在理解与实践过程中，曾出现过一些畸变现象与人文精神的失落”。“笔者认为，文学的生命意识的表现，既离不开自然的生理的人，又离不开社会的、文明进化的、智慧的人，离开了任何一个侧面，都不是真实的具有完整意义的现代人。”“昭通作家对人的生命意识的表现……可概括为三个方面：一是对人的美好的自然属性的描写与张扬；二是对人的复杂的精神状态与心理的更深的解剖与表现；三是对山区贫苦人民与弱势群体的生存状态与生命价值的表现与拷问。特别是在第三点的表现上，显示出了昭通文学的价值与生命力，因而得到了文艺界的肯定。”从这几段文字中，我们可以清楚地看到，廉昌对文学作品的生命意识的认识，和对昭通作家在这方面创作思想的深化的评论，是十分准确而深刻的。他结合小说《狼舞》、《水鬼》、《好大一对羊》、《随水而去》、《乡村雕塑》等小说，细致而颇具概括力度地进行了剖析，使人更为清楚而深刻地认识到了昭通作家作品极为丰厚的思想性和艺术性。

在《朴拙》一文中，廉昌相当深入地分析了昭通作家的创作风格。指出“昭通文学现象这个概念的出现显示了昭通作家正逐步走向成熟”，“作家作品走向成熟的重要标志之一就是风格的形成。所谓风格，就是作家的创作个性，是作家的作品从内容和形式相统一中所表现出来的创作特征，也就是作家特有的格调、韵味和风采。”因此，“我便用‘朴拙与灵秀’这一词组来概括昭通作家诗人的创作风格”。这篇一万多字的文稿，不只发扬了他论点鲜明，论据充分，娓娓道来，冷静剖析，层层深入，结论可信的文风，对作家作品的解剖，就更加细致深入。他小心地求证着，寻找着每一个作家作品中的长处，怕遗漏了人家细微的优点，这是出于一种责任，一种谦虚，更是出于一种深爱，一种真诚。我读这些文章时，十分清晰地感觉到了廉昌一贯做人和作文平静祥和的状态，伸手便可触摸到他那颗诚挚而温暖的心灵。我的心被真真切切地感动了，灵魂为之一震，就有了一个大的感悟——到了我和廉昌这样的年岁，写作已是一种内心的自省，一种对心灵的抚慰，它和用以去换取名望和金钱，已是毫不相干，作为见证了昭通作家从初始到辉煌全过程的我们，已得到了这片热土给予我们生命般宝贵的馈赠和厚爱，在我们的心里，能够容得下的，就只有感恩了。

我对无数曾为昭通文学走向辉煌付出真诚关爱的人，都抱着深深的敬意。

我对刘廉昌先生，永远心存敬意。

如果说这本集子还存有什么欠缺的话，那就是作者的视点主要集中仍在昭通本土作家作品上，对现在活跃在昆明的一批更年轻、更有潜力的昭通作家作品，未涉猎到。我想这主要是受制于作者的阅读范围吧。真诚地盼望廉昌取得更大的成绩。

2007 年 5 月 19 日

目 录

序言 …………………………………………………………………… 1

昭通文学创作的总体透视

从使命意识到生命意识
——昭通作家创作思想的演变与发展 ……………………………… 3
朴拙与灵秀
——昭通作家创作风格论 …………………………………………… 18
对昭通小说创作的思考 ……………………………………………… 34
高原风起
——崛起的"昭通文学现象"访谈 …………………………………… 39

作家作品研究与赏析

风云变幻显英豪
——评曾令云的长篇小说《龙卢演义》…………………………… 47
小城风情和人物心灵的写照
——夏天敏小说创作的特色 ………………………………………… 57
注重精神世界的深层开掘
——漫话夏天敏的近期创作 ………………………………………… 67
于细微处见精神
——简评《乡场上的皮匠》………………………………………… 75

《好大一对羊》的悲剧色彩
——兼与《四爷收徒》、《皇木滑竿》相比较 …………………… 78
《乡村雕塑》的忧患意识
——夏天敏中篇小说评析 ………………………………………… 83
复杂人性的深入窥探
——蒋仲文小说、散文的思想探索 ……………………………… 88
金江浪涛雕塑的人物形象
——漫谈邹长铭小说《驿道》中的人物刻画 ……………………… 95
梦境的不断构筑与击碎
——评宋兴菊的恋情小说 ………………………………………… 103
滚烫的情感
——《为情痴傻的女人》序 ……………………………………… 107
从红土地上升华
——关于《灵魂游荡村庄》和《另一个悬崖》…………………… 110
披荔带萝长爪郎
——谈樊忠慰的诗歌创作 ………………………………………… 113
苦闷生命的延伸
——评麦芒的两本诗集 …………………………………………… 121
麦芒诗歌的意象空缺美 ……………………………………………… 124
最本真的生命理想
——解读青年诗人夏吟的诗作 …………………………………… 129
自有诗心如火烈
——读《寻梦——陈剑宁诗选》…………………………………… 134
人化自然的优美篇章
——评王昭荣的黑颈鹤散文诗 …………………………………… 137
清纯优美的儿女情长
——细读《王昭荣红尘散文诗》…………………………………… 141

风雨耕耘写青春
——评散文集《沧海萦梦》…… 144
人物性格的撞击
——评刘平勇的小小说《窗口》…… 147
真挚情感的呼唤
——评王昭荣的诗《爱情颂歌》…… 149
劳动把春天打扮得更美
——评沈洋的散文《感受春天》…… 151
春华秋实　异彩纷呈
——昭通市第一届文学创作优秀成果评奖述评 …… 153
悲壮惨烈的历史　真实生动的描述
——陇承弼《血祭乌蒙魂》评介 …… 158
情感穿透现实的农村生活画卷
——评刘平勇的散文集《行走的草垛》…… 161

创作理论探讨

从生活到艺术
——文学创作的基本过程 …… 171
变形与求真
——文艺创作规律探索之一 …… 183
景因情美　形以神聚
——文学创作规律探索之二 …… 191
求异思维与诗美
——文学创作规律探索之三 …… 200
作家不能没有责任感 …… 203
20 世纪 80 年代小说的发展、超越与反思 …… 206
后记 …… 222

昭通文学创作的总体透视

从使命意识到生命意识

——昭通作家创作思想的演变与发展

研究昭通作家群的创作思想的演变发展，是研究昭通文学现象的核心内容之一。因为创作思想指导、规范和制约着作家的创作，它不仅能够解释作家从事艺术创作的内在动因，而且在一定程度上能够显示作家创作的思想价值和艺术价值。研究创作思想不仅有利于作家更好地认识和反思自己的创作历程，总结艺术经验，而且有利于促进文艺创作的繁荣发展，并把它植根于更坚实的基础之上。

创作思想包含创作动机、创作的总主题和创作方法等相互联结有机组合的几个方面。创作动机也就是为什么创作，这涉及作家对文学创作意义的根本理解。中国现代文学史上曾经出现过“为人生”、“为艺术”的创作动机，以后又出现过“为政治”的创作动机，20 世纪 80 年代西方现代派的思想进入中国以后，又出现了“为宣泄”、“为游戏”或进一步为“玩”的创作动机。不同的创作动机导致作家对生活进行观察的不同视角和创作时的不同切入点以及不同的价值判断，也就导致了作家在他的一系列作品中所表现出来的总主题的不同。创作动机和创作的总主题又常常导致或决定着作家对创作方法的选择。因此，在创作思想当中，创作动机是最根本的东西，研究创作思想也就必然从研究创作动机开始，再接着深入探索下去。作家的创作动机是由作家的世界观、文艺观和个人经历以及学识所形成的，并且是他的文学观的最直接体现。

生活在昭通这块贫瘠的土地上而又扎根于人民群众生活之中的昭通作家们，二十多年来，一直坚守着文学这块绿洲，坚持着一条严肃的创作道路，坚持着自己的创作思想，不媚俗，不追求所谓的时尚化写作，不被那些时髦的光怪陆离的创作流变所左右，终于坚韧不拔地成长起来，结出硕果，崭露头角；同时昭通作家又并非拒绝接受新的思想，并不拒绝吸收新的创作方法和技巧，因而在创作思想方面既有坚守又有发展变化。从使命意识到生命意识，这就是二十多年来昭通作家创作思想演变发展的轨迹的简要概括。下面我将通过具体的描述和论证来说明昭通作家创作思想发展变化的这一历程。因为小说创作最能体现创作思想的演变与发展，所以本文的论述和例证都以小说为主。

一、使命意识的发展与深化

现在仍然活跃在昭通文坛上的一批中年作家（大多50岁左右，少数的年纪大一点），他们在青年时代就带着强烈的使命感和责任感走上了文学创作的道路，他们接受过文学为人民大众服务、为工农兵服务的熏陶与教育，期望作家成为“人类灵魂的工程师”。他们并非专业作家，却坚持不懈地致力于文学创作，带有强烈的使命意识。

新时期昭通作家从事创作的使命意识有一个不断深化发展的过程，大体可分为两个阶段。第一个阶段是20世纪70年代末到80年代中期。当“文化大革命”刚刚结束不久的时候，文学开始复苏，昭通作家便开始了自己的思考与创作。那时，他们的使命意识还带有较强的政治色彩，把批判“极左”路线造成的危害和塑造人的美好灵魂作为自己的使命。在当时“伤痕文学”和“反思文学”成为全国文学的大气候，昭通作家也产生了自己的“伤痕文学”作品。也许由于地理条件的影响，昭通的“伤痕文学”持续的时间较之全国更长一些。这一时期最有震撼力的作品是邹长铭的短篇小说《金沙江，河滩地》。这是由两个短篇构成的震撼人心的作品。其中的《河滩地》描写一个暴力崇拜狂德荣，在那丧失理性的年代所产生的盲动与犯罪。德荣的祖父曾经因为刀劈土匪头子而在小镇上名噪一时享有荣光。德荣向往着像祖父那样“鬼头刀凌空一闪，鲜艳的红绸抖出一朵花，土匪的头骨碌碌滚出两丈多远”，他向往这出人头地的无上荣光。文化的荒漠与理性的蒙昧，使他的向往变成了愚蠢的犯罪。“文化大革命”中当一个造反派鼓动“反革命要暴动”时，德荣兴奋地加入了杀人的队伍，亲手将一群“反革命”一一用绳索捆绑成串，用梭镖捅下了悬崖。后来德荣在监狱中开始忏悔并自残断指，出狱后他跪在被他杀害的陆明的母亲面前请求宽恕，陆母并没有原谅他而是用那无牙的嘴狠狠地咬了德荣那个断指一口，仇恨仍然埋藏在她心里，在老人的心中照样不存在恕道。作家在这里不仅批判了“文化大革命”中由于“极左”路线的鼓动与猖獗而使人们丧失理性，揭露“文化大革命”造成的“伤痕”是那么刻骨铭心，进而揭示了“极左”路线泛滥的土壤正是那文化的荒漠与理性的蒙昧。在这互为因果的现实之中，仇恨代替了关爱，偏执代替了同情与谅解，疑忌代替了宽容。作者在揭露“伤痕”的同时，呼唤理性，呼唤关爱，呼唤同情与谅解，表现出人文主义的深刻内涵。在全国伤痕文学和反思文学的影响下，昭通也曾出现过一大批类似的作品，但在思想的深刻性方面，《河滩地》是最为突出也最有代表性的一篇。这一时期的使命意识，虽然还带有较强的政治色彩，但已经超越了为政治服务的狭隘范畴。

昭通作家的使命意识深入发展的第二个阶段是 20 世纪 80 年代中期以后。这时全国正是文学的主体性理论传播的时期。主体性理论强调“两个宇宙”，即人与外部世界相联系和互动的外宇宙和作为人的精神世界的内宇宙。主体性理论再一次肯定了“文学是人学”的这一重要命题，并深化了这一命题。它的深化表现为：在文学领域中恢复人作为实践主体的地位；应当注意精神主体的双重结构，即精神主体的表层结构（理念）和深层结构（潜意识）和介乎两者之间的经常处于浮沉状态的情感；不仅要求尊重某一种精神主体而且要尊重和肯定不同类型的精神主体。在这一时期的理论主导下，文学创作注重揭示人的丰富而复杂的精神世界，而比较倾向于淡化和远离政治。在这一创作思潮的影响下，昭通作家的创作开始了对人物心灵即人物的丰富复杂内心世界的探索与进军。然而在这个探索中昭通作家并非着眼于人的纯自然或者说兽性的描绘与揭露，而是比较注重于由人的社会性所构成的人物的内心世界的探索，同样没有忘记为塑造人的美好灵魂服务的这一重要使命。

20 世纪 80 年代前期昭通的文学刊物已由《新花》更名为《千顷池》。从 1980 年至 1990 年，辛勤耕耘的作者们都在对文学体现人的主体性方面进行不懈的探索，到对人物的丰富复杂的内心世界进行不懈的探索。这种变化着重表现为在社会发生重大变革的时期人的价值观念的变化，包括人的思维形式、情感方式、地位尊严、审美情趣及其评价等方面的变化，表现出了强烈的现代意识。这种探索在两个方面表现得尤为突出：

第一，对旧的陈腐的传统观念的否定与批判，对人物心灵深处的奴性心理的揭示与嘲讽。王显亲的短篇小说《怪病》批判了根据人的出身门第、头衔地位以及权势等级来衡量人的价值的世俗观念。另一篇《香香啊香香》描写一个现役军人在即将开赴前线参战之前与自己心爱的姑娘“偷吃禁果”，战士为国捐躯，姑娘却因“有伤风化”而被父母驱赶，被同龄人诟骂。这两篇小说的题材在今天看来并不新颖，主题也并不深刻，可是在当时却是对现实生活的有力针砭，它揭示出传统观念在某些地方还是相当顽固的。这是表现人物与社会之间的观念形态的冲突和对某些传统观念和习惯势力的否定——社会正是在不断否定中前进的。

否定与批判也是文学家、思想家的使命意识的表现，是作品人文精神的表现。没有否定与批判，社会就不会进步，文学也就在很大程度上失去了它的价值。评论家雷体沛说：“否定精神，是文学精神指向中最主要的内涵之一。莎士比亚对不完美人性的否定，巴尔扎克对资本主义社会金钱丑恶的否定，艾略特对造成精神荒原的现代社会的否定，鲁迅对‘吃人’的中国文化负面影响的否定……一部辉煌的世界文学史，可以说就是由否定精神建构起来的历史。”[①] 新时期的昭通文学是以否定与批判精神为基础发展起来的，虽然它具有的否定精神还不够深刻，还缺乏自己独到的挖掘与表现，但它毕竟给自己的发展找到了一个坚实的立足点。

第二，昭通文学对于主体性的探索还表现在对人的自身价值的掌握与肯定上，表现在作品的主人公对人的情感、个性和人的权利、幸福合乎情理的追求，这是作品的人文精神的又一重要表现。已故女作家钟文蕙的短篇小说《迟暮的心》就是在那一段时间女性文学中较有代表性的一篇作品。作品中的女主人公青春已逝，由于时代和观念的束缚，当她该爱的时候没有去爱，以致三十多岁了还没有体验过爱情的欢乐。然而生活的打击让她意识到她所贞守的家庭也维持不住，时代的春风唤醒了她沉睡的爱情，她怀着忐忑不安、矛盾重重的心情走向洋溢着热烈与欢乐气氛的舞会，去追求她心目中希冀的爱情。尽管她的追求还很渺茫，但毕竟是她心目中的女性意识的觉醒，人的价值意识的觉醒，同时也是对那个封闭的非理性时代人的自身价值被无情践踏的悲叹与批判。夏天敏的短篇小说《白鸡》的题材与《迟暮的心》完全不同，但它们的主题思想却有异曲同工之妙。小说《白鸡》通过一个书包子（即迂夫子）的生活命运的悲叹，揭示了在那个愚昧而荒谬的时代对人的生存价值的践踏。《白鸡》写的是一个被旧时代遗弃又为新时代所不容的知识分子的悲剧形象。旧时代的教育使他成为只会死读书读死书而缺乏劳动技能的人，而新时代的出身论又使他连出卖文墨维持生计的路子也断送了，于是他只好靠到车站当挑脚出卖劳动力来维持生活和奉养老母。从外表看，他似乎麻木了，但他还有情感和追求。

他希望和别人进行情感交流，当这一点追求都为现实所不容时，他只好把自己的爱与情感奉献给一支白鸡，喂它，养它，不是为了吃它，

①雷体沛：《敢问作家：我们还存留了多少文学精神》［N］.《文艺报》，2004年2月17日第3期。

而是为了与它谈话。然而就连这个最卑微的愿望最后都失去了，他终于疯了。这形象令人想起鲁迅先生笔下的孔乙己，但他比孔乙己还不如。“孔乙己还可以在咸亨酒店就着一碟茴香豆喝上一碗黄酒来消忧解愁，并卖弄知识来做自我安慰，而这些享受对于这位书包子来说都是痴心妄想。作家在悲叹中批判了漠视人的生存权利的现实环境和人际关系，从而肯定了这一类小人物也应有的生存价值，呼唤人与人之间的理解与宽容。”①

这一时期的昭通文学的创作方法，基本上是沿着现实主义的道路在发展深化。从表现人与外部环境的矛盾到表现人的心灵世界的矛盾冲突，而且越来越细微。作家在作品中所表现的主体精神和运用弗洛伊德的精神分析学来塑造人物形象时，不是用形象去图解概念，而是将对理论的理解自然而然地融入人物形象的内心世界；不是赶时髦，而是借助新的理论去深化人物性格。

二、面对时尚化写作的坚守与借鉴

所谓时尚化写作是指在一定历史时期某些作家们所追随的一种创作倾向。随着我国改革开放的深入和市场经济的发展，各种文艺思潮的流入，文学也不可避免地出现了追逐潮流和迎合市场的倾向。时尚化的写作被不少作家认为是创新和新潮，反之则被认为是守旧与落伍。时尚化写作虽在不同的历史时期有不同的表现，但纵观20世纪80年代到90年代的文学，时尚化写作既表现在创作思想上也表现在创作方法与表现手法上，归纳起来有以下几点：

第一，在西方现代主义和后现代主义的影响下，文学作品偏重表现人与人之间的冷漠残酷和个人精神上的矛盾与压抑。在创作方法与表现

①周天忠：《乱花渐欲迷人眼》［J］.《昭通作品》，1986年第2期，第78～80页。

手法的运用上则表现为意识流、荒诞、黑色幽默与魔幻现实主义，等等。这一时期的小说创作几乎是以拉美文学作为范本，《百年孤独》、《第二十二条军规》、《新房客》、《等待戈多》等作品被时尚化作家们奉为楷模。更有甚者，有的作者就以这些作品为模子进行模仿写作。

第二，在弗洛伊德精神分析学的影响下，作家们着重挖掘人的精神上的深层次的东西，即注重表现人的潜意识和下意识的层面上的东西，即所谓非理性的因素，不仅表现为人物性格描写的心态化，而且出现了非理性写作的倾向。为了表现弗洛伊德所谈的人从事一切活动的动力都来自饥饿与性欲，于是露骨的性描写大量充斥于作品之中。这种追求感官刺激的描写给作家带来了市场效应，但也产生了精神贬值的不良影响。

第三，叙事手法的民间化倾向。原来强调“作家是人类灵魂工程师”，所以在叙事手法上不仅包含着作家的爱恨褒贬，而且作家还有意识地肩负着引导读者给予思想和指点迷津的作用，是站在导师的立场上来写作的；而民间化倾向，则是作家不再扮演导师的角色，而将自己隐藏在任何一个角色之中，以一个故事见证人的身份来进行写作。这种写作给故事提供了另一种诠释的方法。由莫言的《红高粱》开始。《红高粱》写一个土匪头子的抗日斗争，远离了党史对国共两党抗日的诠释，而着力于表现民族意识，并由此而开拓出了土匪故事与家族史的题材。王朔的写作叙事手法和语言运用其民间化写作更进一步，由标题就可窥其一斑，什么《玩的就是心跳》、《过把瘾就死》之类。不仅如此，还进一步发展到《千万别把我当人》、《我是流氓我怕谁》，因此，人们就把它称为“痞子文学”了。

第四，个人化写作和身体写作。所谓个人化写作，按照某些作者的解释认为，写作完全是个人行为，与社会责任没有任何关系，写作就在于表现个人情感的宣泄和个人欲望的大胆释放，而不必考虑作品的社会影响。所谓“身体写作”则是个人化写作的进一步，即完全凭自己的感觉欲望进行写作而不介入理性的判断与思考。

宣称身体写作的作家大多以表现自己多方泛滥的性爱和袒露自己的隐私来招揽读者。于是一位作家就这么来诠释性爱："男性的爱起于生殖器而止于大脑，而女性的爱则起于大脑而止于生殖器，因此男女之爱实际上就是上半身与下半身的对话。"一些作家以这样的观点来诠释性爱，因此身体写作实际上等于下半身写作。

时尚化写作的这些思潮有的先后出现，有的同时出现和交替出现，有的以渐进的方式出现。它弥漫于20世纪80年代到21世纪初的文坛，至今仍有一定的影响。当时尚化写作一浪接一浪地向前奔涌的时候，国内有的作家不断地否定自己，不断地抛弃自己的原有思想和写法，不断地跟进。面对着文学上的这些新浪潮，昭通作家曾经迷惘过，何去何从，他们艰难地决策。然而最终他们选择了坚守，在坚守的基础上进行批判、借鉴、吸收。也就是说，他们坚守自己"为人生"的创作思想，坚守现实主义的基本创作方法。在这样的基础上根据创作的需要，借鉴吸收流行的那些创作思想和创作方法中于自己有用的成分。在这个过程中，蒋仲文在多次笔会和研讨会中用"找到自己"这四个字来表达了这种坚守，其他同志对这个观点表示了赞赏。昭通作家最终能够走向全国，与这段迷惘中的坚守密切相关。

昭通作家为什么能够在这种时尚化写作的浪潮中采取坚守的态度，在坚守中又能进行借鉴吸收？这是与他们所处的主客观条件密切相关的。从主观条件来看：第一，作为昭通作家的中坚力量的中年作家，他们在较长期的学习和实践中形成了自己的文艺观与创作思想，这种文艺观和创作思想不是能够轻易动摇和改变的；第二，昭通作家有自己较为熟练的一套表达方法，他们既不愿抛弃自己用得较为纯熟的武器和方法，又不想邯郸学步，"创造"一个不伦不类的自己。从客观条件来看：第一，昭通作家的作品首先是写给生活在昭通的最基层的群众读的，而不是只在文学沙龙里让几个文人自我陶醉，所以他们的作品的第一需要仍然是要读者能够读得懂并且喜欢读；第二，昭通作家都生活在广大的群众之中，他们不能闭眼不看老百姓的生活状态和生存状态，特别是到过农村生活或是直接就生活在农村的作家，他们更不可能闭眼不看许多农民群众的贫困艰辛与拼命挣扎；第三，由于地理环境相对闭塞和市场经济的发展程度相对滞后，时尚化写作浪潮对昭通作家的冲击还不是那么强烈，昭通作家也还没有能够因下海而致富，他们中的大多数仍然是处于温饱与小康之间的工薪阶层。这种社会条件与经济状况也是他们能够坚守的重要条件。“艰难困苦，玉汝于成”，用这八个字来说明昭通作家的坚守与成功，也是有一定道理的。然而昭通作家在坚守中并不排斥，也并未把一切新浪潮都拒之门外，前面所提到的时尚化写作中的各种新思想、新的创作方法和表现手法，昭通作家根据自身创作的情况都进行了一定程度的吸收借鉴，使得自己的作品在朴拙之中显出灵秀。从下面的作品中我们可以观察到这种吸收借鉴的痕迹。

蒋仲文的短篇小说《布袋里装的什么》是借鉴荒诞手法和意识流手法较为自然的一篇作品。它描写一个文化机关的干部捡到一辆自行车交给派出所，过几天公安人员找他去盘问，说自行车上还有个布袋不见了；此后，他总觉得时时刻刻在被人跟踪盯梢，进而又发展到自己也去跟踪和盯梢别人，他几乎是在幻觉当中生活；最后谜底揭开，原来是因为他曾经写过几封与公安局工作有关系的批评信，公安局的干部为警告他，便给他开了一个“小小的玩笑”。作家在这里恰当地运用了荒诞手法来揭示生活中的某些不正常现象，通过荒诞手法，把主人公在精神上受到的打击表现得非常深刻。在这篇小说中，手法对表达主题和刻画人物起到了很好的作用。也就不是为了模仿这种手法而运用这种手法。

在表现性意识与传统观念的冲突方面。邹长铭的《寄望》和蒋仲文的《死胎》表达了同样的主题，具有同样的构架。两篇小说都描写男主人公失去生育能力，为了延续“香火”，想方设法让自己的妻子去与朋友或表弟发生性关系以达到怀孕的目的，而当目的达到之后，他们在被扭曲的性心理的支配下，百般折磨自己的妻子，终于导致流产，最终的结果当然是家庭的破裂和人物心灵深处不可愈合的创伤。两篇小说既批判了“无后为大”的传统意识，又揭示了人物的愚昧的精神状态。这是在探索性心理和潜意识方面较有意义的两篇小说，但是构架过于雷同，创新也就显得不够。在揭示人的潜意识方面，蒋仲文还有一篇小说《荒唐》，描写主人公发现妻子与人私通，便手刃奸夫，惊出一身冷汗，醒来后发现原来是一场梦。小说也并非毫无意义，这个荒唐的梦正表现了当今诸多社会现象所诱发的不安与怀疑，借梦境表现现代人躁动不安的心理状态。只不过在手法上过于直，也就缺乏新意。相比之下，夏天敏对于潜意识的表现就显得要巧妙一些、深刻一些。夏天敏的小说《四爷收徒》和《皇木滑竿》都是表现人物长时期的奴性心理演化而成的潜意识。《四爷收徒》描写那个在乡场上充当卖猪经纪人的四爷，他有一手绝活，能准确无误地估出活猪斤两，有病无病，有宝无宝（猪砂）。他在乡场上受众人尊敬颇有威望，然而他见了村支书就矮三寸，敬畏有加，以致村支书因犯错误而被罢官开除公职，四爷对他仍畏惧三分。当村支书转而来向四爷拜师学艺时，四爷却来了个一百八十度的大转弯，对他处处看不顺眼，处处指责。小说生动地构筑了奴性心理的两个侧面：不是奴才就是主子。《皇木滑竿》描写一个在旧社会给省主席抬过滑竿的陈某（现今以拉板车为生），一直以这段经历为终身的荣耀，以致到了新社会也总想将昔日抬滑竿的经历再体验一番，终于在一个夜深人静的晚上找出昔日的行头，让昔日的小少爷今日的右派同伴乘上滑竿，陈某和另一个抬脚抬着右派少爷在院子里乐了一两个时辰，过足了干瘾。这篇小说生动而自然地表现了那种渗入骨髓的奴性意识：即使不是奴隶了也留恋那个做奴隶的岁月，想方设法也要将做奴隶的滋味再体验一番。

在叙事风格的民间化倾向方面，曾令云也是较为突出的一位作家。他对昭通的方言土语、歇后语掌握得非常丰富，也运用得很纯熟。关键是叙述人语言与人物语言的风格一致，他们都操着浓厚的方言土语在谈话。叙述人把自己乔装打扮隐藏在他们当中，成为他们的一员了。他的短篇小说《刘当当外传》就是这方面的代表。这篇小说的民间化倾向不仅表现在叙事上，还表现在小说的人物形象塑造上。小说打破了正面人物、反面人物的藩篱，描写了一群浑浑噩噩的小人物。小说的主题是表现当今社会仍然存在的买卖婚姻及其所造成的悲剧。小说中只有一个被买卖糟蹋至死的弱者许萍珍令人同情。而买主刘当当和卖主陈四（许萍珍的后父）都是愚昧、自私、蛮横的社会无赖，环绕在他们身边的人物或则愚昧自私而软弱，或则愚昧自私而冷漠。他们成天生活在争吵咒骂与相互算计之中，而缺少起码的同情与相互关心。作者描写出了这个社会层面的可悲，人性的可悲。在国内有一些作家追求个人化写作和身体写作的时候，同时也有一股现实主义回归的大潮，因此在昭通作家中还找不到比较突出的个人化写作和身体写作的代表。

从以上的阐述可以看出。当国内时尚化写作在一些作家中一浪接一浪地向前推进的时候，昭通作家首先是没有盲目地去跟风追风，坚持了现实主义这一基本的创作路线；没有忘记文学应担负的社会责任，没有忘记自己所坚守的这一片红土地，并且力图在创作中找到自己。

三、生命意识的切入与张扬

20 世纪 90 年代后期，昭通文学逐步走向成熟，其标志是出现了一批在省内外有影响的作家诗人，出现了一批有影响的作品，其中比较引人注目的是夏天敏的中篇小说、樊忠慰的诗歌、曾令云的长篇小说，以及蒋仲文的小说和戏剧创作。邹长铭在这段时间潜心研究史志，故未有文学创作。在这一时期全国文学界的一股大潮是现实主义回归，但这个回归不是回归到二十多年前的现实主义的座位上去，而是一种螺旋式的上升，在吸收消化了一些新的创作思想过后，形成对传统的现实主义的攀升与呼应。

在这一时期昭通作家的创作思想在原来的路子上进一步深化发展，简而言之，就是沿着丰富与深化的现实主义的路子继续探索前进，从使命意识深化发展为生命意识。生命意识这个概念是在文学界对人性和人物的精神世界的深入探索之后产生的。但在理解与实践过程中，曾出现过一些畸变现象与人文精神的失落。这种畸变主要表现在“过分地、不适当地甚至热衷于表现人的动物性，表现纯生物生理性的性过渡与性发泄”，或是远离社会现实“致力于表现人的死亡、异化、孤独、无聊、荒诞和罪恶的生命意识，专门塑造‘恶魔式的英雄和描写无意义的生活’”。对此，一些文艺理论家进行了批驳，他们强调：“人是赋有生命意识的。但是自从人成为‘人’之后，其生命意识就再也不是原始昏蒙的动物本能的直观再现了，否则人与动物就没有什么区别了，人在本质上也就变得不再是‘人’了。这个基本的道理和事实，无疑是文艺创作在表现人的生命意识时所始终应当遵守的基本思想尺度与美学范畴。”[①]笔者认为，文学的生命意识的表现，既离不开自然的生理的人，又离不开社会的、文明进化的、智慧的人，离开了任何一个侧面，都不是真实的具有完整意义的现代人。

昭通作家对人的生命意识的表现不是对前段所表现出的使命意识的背离与反叛，而是深化与发展，可概括为三个方面：一是对人的美好的自然属性的描写与张扬，二是对人的复杂的精神状态与心理的更深的解剖与表现，三是对山区贫苦人民与弱势群体的生存状态与生命价值的表现与拷问。特别是在第三点的表现上，显示出了昭通文学的价值与生命力，因而得到了文艺界的肯定。首先描写人的美好的自然属性与社会传统观念发生冲突的作品是蒋仲文的短篇小说《狼舞》。小说的主人公少数民族大学生宝格深爱着女同学夏晴，可是最后却因不愿违背母亲的意愿和民族的信条而放弃了夏晴，回到家乡与一个同民族的姑娘成婚。十几年后，夏晴千里迢迢来到宝格的家乡与他相见。在一次出猎的过程中，美好的自然风光再次唤起了一对恋人埋藏在心底的情愫，使他们得以倾诉心曲。在大山、森林、天风、林涛的呼唤下，他们那原始的生命意识再次被唤醒，很自然地拥抱、亲吻，扭结在一起。然而现实的声音

---

① 艾斐：《“生命意识”的文体畸变与文化失落》［N］.《中国文化报》，1992年2月9日第3期。

却一次次地打破了他们性爱的进一步升华。小说写得很美，著名作家、评论家谢冕说：“《狼舞》中的爱情既古老又文明。”小说表现了人的生命意识中自然的美好的性爱与文化积淀的形成的特定心理冲突，表现得恰到好处，因而显示出纯洁而美好的品质。

邹长铭的小说《水鬼》虽然发表较早，但也不失为一篇表现生命意识的作品。外表丑陋的撑船手水鬼，既贪财走险，又放肆地戏谑妇女，但是当渡船被恶浪打翻以后，在别人与自己的生命都处在千钧一发时，他却为了救人而牺牲了自己。在他的心目中大概没有见义勇为这样的概念，更不懂什么英雄壮举，救人的行为也许是出自同类相怜的简单意识和男子汉大丈夫的传统意识。

对贫困山区农民的生存状态与生命价值给予深切关注，并且表现出对他们的生活和命运极大的同情与悲悯的是夏天敏近几年来相继发表的中篇小说。他在关注与表现农村生活的同时，对人的精神状态与心理作了精彩的揭示。他的长处还在于不是孤立地进行心理描写与分析，而总是把人物心理的揭示与剖析放到故事之中去。他的中篇小说集《乡村雕塑》收录了在国内各家刊物上相继发表的八个中篇，不能说篇篇都是力作，但其中的三四篇是被赞赏和肯定的，如《好大一对羊》、《随水而去》、《黑村》、《乡村雕塑》等。《好大一对羊》是引起文艺界最为关注的一篇作品。自发表和改编成影视剧以后，评论颇盛。对它的认识与理解也颇有差异，这正表现出小说内涵的丰富和外延的宽泛，读者可以从多个角度多个侧面去理解作品。笔者认为这篇小说的成功首先在于环境描写的逼真。通过环境描写，极其真实而生动地展示了贫困山区农民的生存状态。它的真实性不仅表现为自然环境的真实，而且表现出社会环境的真实，而这两者的结合就表现为：“官场那一张巨大的具有威慑力的背景，笼罩着那一片不长草，却要养活由副专员送来扶贫的两只外国羊的土地。”这官场的威慑力就在于县、乡、村的大小官员都把养好这两只羊看成自己做出“政绩”、巴结上司得到升迁的路子，因而他们时刻关心羊的健康状况，不断地层层施压，构筑成一张巨大的具有威慑力的网，笼罩在德山老汉的心灵上。在这里，小说以强有力的逻辑力量告诉读者，德山老汉的命运必然陷入养羊的悲剧。小说还告诉读者，当人性中的负面因素自私、狡猾与官本位的思想结合在一起时，任何从良好愿望出发的措施和行为都可能错位和变质。扶贫的出发点本来是好的，无论刘副专员送羊也好，送钱也好，如果仅只是他一个人要为自己塑造一个好官形象，而下面的官员不是变本加厉地给德山老汉层层施压，那么悲剧也就不会发生。德山老汉即使养不好羊，也可用这些钱和这两只羊聊解无米之炊。在这里环境不是陪衬之物，而是整个故事的有机组成部分和推动故事发展的不可抗拒的客观力量，是形成悲剧的主要条件。作者对农民命运的悲悯也通过环境描写得以显现。环境的真实性与深刻性在这里得以充分显现。这正是典型环境的重要意义所在。德山老汉的性格和命运就是在这样的环境中形成并决定的。德山老汉的性格具有二重性，一方面是纯朴善良，另一方面是愚昧麻木。他用他那纯朴善良的思想来理解和对待养羊这件事，除了感恩戴德以外就是尽心尽力，以致乡长村长把他骂得一头雾水时，他也觉得人家是在为着他好，他总想把这一对外国羊养得肥肥壮壮生下小羊羔，既对得起刘副专员和各级领导的关心，又能脱贫致富。但是当养羊已经成为他身上的重压，自己只有靠野菜充饥，而女儿又患病无钱医治时，他仍然把他的全部积蓄和精力用在羊身上，充分表现出他的愚昧和麻木。作者在这里刻画出了典型环境中的典型性格。恩格斯曾经说过：“现实主义除了细节的真实之外，还要刻画出典型环境中的典型人物。”作家在作品的环境与人物的关系上充分展示了现实主义的感人力量。然而小说对人物的刻画还不仅于此。在德山老汉的身上表现出无意识状态与意识的强烈冲突。朴实、善良，对官员的敬畏在德山老汉身上已形成无意识状态，这是长期的历史积淀与现实环境形成的。在养羊的过程中，老汉逐渐意识到养羊已成为不堪忍受的重负，他已经开始咒骂这两只该死的外国羊了，但他还是要想方设法奉养它们。在这里老汉的无意识状态已经和意识发生了冲突，然而支配德山老汉行动的仍然是他的无意识。他的意识尽管在咒骂，但还得让位给无意识。小说对人物的心理与精神状态表现得自然而逼真。不是孤立地进行精神分析与心理剖析，而是结合行为和语言来表现。这就使得传统的现实主义关于典型人物的刻画得到了深化。小说的第三个特点是表现羊与人的相互异化。在小说中羊被异化为主人备受尊重，而人（德山老汉一家）则成了羊的奴隶。这正表现出作者对象德山老汉这样的贫苦农民及其弱势群体的生命价值的呼唤、同情与悲悯。文学创作的生命意识在此得到张扬。小说还透过羊的视角来观察和描写这一片荒漠的土地及其上面所发生的人和事，荒诞手法和黑色幽默的手法都自然而然地用上了。作者这样写的目的不仅是要增强小说的幽默与反讽，而且是要进一步强化对生命价值的呼唤。

坚守从使命意识到生命意识的创作思想，关注社会现实，关注人民群众的生活和命运，关注人的精神面貌的改造与提升，坚持现实主义的创作道路，同时又善于借鉴吸收新的创作方法与表现手法，这就是昭通作家二十多年所经历的创作历程。

昭通作家终于迎来了昭通文学创作的繁荣与发展，出现了昭通文学现象，出现了一批有影响的作品，并逐步形成了自己的创作风格。

朴拙与灵秀

——昭通作家创作风格论

昭通文学现象这个概念的出现显示了昭通作家正逐步走向成熟，夏天敏获鲁迅文学奖，更是昭通文学成熟的标志。从审美鉴赏的角度看，作家作品走向成熟的重要标志之一就是风格的形成。所谓风格，就是作家的创作个性，是作家的作品从内容和形式相统一中所表现出来的创作特征，也就是作家特有的格调、韵味和风采。文艺理论家王朝闻说："所谓风格，无非是作品所显示的一种格调、气派。正如任何人由于他的思想感情、生活经历、教养、阶级的不同而形成其特殊的风度那样，艺术，也因为题材、主题的特殊性与表现方式的习惯性形成各种不同的风格与独特性。"①

昭通作家目前所关注的对象主要是乌蒙山区的农民和小城镇人民群众的生活。他们描写高寒贫困山区的农民和农村干部，描写金沙江边的船工、贩夫、走卒，描写城市中的小商、小贩、小手工业者以及那些生活在下层人民群众中的知识分子，关注他们的生存状态，刻画他们的思想性格，表现出对他们生活和命运的深刻的人文关怀。因而昭通文学作

---

①《文学理论基础》编写组：《文学理论基础》参考资料［Z］. 上海文艺出版社1985年版，第341页。

品表现出乌蒙山区和金沙江边特有的地域地貌，以及由这特定的生活环境、时代环境和历史文化所熏陶出来的人物及其朴实粗犷而又深沉的性格特征。虽然作家们都给自己的作品虚拟了一个地名，但他们虚拟出的所有符号都是乌蒙山、金沙江的代名词。

阅读昭通文学作品，特别是阅读主要的几位小说作家和写实派诗人的作品，都令人产生一种有如红土高原般的朴实厚重感，而几位浪漫派诗人的诗歌则像乌蒙群峰之巅缭绕的几缕白云，在磅礴乌蒙的衬托下，显得那么灵动而秀美。所以我便用“朴拙与灵秀”这一个词组来概括昭通作家诗人的创作风格。在这里我的意思是说，有的作家、诗人的作品表现为朴实厚重，但在朴拙之中隐含着灵秀；而有的作家诗人的作品显露出空灵秀美，但其灵秀却基于最真挚最朴实的思想情感。因此，朴拙与灵秀相表里便成为昭通作家创作风格的主要体现。

一、朴拙中透着灵秀

（一）小 说

1. 特定的地域风情与人物系列

评论家唐弢说：“民族风格的第一个特点是风俗画——作品所反映的具有中国特色的社会生活、风土人情、世态习俗，也就是历来强调的采风的内涵。”[①] 我们试想一想那些文学大家，他们总是给读者提供一个崭新的有别于他人的文学天地。老舍给我们展示的是京城的民风民俗与人物系列，茅盾给我们展示的是上海十里洋场与资本家灯红酒绿的生活，巴金给我们展示的是大院豪宅内的矛盾与纠葛。就是描写农村生活的大作家们也是各有不同的：孙犁描写的是芦花飘飞水滟波明的白洋淀中的劳动与抗日战争，赵树理描写的是山西黄土地上的社会改革与抗日

①《文学理论基础》编写组：《文学理论基础》参考资料［Z］．上海文艺出版社1985年版，第343页。

斗争。昭通作家的作品虽然在总体的深度和广度上目前还不能和这些作家相比，但他们已经给读者提供了特定的地域风貌与人物系列。

夏天敏给读者提供了这样的环境中的人物系列：乌蒙山中的贫困山区夏天风沙肆虐，冬天冰雪覆盖。这里的老百姓中有质朴、善良与愚昧交织在一起的德山老汉，他质朴得在对人对事的情义中不会掺一点水分，又愚昧得连自己一年缺多少个月的粮食都算不清楚，甚至愚昧得分不清女儿的健康与羊的健康孰轻孰重；冰雪覆盖着高原，那里有蹲在火塘边和缩在破被窝里懒得动弹又无奈地等待着救济粮的人们，那里有为了给孩子争一把粮食而把自己的身体袒露给娶不起媳妇的单身汉的妇女；那个在孤岛上过着自给自足的生活而拒绝与外界交往的"黑村"；那个成天呼喊着"天要塌了"、"地要陷了"的疯子警示着能源的无限度开采将会出现的灾难。

邹长铭给读者描绘和提供了这样的环境和人物：除了波涛汹涌的金沙江边峭崖之上那暴力崇拜狂的野蛮愚昧之外，我们还看到了外表奇丑、言语粗野、行为放肆的水鬼是怎样在惊涛骇浪之中为了救人而献出了生命；挑夫揽头牛二爷的性格在直爽中却又包含着狡诈，曾经当过土匪的龙金海"浪子回头金不换"，在一群挑夫面临山体滑坡的自然灾难面前是怎样指挥众人逃离险地，而自己却被泥石流所吞没，从而诠释了人性的复杂性；还有那滇剧艺人，吹鼓人，他们对艺术的精于追求和对感情的执著不移。

曾令云给读者提供了这样的人物系列：这里首先有叱咤风云的云南王龙云和卢汉，还有彝族山寨的号角火把、枪声与火拼。他还描写了城乡结合部的某些农民与商人的自私与残忍，描写了市井无赖刘当当之类人物的无知与粗野。此外他还通过报告文学展示了在乌蒙山中为内昆铁路建设抛洒汗水的建设者们。通过这样的地域风情与扎根于其间的人物系列描写，我们既看到了乌蒙山、金沙江的雄奇与壮阔，又看到了它们的苍茫、荒凉与肆虐；我们既看到了生活在这特定环境中的人物的粗犷、浑厚与质朴，又看到了他们的野蛮、狡诈与愚昧。作品从总体上展示了这个特定的环境中生长起来的特定人物，反映了他们复杂的内心世界与性格特征。

2. 真实而沉重的情感披露与悲剧色彩

昭通作家的创作风格还表现在：作家赋予他们笔下的人物或浓或淡的悲剧色彩，对他们笔下的人物表现了辛酸的悲叹，并寄予深切的同情，表现出了真挚而沉重的感情。在这样的总体色彩之中，各个作家在感情层面的表现上又有一些差异。

夏天敏对他笔下的人物表现出来的感情色彩是悲悯，在悲伤中寄予了深深的同情与关怀。他笔下的悲剧人物的性格特征多表现为质朴、善良与愚昧的组合，有时也会有一点小小的狡猾，但这小小的狡猾后面也会令人读出辛酸。只不过在不同的人物身上上述特征中的某一方面更为突出一些。《好大一对羊》中的德山老汉，他的质朴与善良是令读者产生同情的最主要的性格特征，他的悲剧的形成主要是社会原因，由于基层干部的心灵深处隐藏着一种唯官唯上的心理和欲望，使扶贫这件原本是好事的决策变了质变了味，从而构成罩在德山老汉头上的一张网。对比之下，《黑村》村长任礼遇的性格更令人产生几分崇敬，他除了质朴、善良之外更增添了几分勇敢与坦诚。他敢于带领一个村的人在孤岛上过那分配公平却原始、落后而艰辛的生活，却又控制不住岛上年轻人对外部多彩世界的向往。他的悲剧在于观念与现实世界的尖锐碰撞。这个远离现实的世外桃源似的黑村虽然得到了老弱妇孺的支持，却既不为行政管辖的制度所允许，又不被对生活充满期望的年轻人所接受。任礼遇自然也就成了一个生活在夹缝中的悲剧人物。《徘徊望云湖》中的悲剧性人物是石柱媳妇和刘大毛等，他们的悲剧原因则是由于生态的恶劣与文化的贫乏互为因果造成的恶性循环所导致的，这就是我们通常说的贫穷与愚昧互为因果。

邹长铭笔下的悲剧人物的色彩是悲怆，在悲伤之中隐含着对世事人生的深深感慨与叹息。读《河滩地》这篇小说，我们不仅感叹于因历史与现实的文化荒漠而造就了德荣那种暴力崇拜的性格，导致了他杀人的野蛮与残忍，我们更感慨于当德荣忏悔而自我断指之后跪在被他杀害的陆明的母亲面前请求宽恕，而陆明的母亲并未宽恕他，反而用无牙的口狠狠地咬了他的断指一下。虽然这并未给德荣造成皮肉之伤，但读者却洞见了复仇与暴力也渗入了这个瞎老人的心灵。这是人类的悲剧，也是带有因果关系的必然性的慨叹。邹长铭的小说中还表现了一种必然性与偶然性互相作用而造成的悲剧的慨叹。《蒿蓬轶事》中的滇剧艺人余蒿蓬与师妹香莲生死相恋，原先是由于社会世事变迁而阻断了他们的结合，但当他们都已获得相对的自由时却又错过时机而未能相见，当然更谈不上结合，这也多少有点命运悲剧的意味。《驿道》中的龙金海曾经当过土匪，这种人可谓十恶不赦，但在他的性格中居然也还有救助被劫妇女和钟情于妻友（同居）的一面，更还有舍生取义的壮举。这不能不令人感到人性中的确有许多复杂的因素。做土匪拦路抢劫而无所顾忌，大胆妄为，而舍生取义非此不足以洗刷自己的恶名，视死如归，正反两面统一于大胆而豪爽的性格特征，这也不能不令读者为人性的复杂而慨叹。

曾令云笔下的悲剧人物又有两种色彩，即悲壮与悲哀。龙云的悲剧结局——云南王的下台，更适宜用恩格斯的悲剧观来进行解释，即“历史的必然要求和这个要求的实际上不可能实现之间的悲剧性的冲突”①。龙云执滇期间做了许多顺应历史潮流的事情，但却为蒋介石的反动统治所不容，于是便酿成了蒋用武力解决云南、逼龙下台的悲剧。《刘当当外传》中的许萍珍的悲剧则是愚昧的善良被愚昧的丑恶所吞噬的悲剧。

3. 叙述体式、方言提炼与小说结构

对于较为成熟的作家，作品使用的创作方法、叙述体式、艺术结构和语言运用，总是和他们所描写的社会生活，所要表达的思想内容相适应的。昭通作家大多数却采用了现实主义的创作方法。首先他们都注重

---

① 恩格斯：《恩格斯致裴·拉萨尔》［A］．《马克思恩格斯选集》（第4卷），人民出版社1972年版，第346页。

写实，按照生活的本来面貌，真实地描写再现特定的生活环境及生活于其中的人物。并且在描写叙述中提炼和使用昭通方言。因而使得作品具有比较浓厚的地方色彩。但同时，各个作家之间也存在一些差异，因而表现出各自的个性特征。

夏天敏的叙述语言在近期小说中发展得很好，充满着幽默与反讽，寄寓着作者明确的爱憎态度。试举《好大一对羊》中一段为例：

村子里过年样热闹，才到村口就听见娃娃些叽叽喳喳的叫声。就见婆娘些窜来窜去，母羊发情样兴奋。村子里光秃秃的土墙上，不知什么时候竟贴了几排标语，那标语不是用石灰写的土黄土黄霉里霉气的，而是写在鲜红的红得滴血的红纸上，那是只有过年贴春联才用的红纸啊。咋个恁个舍得，一大张一大张的贴在墙上呢？婆娘出嫁时才穿上红袄的样子。德山老汉看得眼涩涩地流下许多浊黄的泪来，于是看人也就更模糊了，谁是谁也认不清。

色彩的强烈反差，刺眼、怪异，似乎给故事定下了带有讽刺意味的基调。儿童与妇女的兴奋，写出他们的强烈期盼；而老汉的眼涩流泪，不仅写出了他的木讷中的兴奋，而且也隐含悲悯的情绪。“咋个恁个舍得”一句地道的昭通话写出山区人对用几张大红纸也感到心疼，点出了贫穷之极的人的心理。

邹长铭小说的叙述语言简洁明快，有节奏感，他在描写人物时寥寥几笔就能勾画出人物的性格特征。他对方言的提炼很准确，有时将方言和凝练的半文言放在一起也不会让人感到不谐调，如《水鬼》的开头：

奔五十岁的人了。腰不佝背不驼，牛高马大一条汉子。临江镇上的男女都叫他“水鬼”。“哈哈哈，老子就是水鬼。”他不生气，倒像很得意。咧嘴大笑，脸上那疤痕就簌簌搐动，扯得眉眼都挪了位置，不受看，却也使原本平庸、呆滞、冷漠得如同崖块的面孔多了几分生动的气韵。豪气？鬼气？谁说得清。

一段话把水鬼的音容笑貌活灵活现地凸现在读者面前，通过肖像描写和语言描写既暗示出水鬼的身上脸上凸现出来的丑陋与鬼气，又表现了他的精神状态中隐含豪气。虽是肖像描写却为下文斗恶浪舍身救乘客张目。又如《蒿蓬轶事》近尾处一段：

眨眼间到了“头七”。钟小明依例备办了香烛纸钱，三牲果酒到坟上祭奠。下班晚，匆匆忙忙扒了两碗饭，出城就已见红日衔山，暮云四合，迤逦行来，到得那崖岬入口处，暮色苍茫之中，见余叔坟前有人跪拜。青烟袅袅，纸火明灭。闻听悲泣之声是个妇道，心里诧异，在崖坎下隐住身静观。

这段叙事与写景的文字有骈散兼行的意味，略带三分文言气，但其中又有应用得很自然的口头语，文字浑然一体，衔接得很好，看不出语体的差异。

曾令云对昭通的方言土语可谓了如指掌。他能恰当地运用许多口头禅、歇后语和老百姓常挂在嘴上的那些词语。他的叙述语言是十分贴近生活的，给人以原汁原味的感觉。如《刘当当外传》中的这一段：

刘当当到家的时候，已是掌灯时分，老母亲在望眼欲穿中只草草吃了一碗包谷稀饭，灯也不开，坐在火板凳上唉声叹气。傍晚，街坊李大妈来到她家，见是冷火秋烟的，知道几个姑娘拿来的生活费，都凑给儿子做生意去了，就叫她过去随便吃点。刘老太是个帐子要挂被子可以不盖的人，硬撑着，支支吾吾地说：刚才到街上，在陈家馆子吃了一碗饺面，现在肚子都还在实艮艮的。

这一段不仅写出人物的家境和性格，而且具有市民的生活气息。

在小说结构上夏天敏和曾令云的小说都使用开放式结构，有头有尾地道来，写得很细密。而邹长铭善于撷采生活的片断加以连缀，中间环节写得很简略，这是一种更为经济的写法。

近期崭露头角的两位年轻作家吕翼和刘平勇也取得了较为显著的成绩，他们也属于朴拙中透着灵秀这一派。他们各有自己的一些特色。吕翼和刘平勇的作品大多表现边远山村农民的生活与苦难。由于他们都是从这种生活的艰辛之中走出来的，所以当他们再回过头来描写这种生活时，也就显得格外地真切与生动。他们也各有自己的一些特色。《边疆文学》对他们的作品作了如下的概括评价："吕翼是在以一种大悲之心书写一种大苦；同时，也是耳濡目染承受和咀嚼过大苦的人才会有的大悲。那些在酒吧和歌舞茶楼里呻吟的痛苦，既根本谈不上宗教意义上的大悲，也不能引起我们丝毫的怜悯。"① "刘平勇是一个为弱者呐喊的作家……声色不露地反讽苦难……反映昭通的好小说或者说有地域特色的小说就应该是这个样子，就像昭通大山里才可以生长出来的果实，朴素、纯净，带着那片贫瘠土地上的苦涩与清香，令人回味不完。"②

（二）诗 歌

昭通文学中诗歌创作的流派用现实主义和浪漫主义来区分是恰当的。其中的现实主义诗人所表现出来的风格也正符合我提出的朴拙之中透着灵秀。陈衍强和麦芒的诗作属于这种风格。生活在洛泽河边的陈衍强是个很机智的诗人，他善于从家乡的山水、人物和习俗中发现和提取

---

① 《边疆文学》编者：《飞翔的火鸟》编者按［J］. 边疆文学，2004，（1）：4—4.

② 《边疆文学》编者：《雨水中的行程》编者按［J］. 边疆文学，2004，（11）：4—4.

题材构筑意象写诗，从而把他的深情寄托在这山山水水以及英雄人物和平凡人物之中。他的机智在于很善于将那些朴拙的很生活化的意象轻轻点就生出灵秀之感，就饱含诗意。如《罗炳辉》中写道：

你用左轮手枪向右侧射击/这是长征的一部分/一种使命/一个英勇的过程；致使敌人向你围追堵截时/红军主力/早已跃过金沙江/翻越腊子口/而你只是微微一笑/就在斯诺的《西行漫记》里/岿然不动。

这是写罗炳辉将军在长征中率军阻击敌军掩护红军主力撤退，几乎完全写实，但“微微一笑”和“岿然不动”轻轻一点，罗炳辉将军肩负重任、艰苦作战的大将风度就浮现出来了。

《山村》一诗中的风景人物都浸透了作者的感情。

裸露岩石般的脊背/任阳光流淌的山村/是扶犁的父亲了。

父亲和山村融为一体，父亲如山村的岩石一样纯朴而坚强，山村也像父亲般的温暖和慈祥。

青春期的包谷林/拔节长成长发的村姑/当又一位连衣裙/被大学录取通知书娶走/留下镰刀和背篓的思念/我和十八岁的哥哥们/第一次失眠了。

这里写山村青年面对生活的变化所产生的既喜悦又忧伤的复杂情感。

陈衍强的诗风在近年来又发生一种变化。他开始用更生活化的语言写诗，用平实得如白开水的语言描写一些极琐碎的生活细节，然而正是通过这些琐碎似乎是缺乏意境的细节组合中，表现出现代人那种忙碌，失落而又无奈的心情。在《搬家》一诗中他这样写：

我是一个怀旧的人/书信件影集诗歌/像存折和身份证一样/都是必须搬走的细节/留下的除了记忆/就是电源/地板、自来水的龙头。

在《卖地图的人》中这样写道：

他们在大地上奔走/只有从地图上才能在瞬间/返回千里之外的省份/他们知道在一个县的圆圈附近/是他们用买卖支撑的家。

这种诗风无疑是受西方现代派手法的影响，作为一种探索当然是必要的，但它的发展如何，还要通过实践来验证。文学应该走出文学界的圈子，否则它的生命力是值得怀疑的。

从流浪生活中走过来的麦芒也是一位现实主义诗人，他的诗记录了他个人生活中各种感受和他对社会现象的观察，他很善于从现实生活中捕捉意象进入诗中。他的诗的语言是明白如话的，但并不缺乏激情，他的情感常表现为忧伤和叹息，如《无题小集》（一）：

美丽的花/人们争先恐后地/目睹它的明艳与风采/路旁的小草/任他人踩踏/任他人蹂躏/怎么不见/吝惜一声呢。

语言非常浅易，但内涵是耐人寻味的。人们可以联想到柔弱而坚强的生命，联想到诗人自己，联想到世俗的处世哲学。

麦芒的诗是凝练而含蓄的，同时也不乏对生活的热爱。如《昙花》：

开放的时间/只是一瞬/却展现了/自己的洁白与风韵/美

丽/并不在永恒。

作者似乎是在自说诗人的价值。又如《夏天》:

一片苍葱/一片碧绿/阳光,融融地/熏风,微微地/夏天正在生长/夏天正在孕育/夏天为秋天/铺就一层金黄的底色。

作者在写自然的变化,却暗寓着生命的积累、绽放与收获。

麦芒的诗是凝练而含有哲理的。他自创了四行体诗。其中有好多首还是很不错的。如《瞎子阿炳》:

比最明媚的眼眸/还明媚——//二泉/映月……

乐曲《二泉映月》成了阿炳的眼睛,但这是心灵的眼睛,“二泉——映月”拆成两行很好,意境出来了。又如《母校蝴蝶标本馆》:

美丽/被定格在盒子里/羽翼/想飞。

这里表现:美,应该是自由的灵动的,如果将它囚禁起来,就不会那么生动活泼了。诗人用形象给美的特征作一解释,但诗本身又表现出一种思想的美、节奏的美。从这些以极为平易朴实的语言所表达的截取自现实生活之中的意象,我们看到了它的风情与意境的灵秀之美。

二、灵秀中蕴涵真实

(一)小说、散文

蒋仲文的小说在昭通小说家中属于另一种写法,另一种风格,这就是我所说的灵秀中蕴涵朴拙,也就是蕴涵真情实感。可从以下几个方面来观察：

1. 人物系列与环境的描写

蒋仲文小说中的人物多是小城市中的机关公务员、文化工作者、小学教师和校工、小手工业者、工人、小商人、大学生，也还写到一些小官僚，如科长、主任之流。在城市平庸而机械的生活里面，要写出故事，挖掘出普通人的灵魂，反映出生活的变迁，也还是不容易的。

蒋仲文在写这些普通人物时，很注意描写环境、构筑意境和选择道具。他的小说故事都不复杂，可以说很平常，但他恰恰是通过描写环境、构筑意境和开掘人物的心灵世界、情感世界而表现出一种真情、一种纯真的美来。他所使用的道具常常有一种象征意味，成为意境中不可缺少的组成部分。从小说的构思与表达来看，给人以灵秀之感；从小说表达的情感来看，给人以真实亲切之感，所以说是灵秀中蕴涵真实。并且在小说的表达中，他不着力写出事情的全过程，只写一些片段，留有许多空间让读者参与再创造，这也是小说的灵秀之处。

如《幽谧的小站》写“我”在25年后与昔日的恋人树叶不期而遇，因为互相都有一种对生活的叹息和惆怅之感，心灵仍有许多相通之处；然而树叶和她的共同生活了25年的丈夫却形同路人。在“我”先后和他们相遇的过程中，他们都以一种极平静的语调说对方死了。没有真爱的人，无论生活在一起多少年不仅没有增进感情反而更为陌生和疏远；然而有真爱的两个人又未必能生活在一起。这就是作者要表达的主题，对生活的慨叹。小说没有用任何一点文字去叙述树叶与她丈夫的婚后生活，只叙结果；写“我”与树叶在25年后相逢，也只用“淡淡的一笑”，就将25年的距离缩短弥合了，其后再辅以幽谧小站的宁静环境描写和车站的象征意味，增添了感伤的色彩和人生如过客的寓意。

蒋仲文的小说，为了表达主题或抒发情感，除了描写好特定的环境之外，还常常要使用一个寄托物。如《老式座钟》里的座钟，《灵柩上的雏菊》中那一束清雅的雏菊，《淡蓝色的连衣裙》中的连衣裙。有了这个寄托物，小说的主题就有了支点，情感就有了象征，于是小说便让平凡的生活增添了诗意，小说的亮点被突现出来，情感也就表达得更浓厚了。这也是它的灵秀之处。

蒋仲文小说中的人物大体可分为三种性格特征，一是处于城市底层的劳动者的质朴，二是小官僚的势利，三是公务员与小知识分子的内心矛盾。正是通过这三类人物的描写，特别是矛盾心理的剖析，让读者更多地领会到人性的复杂性。他的小说环境氛围描写得很好，人物的内心世界，特别是情感的抒发比较细微，正是这些优点掩盖了人物性格特征刻画的不足。

2. 意境、语言和结构

蒋仲文的某些小说可以当散文来读，而某些散文又可以当小说来读。这是因为他注意构筑意境、锤炼语言和讲究结构。

《狼舞》是他的小说中较长的一篇，他把男女主人公爱情的复燃置于山风林涛的环境包围之中，使人的自然的原始而又纯真的情爱与环境融为一体，形成了动人的意境。《丈夫的书斋》列在小说里，实际上是妻子因思念死去的丈夫而发挥想象，她在想象中构筑起丈夫在书斋里悄然工作的情景和温馨的家庭气氛，然而这一切都是凄凉的回忆与想象，因此，这篇小说就弥漫着一种忧伤的情感色彩。这篇小说基本上没有故事情节，可以看做是散文。反之列入散文的《听雨》、《睡在小河边》、《猫儿眼》都有较完整的故事情节，可以当小说来读，那为什么作者要把它们作为散文呢？也许是因为这几篇文章的语言更为凝练，更为诗化，更注意节奏与抒情。如《听雨》的开头写道：

蒙蒙雨丝、把天地洗涤成一个只有浓淡的平面。小河蜿蜒的轮廓，是随意抹上的一笔淡墨，在湿漉漉的灰色上，泅化开去。

河岸上的一点淡红，红得凄幽，淡得孱弱。

依稀辨得出，那是一把雨伞。依稀辨得出，打伞的是个女人。

她是一个少妇。

她在伞下听雨。

这完全是散文诗的笔法与排列，而且是诗的意境，而语言也是锤炼得凝练而准确的。

蒋仲文的短篇小说和散文，结构严谨，多为数千字，上万字的小说较少。因为他同时是剧作家，所以他很懂得人、时、景的高度集中，许多小说就是一场戏，如《幽谧的小站》、《深长一吻》、《电梯上上下下》。有的小说只写了一个场面，如《荒唐》、《翻车》等。从短篇小说的结构来谈，他更会运用截取生活的横断面这种写法，而没有把短篇小说拉长成中篇的架势。

还有一位应该提到的女作家宋兴菊。虽然较有成就的作家们认为她的作品还缺乏思想的深度，这个意见是对的，但我认为她是能写小说的人。她的小说文笔流畅，会写故事，能让读者看得下去。她特长于情景交融的写法，把爱情的到来写得令人陶醉，爱情的失去又令人感到伤悲。她还能写出人物在特定情景下的感觉，这也是她的小说能抓住读者的因素之一。有时她还会画龙点睛地写出几个抒情与议论相合的句子，使文章增加亮点。她编的故事虽不免落入套路，但情感浓烈而真实。因此我以为她也属于灵秀中蕴涵真实一派。

王昭荣的散文诗写得特别优美和轻灵，他写爱情、亲情、友情，写黑颈鹤。他以极细腻委婉的笔调，抒发自己内心真诚的情愫、执著的追求。不过他所追求的已不是现实生活中某一个具体的对象，而是精神世界中的一个艺术美的象征。他的黑颈鹤散文诗所塑造的是一个和谐美好的通人性的鹤世界。这个鹤世界是人化了的自然。在这里，既希望自然与人和谐相处，也通过鹤世界再塑造自己理想中那活泼自然凌空翱翔的艺术境界。

（二）诗 歌

昭通诗人中樊忠慰和夏吟可以算是浪漫主义诗人。他们通过想象和幻想来塑造自己的艺术世界。他们不注重写实或不屑于写实。不过他们在虚构的境界中表达的却是自己最真挚的情感。樊忠慰的存在是一个奇迹。一个外表沉默傻乎乎的小子，竟然会从大脑里迸发出那么多奇诡的想象。他的诗歌意象是天马行空，独来独往，让人不可捉摸，然而当它物化变成语言文字之后，你仔细阅读思考，似乎又是可以接受的。不仅如此，你还会为那种上天入地的激情与想象感到一种幻美追寻的愉悦。随便拾起一两首为例：

天空到我的眼睛来/一半是夜/一半是昼/中间是流血的海//时间流进大海/时间是蓝色的/蓝得波光发咸。盲人的泪水绿闪闪/他看见爆炸的春天。

——《幻》

天空和大地/是你的两片翅膀/我从喉咙里呼出金子/飞翔啊。金沙江/皮肤上黄金流淌/水面漂起满天阳光/皮肤下的血/灼红玫瑰与心脏。母亲临盆了/婴儿的啼哭/是一寸绿草/所有的母亲取出皱纹/缝补同一件衣裳。

——《金沙江》

樊忠慰诗歌的色彩无论怎么写都是明丽而灿烂的，他的诗从熔岩一样翻滚着激情的胸中喷发出来。他绝不是先有理性然后才想着去写诗的，而是情感与想象碰撞出诗来。他的诗不乏时代的情绪和色彩，但绝不能归入什么现代派、后现代派。樊忠慰诗歌的民族色彩和民族精神是十分强烈的，那种对祖国的爱，对母亲的爱，对祖国大地的爱，对自然的爱，对恋人的爱，那种对自然宇宙与生命的追问，时时在诗中袒露。

夏吟也是一位想象力丰富的诗人。但她的色彩与樊忠慰又不相同。首先夏吟的诗歌可分为两类，一类是描写母性童心的温馨、纤巧、细婉之作，另一类才是描写天地自然的。她的诗构筑的意象有许多是冷艳的、黑色的，如《悬棺》：

是你吗？我用梦想浇筑成型的夫君/在我死后乘着风来亲吻我/把我从尘世火海救出来/你沉默闪动的泪光/为我处子之身搭建起一座坚硬的石头婚床。

又如《梨花》：

雨后，梨花和梨花挤在地上/抱着自己简单的愿望睡着了/一夜间，素面朝天，衣衫破烂/粉白的生命凄凉地燃烧着/是我遗失在梦中的语言/让人可怜得心疼心碎。

失落与感伤的色彩十分明显。夏吟的诗歌还有一些具有哲理的成分，如《最后的长夜》，她想象着地球即将毁灭前的最后一个夜晚，人类是如何地摒弃仇恨与嫉妒而相亲相爱相敬。这首诗也写得不错，我以为诗歌的构思也并不排斥先有理性的思考而后才进入诗歌的意象。

两位诗人的色彩不同，但由于其所用的意象都飞驰着虚构与想象的翅膀，自然形成了灵秀中蕴涵真实的这一种风格。

对昭通小说创作的思考

昭通小说创作的步履虽然蹒跚，却仍在前进，艰难地却又是坚韧地前进。锲而不舍，金石可镂。下一步怎么走，我也和大家一起在思考。想到几点，不避愚顽粗疏，说出来和大家共同讨论。

一、小我和大我

1985年听王安忆讲，一位外国评论家对她说："你母亲写小说是从大我到小我，而你是从小我到大我。"她回答说："是的。所以我写得很愉快，而我母亲写得很苦。"我想，这"小我"当然是指自己，"大我"则是指时代和人民。那时对这话体会不深，这两年来颇有些体会了。昭通的年轻诗人们才气横溢，他们写得畅快淋漓。何以然？他们是凭才气写作，为表现自我、实现自我的价值而写作，也就是说他们注重表现的是"小我"。而小说作者们（多是中年人）却更多地关注社会人生，为责任感使命感（这是长期形成的心理状态）所驱使而写作，因而在很多时候都注重表现"大我"，所以写得很苦。我想，可不可以让诗人和小说家们在小我和大我的问题上互相弥补。长期凭才气写作，才气能否持久？诗人们在表现自我的时候可否考虑一下，在某一部分诗歌中有意识地关注一下大我，寓大我于小我之中。本来个别与一般是不可分割的，但有意识地经过提炼通过个别表现一般，比无意识地表现是否会更为深刻一些呢？这便是王安忆说的“从小我到大我”。而小说家们是否可以像诗人们那样宽松一些，在关注社会人生的同时，深入解剖一些个体，充分发挥自己的想象力，多表现一下自我。首先可以写自己，写自己熟悉的生活，中外许多名家的成名之作大都是如此；但也并非只写自己的生活，而是要更多地表现我眼中的生活，我眼中的人和事。过去写小说的人太多地考虑了“真实性”，而这个“真实性”的含义又被片面地理解为合乎客观实际，因此唯恐作品“失真”，唯恐自己戴的是有色眼镜，写出来的作品会“歪曲生活”。我想，“真实性”的含义是包含客观性和可能性在内的，只要有其可能性就不违背真实性。在此前提下，我怎么想怎么看，便可怎么写，这也许就会写得轻松一些了。在艺术表现中恰恰需要戴上自己的有色眼镜才能产生特殊的艺术效果。这也就是主体意识的参与。写过之后再跳出来，回过头去审视它，在小我和大我之间，在艺术与生活之间作些协调。这个过程对昭通的小说家来说是否就是先从大我回到小我，再通过小我表现大我？

二、技巧与生活

外地的作家编辑们总是说：昭通的小说家们写得太老实了。我想，这“老实”的含义是指表现方法陈旧，过分拘泥于生活原型，原原本本地和盘托出，有头有尾地细细道来，不善处理虚与实、藏与露、粗与细、时间与空间等等的辩证关系，不善发挥想象进行虚构。用鲁迅的话说，就是不善“拼凑”和“生发”。导致这种情况的原因何在呢？我想在于观念、技巧和习惯。这三者是互相关联的，旧的技巧适用于旧的观念，久而久之便形成了习惯。因此必须更新观念，学习使用新的技巧，改变旧习惯。这对于有历史包袱的中年作者来说，不能说没有困难，但这困难是可以克服的。关于观念，通过这几年的学习讨论，走出去，请进来，昭通小说作者的文学观念已经发生了变化，并且正在加深这种变化，但由于习惯的原因，在技巧上我们的学习借鉴是不够的，多数小说作者都还习惯于自己操熟了的枪法。在这方面已经引起了一些同志的重视，他们开始学习使用新的枪法，并已初见成效。蒋仲文同志把荒诞手法和意识流结合，运用得比较自然，今年推出的两篇小说《布袋里装的什么》和《荒唐》，就是如此。邹长铭同志由一个细节生发出一篇小说《痼疾》，表现了细节放大的功夫。夏天敏同志的小说在描写中注意了意象，丰富了内涵。初露头角的吴霄在《热土》中使用的叙述语言把叙事、描写心态，描写环境糅合在一起，在叙述中不重场面而重细节，不重事件的流程而重情趣。铁云峰一直在练习意识流的表现手法。以上这些作者近几年来借鉴使用这些新的技巧手法，使昭通小说的面目比之四五年以前大为改观了。技巧属于形式的范畴，形式在一定的条件下具有相当大的作用。我们应该进一步学习借鉴，大家都来操练新的枪法，进一步革新昭通小说的面目，以期推出丰硕的成果。

我们要学习新的技巧，这是毫无疑义的，但是不能忘记生活。如果生活的底子不厚，作品内容不充实，那么即使技巧很高，作品的分量和价值也不会太高。我以为昭通的小说作者同样存在着深入生活的问题。现在各个作者似乎大都只熟悉自己生活工作的那个小范围，而对滇东北这块沃土丰富多彩的生活还不怎么熟悉，因而我们写起东西来总觉局促单薄，缺乏厚重感。邹长铭同志的《金沙江，河滩地》之所以好，首先就因为他熟悉生活，作品有生活的厚重感，有历史的穿透力。在深入生活的问题上，我想有两点值得注意：其一是横向深入。我们必须熟悉面上的生活，广泛取材，写出更多的能够反映滇东北乌蒙山特点的作品来。云南作家应该超越题材，这是正确的，昭通的小说作者也应该如此。不过，我觉得昭通的小说反映昭通的边地风光、民族特色的作品还很少，还没有把昭通存在的广阔的很有价值很有特色的素材变成文学作品。所以，我们应该先走第一步，大力开采滇东北沃土下的丰富矿藏，把昭通地区的边地风光、民族特色写足，同时也就试探如何超越题材，走出第二步；能够两步一齐走当然就更好了。其二是纵向深入。要深入了解昭通的人文历史和现状，深入了解特殊的历史、地理、社会条件下形成的人们的心理积淀，对于这方面的生活熟悉了，即使写自己身边的生活也不会单薄。这样，我们就不是孤立地写它，而是把它放到文化历史的大背景下，放到时代生活的大背景下来观照它。这样就会写得厚重一些深刻一些了。

三、视野和圈子

罗丹说："不是生活中缺少美，而是缺少发现美的眼睛。"这就是说本来生活中存在着美，但我们的洞察力不够，没能发现它。因此，搞文学的人一定要有开阔的视野和敏锐的洞察力。视野开阔，目光敏锐，高瞻远瞩，才善于发现题材，也才能恰当地处理题材和开掘主题。虽然取材于一点，但这一点是生活的聚焦之处，它可以左右逢源，四通八达。开阔视野也包括两方面，即生活的视野和知识的视野。关于开阔生活的视野前面已谈了深入生活的问题。深入考察还要和跑马观花结合起来。既要深入到滋养我们的这片土地上去，又要抓住机会或创造机会到大山外面去走走看看，让我们的大脑多受一些五光十色的生活的冲击。多接受一些信息，头脑才会醒活。遗憾的是这样的机会对于我们太少了，我们的头脑常处于相对封闭之中，有组织有计划地深入本地生活也基本未进行。昆明五位作家徒步考察金沙江很有收获，这样的活动昭通地区的作者更应该开展一下。

开阔知识方面的视野就要耐得寂寞坐得下来，多读些书扩大知识面。阅读的书应包括文学作品和非文学作品，加强理论修养和艺术修养。从水管里流出来的是水，从血管里流出来的是血，文学作品思想的深浅、情趣的高低是与作者的修养密切相关的。这些年来，许多著名作家都注意阅读哲学、心理学、文化学以及历史学等方面的书籍，我们更应加强学习。昭通的小说作者们除了在会上见面谈，平常的接触太少，好多人都是各自为政，这不利于创作的迅速进步。开阔视野是要突破生活范围的圈子和知识范围的圈子，而切磋技艺又需要有一定的小圈子。

由生活和工作比较接近容易聚合的几个人组成，经常接触，畅所欲言，共同讨论读过的书，互相传阅作品，直言不讳地提意见，可以及时发现创作中的问题及时解决，互相争辩共同探讨，又可加深认识，这样创作上的进步也就会快一些了。

高原风起

——崛起的“昭通文学现象”访谈

骆　隐

2002年10月中旬，云南省“昭通文学现象及作家群研讨会”将在昭通召开。

这一块土地沉默了很久，这一片荣光守望了多年。当铁轨与钢轮撞击出洞穿尘世的声响，仿佛遥应着远古的辉煌，“昭通文学现象”崛起于乌蒙高原。这一令人称奇的文学现象，其状态及成因究竟如何，颇令人关注。记者为此走访了昭通文学评论界的两位专家。按照阅读顺序，现先介绍刘廉昌关于昭通文学状况的概括，然后介绍蒋仲文关于该现象成因的剖析。

记者问：全省第一次以地名冠名“昭通文学现象”，对这一概念，应如何界定？

刘廉昌答（以下简称刘）：所谓“昭通文学现象”，据我的理解，是个很狭义的概念，是指昭通这个地域在特定的时期内所出现的文学的发展与繁荣。所谓特定时期，是指“文化大革命”结束后这二十多年，即当代文学上讲的新时期。之所以称现象，其实应该加“特有的”几个字。其含义是指，昭通文学较少受商品经济的冲击一直保持着一种强劲的发展势头，并在近几年出现了一批力作，从而形成一个地区文学的繁荣。

记：昭通文学当前的状况如何?

刘：根据所掌握的资料，我谈一下留守在昭的作家的情况。昭通文学迎来了山花烂漫的季节，其中有两朵最绚丽的花，一个是作家夏天敏的中篇小说集《乡村雕塑》的出版，其中的《好大一对羊》获 2001 年全国当代文学奖中唯一的一部中篇小说奖；另一个是云南省文联为青年诗人樊忠慰出版的诗集《绿太阳》的问世。这两部作品，不仅在省内而且在全国都引起了较大的反响。与此同时曾令云继长篇小说《龙卢演义》和《浮世幻影》后，又出版了报告文学集《天堑飞虹》，女作家宋兴菊的小说散文集《为情痴傻的女人》以及流浪诗人麦芒别出心裁的新作《麦芒四行体诗二百首》也相继出版。此外还有一批文学新人诸如：吕翼、刘平勇、王昭荣、沈洋、夏玲、刘邦坤等，他们的作品分别在省内或国内知名的文学刊物上发表。

记：二十多年昭通文学发展的阶段性状况如何?

刘：大体可分三段时期。第一阶段是“新花、千顷池”时期（以当时文学刊物命名，下同)。从 20 世纪 70 年代末至 80 年代中期，约七八年时间。这是昭通文学在“文化大革命”后复苏和酝酿的一段时期。这时期营造了良好的氛围，培育了苗子，奠定了良好的基础。第二阶段是“南高原前期。”从 20 世纪 80 年代中期到 90 年代初期，约十年，创作渐成气候。出现了诗歌、小说、评论三个群体，在全省文学创作中占一席之地。诗歌以陈衍强、雷平阳、付泽刚为代表，小说以蒋仲文、曾令云、夏天敏、邹长铭为代表，此外有后起之秀刘广雄、张仲全等，评论则以宋家宏、李骞为代表，我在教学之余也涉猎其中。第三阶段是“南高原后期”。从 20 世纪 90 年代中后期到本世纪初的一段时期，是成熟结硕果的时期。曾令云的长篇小说《龙卢演义》、《浮世幻影》，蒋仲文的《仲文小说散文集》，夏天敏的散文集《情海放舟》、小说集《乡场上的皮匠》，邹长铭的小说集《驿站》以及麦芒的几部短诗集。此外还有不少个人、集体文集，如《沧海萦梦》等。另外，在南高原前后期都有个女子创作群体存在，以钟文惠、黄玲、来圣丽、宋兴菊、夏玲为代表。

记：这些作家的创作有些什么特点？

刘：首先从创作意识来观察。有一种从使命意识向生命意识发展的过程。中老年作家的创作都有较明确的使命感。较年轻的作家诗人则把创作视为人生的终极追求。

其次，从创作态度来观察。昭通作家诗人始终坚持了严肃的创作态度。从 20 世纪 80 年代中期《荒原》文学社开始，就确立为“人生”的创作目的，一直延续到今天。

再次，从创作方法上来观察。现实主义的创作方法始终是主流，但也并未排斥其他的创作方法。

记：关于昭通文学现象的成因，主要有哪些？

蒋仲文（以下简称蒋）：主要有几个方面的原因。其一是文化渊源，其二是对自身创作的审视点较高，其三是对人的生存状态表现的坚守，其四是市委市政府的重视和对作者的关心爱护。

记：请分别对这几个成因作说明。

蒋：从文化渊源来说，昭通历史悠久，自秦开五尺道后，日益显示出交往中的枢纽作用。深厚的历史文化，熏陶了昭通人的文化心理。《华阳国志》载：朱提郡“其民好学”。崇尚读书，崇尚文化的传统，被一代代传了下来。昭通就出了国学大师姜亮夫先生，历史学家、文物收藏家张希鲁先生。姜先生的《昭通方言疏正》直接对一些作家的创作语言发生影响。1984 年，昭通文联成立，很快组织了一支文学创作队伍。他们心怀崇高信念，在初始时就牢牢扎下了根基，使他们面对经济大潮带来的种种诱惑不为所动。

昭通的文学队伍，一开始就有极强的群体意识和凝聚力。这与文化熏陶和素质分不开。他们为别人的成绩欣喜不已，这为昭通文学的群体突破，创造了一个良好的人文环境。

从创作审视点来说，把作者的成长放到全国、全省的文学视点下去进行观照和比较，是昭通文学的一个传统。这使作家能在尽其宽广的空间里汲取养分。同时，创作和评论同行，是又一特点。20 世纪 80 年代末，宋家宏已经开始在《文学评论》等全国著名的文学评论刊物上发表长篇文论，同时，他对昭通的写作群体给予了极为热情的关注。对昭通创作群体给予理论观照的，还有李骞、刘廉昌、周天忠等同志。

昭通文学一开始就站在较高的文学平台上来审视自己的创作，培养自己的作者，这一传统一直延续至今。

从对人类生存状态表现的坚守方面来说，深刻反映小人物的生存困境，探寻当代人的深层心理，是昭通文学的一个重要主题。昭通作家避开当代生活表象的纷乱浮杂、五光十色，以一个作家的社会责任感和良知，冷峻地看到贫困给人造成的注入血液的愚钝和麻木。他们从亲身经历的日常事件中，看到深藏不露的具有普遍和典型意义的，或是具有哲学美学意味的东西，并能用文学的方式表现出来，这是昭通作家最可宝贵的坚守和最重要的素质。离开了这一点，昭通文学便无从谈起。

从市委市政府的重视和对作者的关心爱护这方面来说，昭通作家群是在市委、政府的关怀爱护下逐步成长起来的。昭通是个极为贫困的地区，在很有限的财政收入中，市委、政府尽其所能，对文艺工作和文学艺术事业，加大了投入。近些年来，每年用于文体和文学艺术的费用，在百万元以上。昭通的重点作者，在文联、作协严于要求作品质量的前提下，在政府和各部门的帮助下，都出了个人的作品集。每次文联、作协有大的活动，分管领导都到会，并作了热情的讲话。在夏天敏中篇小说首发仪式上，分管的副市长杨嘉华和很多部门领导出席了会议。市委书记杨应楠因工作未能到会，也给会议送来了书面讲话，对作者和文联、作协的成绩，作出了充分的肯定，对到会的同志鼓舞很大。

在正确处理文艺问题上，从政治上关心爱护作者方面，市委做了不少工作，20 世纪 80 年代末，全国文艺界批判资产阶级自由化。昭通有的人从文联刊物《南高原》上，挑出多篇作品，送至省委宣传部，状告昭通文学界搞资产阶级自由化。昭通文联、作协为保护作者，进行了旗帜鲜明的抵制。当时的地委为正确处理这一事件，委派地委副书记冯建昆认真读了数期《南高原》上的全部作品，找文艺界的许多人做了深入谈话，倾听了各方面人士的看法，最后，作出决定：昭通没有搞资产阶级自由化的作者和作品，个别作品情调不高，属文学范围内的问题，应该用文学批评的方法加以解决。保护了几乎所有的重要作者。如果当时的地委对这一事件不作出正确处理，绝无昭通文学现在这样的局面。

作家作品研究与赏析

风云变幻显英豪

——评曾令云的长篇小说《龙卢演义》

《龙卢演义》的创作和出版是昭通地区长篇小说创作的一个新的突破。作者将20世纪头四十年云南风云变幻的复杂历史和众多的历史人物，艺术地浓缩在一部作品之中，成功地塑造了从昭通这块土地上走出去的对云南历史有重大影响的两位杰出人物，显示了较为成熟的艺术功力。小说的出版不仅对昭通地区的文学创作，而且对昭通地区的文化发展以及促使昭通人正视自己的历史和生活，都将产生一定的影响。

小说出版以来，有不少街谈巷议，不管这些议论如何，总起来看却可以得出一个结论，那就是这部小说引起了各界人士的广泛关注。这些议论的确也涉及了作品的许多层面。这里，笔者想就这部作品谈谈个人的看法，以期和广大读者一道更深入地认识和探讨这部作品及其创作意义。

一、龙、卢的历史地位和描写这一题材的重大意义

一位西方哲人说过："一个没有英雄出现的民族是可悲的民族；而有了英雄出现却不知道加以爱护的民族，也是一个没有希望的民族。"如果我们不是用极"左"的眼光来看待龙云、卢汉，不再把他们看成奴

隶主贵族或者地主阶级的代表人物，而是用历史的眼光看待他们，那么应该承认，他们是云南历史上有过重大影响起过重大作用的杰出人物。

龙云、卢汉的历史功绩首先在于：他们于 1928 年结束了长期军阀混战的局面，使云南出现统一。龙云治滇十八年，省内没有大的内战，得以休养生息。十八年间龙云采取了消除匪患、巩固金融、兴办企业、建设交通、兴办教育和整顿民政等一系列措施，使云南的社会得以稳定，经济文化得以发展，财政得以充实，老百姓的生活得以安定，为支持抗日战争（以下简称抗战）打下了坚实的基础。

龙云、卢汉的第二大贡献在于对抗战的贡献。在整个抗日战争期间，龙云拒绝了汪精卫的诱降，使云南成为巩固的大后方。云南出动三个军共 27 万人开赴前线参加抗战，武器弹药、服装器械全是云南自己配备，滇军曾参加了著名的台儿庄战役，为抗战立下了卓著的战功。云南抢修滇缅公路 1 146 公里，在日寇封锁了中国沿海以后从盟国运入中国的军用物资大多是从这条公路运入的。仅 1941 年一年间经滇缅公路运入的物资就达 13.2 万吨之多。同时，还修建了临时军用机场六个，供抗战用。龙云积极支持抗日宣传活动，支持一切抗战文化团体，组织全省抗敌后援协会，开展献金运动，积极支援前线。在抗战期间，国民党中央驻滇部队和盟军驻滇人员共数十万人之多，其粮食及其他生活物资都由云南供应。抗战后期，云南积极支援并参加了滇西抗日作战，为收复滇西失地作出了巨大的贡献。

龙云、卢汉的第三大贡献是从抗战后期到新中国成立前夕积极支持民主运动，组织并实现了云南和平起义，使云南人民免受战火蹂躏，使蒋介石国民党未能把云南作为他们向解放军负隅顽抗的最后阵地，加速了云南的解放，使云南人民及早进入新中国的怀抱，同时也加速了祖国大陆的解放，为中国人民的解放事业作出了巨大贡献。

当然并不是说龙云、卢汉没有过失，他们也曾杀害过共产党人和普通老百姓，也曾一度听命于蒋介石围剿红军，但功过相比，他们对云南的贡献，对中国解放事业的贡献及其功绩是主要的。

龙云、卢汉在云南历史上占有重要地位，在中国现代史上也占有一定地位。文学作品以之作为题材描写云南近半个世纪的历史变迁，对广大读者具有深刻的认识作用。了解1928年以前云南人民饱受的战乱之苦，才能认识龙云治滇十八年政治相对稳定老百姓得以休养生息是难得的，同时也才能更深刻地认识到新中国成立后的社会稳定是多么可贵。艺术地再现和正确地肯定这两位历史人物，将使为官从政者以及广大读者能认识到个人与历史的关系，领导者与人民群众的关系。个人的生命在历史的长河中是短暂的，凡是那些为人民做过好事有过贡献的历史人物，人民将会把他们铭刻在心中，他们的人生价值也得到积极的肯定；而那些贪赃枉法荒淫作恶给人民带来灾难的人，也将被钉在历史的耻辱柱上。再者，历史上的任何英豪都有他们产生的历史条件和环境，龙、卢是从昭通这块土地上走出去的，俗话说“一方水土养一方人”，典型性格是在典型环境中孕育形成的。地灵才有人杰，有昭通的雄奇山水，有昭通人朴实、正直而剽悍的民风，有昭通深厚的历史文化积淀，才能孕育出这些叱咤风云的历史人物。写好他们可以让昭通人反思昭通，让云南人反思云南，借以增强我们的自尊心和自信心，为创造和谱写昭通和云南历史的新篇章而奋发图强。

二、《龙卢演义》的思想和艺术成就

恩格斯在论述无产阶级文学批评的标准时强调“美学的和历史的要求”，把它作为无产阶级文学批评的“最高标准”[①]。所谓“美学的要求”是指：要按照文学创作的自身规律，按照审美创造与审美鉴赏的规律来评价作品；所谓“历史的要求”是指：应该把作品放到特定的历史背景中去考察，看其是否真实地反映了历史运动的本质和规律，看其“对待人民的态度如何，在历史上有无进步意义”（毛泽东语）。评论

①恩格斯《致斐·拉萨尔》。

《龙卢演义》我们也必须坚持这一马克思主义的批评原则，而不是别的什么“原则”。

按照历史的标准来要求，《龙卢演义》有两点是值得肯定的：第一是它展示了广阔的社会生活，第二是它的具有积极意义的主题。

《龙卢演义》给读者展开了20世纪上半叶风云变幻的历史画卷。作为历史小说，作者所描绘的重大历史事件都是真实的。如龙、卢从拥唐继尧到倒戈唐继尧，从“六月兵变”到20年代长期的军阀混战，从龙云荣登云南王宝座到滇军血战台儿庄，从蒋介石改组云南省府到龙、卢反蒋拥共举义旗云南和平解放，这些都是历史真实。然而史实只给我们留下故事的梗概和脉络，如果离开了艺术的再现，那么它也就难于给广大读者留下形象化的深刻印象。正是由于经过作者的画笔点染，艺术化形象化的再现，才使这些史实成为生机勃勃的历史画卷，成为雅俗共赏的生动故事，让广大读者在品味这历史故事之后留下思考。阅读这部小说，让人们看到了长期的战乱和屠杀给广大人民造成的灾难，让人们看到那些纵横捭阖的政治家大军阀是怎样的翻手为云覆手为雨，然而历史的规律又是不可抗拒的：当他们一旦逆历史潮流而动，便迅速地被历史前进的狂澜卷走，像龙云、卢汉这样顺应历史潮流能为人民做好事、为民族作贡献的政治家即使也遭受了政治上的曲折和不幸，但终究会赢得人民的敬重与怀念。作者很好地处理了生活真实（史实）与艺术虚构的关系，让情节服务于历史，各种细节描写服务于人物性格的刻画，使读者忘记了其中许多绘声绘色的战争场面、钩心斗角的政治谈判，人物音容笑貌和一言一行都是出自作者符合逻辑的想象和虚构而误认为是历史的真实。史学带给读者的是理性的思考，而且它难以进入广大普通读者的心灵，艺术却给广大读者带来形象的感受，通俗小说则可以赢得更广大的读者，它给读者留下的沧桑感是史学无法取代的。《龙卢演义》做到了这一点。《龙卢演义》在描绘云南历史的风云变幻时，没有将它孤立起来，而是将它与中国的大历史背景联系起来，让人们看到云南的现代史是整个中国现代史有机组成的一个篇章。

《龙卢演义》揭示的主题是积极的。文学作品的主题是作品的灵魂，它决定着文学作品的价值。一段时间以来，许多作品的主题常常和“失落”、“困惑”、“尴尬”、“无奈”等词语结下了不解之缘，似乎只有这样的主题才是深刻的。笔者并不反对表现这样的主题或情绪，但是不能因为从这些角度立意的作品有其存在价值就可以忽略乃至于排斥从正面立意的作品。我们的文学是社会主义文学，必须坚持“为社会主义服务，为人民服务”的方向和“百花齐放，百家争鸣”的方针，思想内容积极健康的通俗文学作品，也应有它存在的价值和作用。

作为一部长篇小说的主题，其内涵是丰富的多义的，不是简单的三言两语能够概括得很恰当的，但是否可以这样来说明：《龙卢演义》描绘了云南近半个世纪的风云变幻，艺术地再现了军阀混战、抗日战争、云南起义等诸多历史事件，从而显示出20世纪上半叶云南历史的深刻变化，并揭示出它在整个中国历史巨变中的重要作用，证明了和祖国一起走社会主义道路是近现代云南的必由之路；小说通过众多的历史人物刻画，特别是通过对龙云、卢汉的刻画，表现了中华民族坚持正义、疾恶如仇、追求进步、追求光明的思想情操以及以爱国主义为核心的巨大的向心力和凝聚力。这一主题是深厚的，意义重大的，有生命的，也是能鼓舞人积极向上的。

按美学标准来观察，《龙卢演义》的艺术成就表现在以下几点：成功的人物性格刻画，生动的民族风情和地方风情描写和简洁而又多样的行文手法。

关于人物性格刻画，对两个主要人物的描写基本上是成功的。小说从一开始就把人物放到矛盾冲突中去描写，从而充分展示人物的性格特征和思想内涵。由于其共同的生活环境和出身，龙云、卢汉的性格特征有其共同之处，也就是都有粗犷豪迈的一面，这表现在他们的见义勇为、不畏强暴、知恩必报等，侠义思想是他们早期思想中重要的组成部分。然而随着历史事件的展开，也就是小说情节的展开，作者又写出了他们性格各不相同的个性特征。龙云能从狭隘的宗族械斗中挣扎出来，初步显示了他的见识高人一筹。在此后的一段漂泊生活中，虽然他认识了社会，练就了武功，结识了兄弟伙伴，但他仍然没有摆脱绿林豪杰的特征。进入讲武学堂应该是他的政治生涯的开端，而力挫洋人大力士则充分表现了龙云个性中倔强的不信邪的优秀品格，这也正是在旧社会深受帝国主义压迫歧视的中华民族性格中极其可贵的一面。在出兵广西、拥唐继尧和倒戈唐继尧这些历史事件中，龙云的军事才干得以较充分的展示，而在政治上还是不成熟的，正是在这种政治的幼稚中，揭示出他为人光明磊落、正直无私和知恩必报的种种优良品格。直到他遭"六月兵变"被囚木笼中一个多月，九死一生才使得他在政治上较为成熟起来。他除了会用兵以外，也会用谋略来征服对手了，从而获得了他在云南的统治地位。此后在对龙云性格的描写中展示更为丰富更为复杂的几个侧面，但他那与生俱来的性格主导方面并未消失，即粗犷豪迈、胸襟开阔、有胆有识，仍然是他性格的重要组成部分，这也许正是他悲剧性结局的根源。作者这样的描写既符合历史的真实，也符合人物性格发展的逻辑。

小说对于龙云政治思想的展示，在登上云南王宝座之前，其政治倾向不是十分清晰，他拥戴孙中山的国民革命，但也只是以听命于唐继尧作为前提。在登上云南王宝座之后，他拦截红军，屠杀地下党，为的也只是坐稳自己的交椅。直到抗日战争爆发，他的爱国主义思想才受到激发并在许多大事中得以充分表现。这时的龙云既要治理好云南，又要竭尽全力支援抗战。他从一个成熟的胸怀大度的政治家、爱国主义者，发展到反对蒋介石的独裁统治，拥护中国共产党领导的革命事业。这一条主线在作品中得到了明确的表现，因而也就使得龙云的政治思想从朦胧到鲜明了。

对于卢汉的描写，在前期，作者主要揭示了他思想性格中的两个方面：一是和龙云的深情厚谊，二是英勇善战的军事才能。卢汉和龙云虽然也有一度反目的小插曲，但终其一生是情深义重的。龙云走南闯北有卢汉相随，南征北战有卢汉为先锋或独当一面，特别是龙云被胡若愚、张汝骥、王洁修等囚禁，若没有以卢汉为核心的两军相救，很可能已成刀下之鬼。在这些情节的描写之中可以说明卢汉是龙云最忠实的政治盟友，他们之间的政治联系首先是建立在亲情友谊的基础之上，然后才是建立在共同的政治利益之上。这也可以说是中国政治关系的一大特色。作为骁勇善战的一名将军，卢汉的性格在一连串的军事活动中得以展现。在对龙、卢性格的刻画中，作者采取了相互陪衬的手法：以卢汉的直爽陪衬龙云的深沉，以卢汉某个时候的意气用事陪衬龙云的深谋远虑，以卢汉的一时误解草率行事陪衬龙云的胸有成竹和宽宏大度，使得他们各自的性格特点都得到了鲜明的表现。当然卢汉最终也走向成熟，他对起义的深思熟虑与部署以及对起义时机的慎重选择也显示了军事家和政治家的才干。

对其他人物的刻画，着墨较多的是顾品珍和唐继尧，通过对他们在政治上的升降浮沉的描写，着重表现他们在政治上的野心、军事上的冒险，以及生活上的腐朽奢侈。两个旧军阀的嘴脸与灵魂都得到了较好的表现，但相互的差异不太鲜明，其他着墨不多但还能显示出一定性格特征的人物是胡瑛和张冲。颇有军事指挥才干和政治才能的胡瑛，立了大功之后却并未觊觎过云南省主席的位置，从而表现了他的节操；张冲的英勇善战、豁达直爽，也给读者留下了较为深刻的印象。相对这几个主要人物来说，其他的人物性格特征则较为模糊，比如胡若愚、张汝骥等。

《龙卢演义》在民族风情和地方风物的描写方面给读者提供了又一种审美观照对象。在民族风情方面，小说一开头关于彝山风光、风俗，彝族“打冤家”以及龙云与阿茨的爱情的生动描写，给读者留下了极为深刻的印象。一方面是在峻峭巍峨的群峰之间既勇敢又愚昧的自相残杀，另一方面又是在高山明月的俯瞰之下的海誓山盟以及充满野性的爱恋，两者形成鲜明的对照，给读者以震撼心灵的感受。除此之外，对昭通古朴民风的描写，对昆明20世纪20年代到40年代的市容和社会生活的描写，虽然只是穿插在情节的进展中，着墨不多，但都还是生动真实的。作者在描写战争的紧张过程，也能忙里偷闲腾出笔来写写云南风光，如描写卢汉进军滇东北追歼张汝骥时，作者描写了陡峭的梨园坡、波涛翻滚的牛栏江和晨雾笼罩下的江底大桥。这些描写为读者提供了了解特定历史时期的地域文化、民族风情、山川物象的一种蓝本。

小说在叙事手法上也有其独到之处。错综复杂的政治军事斗争，牵涉到方方面面和众多的历史人物，而作者却能抓住主线有条不紊地叙来，让读者感到脉络清楚，层次分明。作者在这里借助了话剧的表现手法，在叙述故事的主干时，许多相关的人和事都通过人物的对话插叙、补叙出来。这种方法使得行文简洁，人物事件杂而不乱。在叙述手法上除了顺叙、插叙、补叙、平叙交错使用外，作者也借助了对比、陪衬等手法。如写龙云力挫洋力士用了对比手法，从外形的对比看，一面是庞然大物的洋力士，另一面是矮小精悍的龙云；从精神状态的对比看，前者傲慢异常，后者既有必胜信心又不轻敌；从智慧的对比看，前者蠢笨如牛，后者灵活机智；从比武的结果看则又表现了洋力士的色厉内荏和龙云的正气凛然。这种手法的运用，使得描写对象的特点愈发鲜明了，从而给读者带来了阅读趣味和美感享受。

三、关于体裁和语言运用

中国的古典小说历来都有历史小说、志怪小说和世情小说之分。《龙卢演义》作为历史小说选择了通俗小说的体裁和比较传统的叙事手法是恰当的。这不仅服从于内容决定形式这一原则，而且使小说赢得了广大的多层次的读者，取得了更好的社会效应。关于方言的运用是这部作品遭议论最多的地方。有的读者一看到小说中叙述语言使用了不少昭通方言，人物对白更是满口昭通话，便忽略了它其他方面的内涵和价值，对方言的使用多持否定态度。我们且不说人物对白（主要指龙、卢）使用昭通话正是刻画人物形象的需要，就是在叙述语言中使用方言也是不乏先例的，甚至可以说离开了某些方言，作品也就失去了某些地域特色。《红楼梦》使用了大量的北京方言，鲁迅的作品有选择地使用了浙江方言，巴金的小说使用了许多为昭通人所熟悉的四川方言，赵树理的小说大量使用了山西方言。当今舞台上的许多小品，正因为使用了方言才使观众一下子就体会到了地方味。至于港台的国语影片不仅带入了粤语的词汇，还带入了粤语的腔调。这些人们都习以为常了，那又为什么要反感写昭通杰出人物的小说使用昭通方言呢？因此，可以说，使用昭通方言正是这部小说的特色之处。问题的核心不在该不该用，而在于提炼得好不好。笔者认为，《龙卢演义》使用的昭通方言，绝大多数都是无论哪个地方的中国人都能读得懂的，要说问题，恐怕在于：作者在某些地方忽略了某些人物的特定身份，都让他们说昭通话，这恐怕是欠妥的。总之，方言的运用应该肯定，但要注意提炼使之规范化，并且要注意人物自身的情况，使之符合人物的性格特点。

四、提供作者参考的几点意见

笔者读到的《龙卢演义》是华夏出版社的版本，据说这个本子删去了原稿上的几万字。就这个本子而论，在内容上详于写军阀混战，略于写龙云云南主政十八年，这是个较大的缺陷。龙云治滇十八年，采取了政治、经济等多项改革措施，并扶持文化，发展教育，其间也有许多矛盾斗争，而且这段时间正面临抗日战争的诸多矛盾，然而这一部分内容只写了滇军参加台儿庄战役，云南的内部情况写得很少，接着便过渡到抗战胜利，蒋介石改组云南，龙云出逃和卢汉起义。因而使读者对龙云这一段的活动和政绩缺乏了解，也未能表现出龙云最辉煌时期的生活。

演义小说固然以演绎故事为主，不能像其他体裁的当代小说那样对人物进行长篇心理剖析，但对于主人公的思想历程还是可以通过多种手法予以揭示。《龙卢演义》详于写龙云与外部世界的斗争，而他的内心矛盾及思想发展历程则少有接触或者写得不够明朗，特别是龙云从拥蒋反共到爱国抗日、反蒋拥共起义这一深刻的变化未能清晰地勾画出来，从而使本书的认识价值和历史价值有所削弱。

在表现手法上，小说中的对话描写较多，这产生了两方面的作用：一方面如前所述，把一些纷繁的人物及事件过程由对话叙出，既省了笔墨，又能把人物事件交代清楚；但另一方面，某些地方过多的缺乏性格特征的对话又给读者带来一定的沉闷感，而限制了作者的发挥。

五、结束语

《龙卢演义》的创作和出版，给昭通地区的文学创作和文化发展开拓了一个新的视野：立足于我们生长生活的这片土地，写我们本乡本土的这些朴实、正直、善良而勇敢的人民，写我们自己的优秀人物，发掘我们的历史文化中闪光的东西，借以提高我们的自尊心和自信心，鼓舞我们去创造新的历史文化。当然这并不意味着，只是把过去的历史文化原封不动地搬出来，而是要用新的眼光、新的意识去审视它，在发掘创造的过程中渗入新的时代精神。越是民族的越能走向世界；越是有浓郁地方色彩的越能走向全国，走向世界，这是文化发展的一条规律。

小城风情和人物心灵的写照

——夏天敏小说创作的特色

他从这古城的小巷中走来，静静地观察着形形色色的人物，剖析着他们的心灵，关注着他们的命运，然后，带着几分忧患、几分幽默用他特有的语言娓娓动听地向人们叙述着一个又一个的故事。他写的多是短篇，但如连缀成集则可看做一个系列，一个描绘小城风情和剖析小城人物心灵的系列。从取材范围来看可分为两个部分，一部分取材于小城之内，另一部分取材于小城附近的乡镇；这两部分可以互相补充，相得益彰。

从总体上来看，他的小说大多在于揭示小城人物精神上心理上那沉重的历史负担，揭露生活中的某些弊病，鞭挞一些丑恶现象，同时也表现了小城人物的朴拙与善良。在某几个篇章中接触了当前的改革，他着意表现的重点是小城在改革到来之际那行动维艰的步履。作者怀着对小城人物的同情与悲悯，希望他们甩掉历史因袭的重负跟上时代前进。

一

在这一系列的小说中，他给我们构筑了一个富有特色的高原上群山环绕的小城艺术世界，描绘了一幅幅小城生活的风情画。他是怎样来描绘这些风情画的呢？首先，作者表现出了小城的封闭感和沉重历史感。

在《白鸡》中，作者带着忧郁的心情把小城的封闭沉闷描写得非常突出：

> 像工厂铸废的废铁毛坯似的群山，色彩黯淡得像从画板上刮下来的脏颜料，将小城桶样箍住；雾状的灰尘被风挟行着抽打着行人的脸，身躯佝偻、叶片低垂的树蒙上了厚厚的灰，而那令人渴望的鲜亮的翠绿的带水滴的绿色却看不见。一个地方的封闭落后，既跟地理环境有关，也有历史渊源。群山环绕的小城，交通闭塞，与外界较少沟通，那不算短的历史却又使人感到自满，以为天下莫过如此，甚至莫能如此。

作者在描写小城的封闭感时，是和历史感交织起来描写的。在《秦月楼》中这样写道：

> 城小，且古老，黄的、白的、灰的，一片房子横在半坡上。几条纵横的街镌刻成历史的皱纹，藏了，一脉悠悠的久远。小城既古老，就该有名胜古迹，也就有了秦月楼。
>
> 提起秦月楼，小城人立即自豪，溢一脸骄傲，每有人来，必争先介绍，如数家珍。这种美好的感情，叫人感动得不行。

这段文字在表现历史感的同时，还表现了由于封闭感造成的自满心理。作者不仅从自然环境和社会环境的描绘中来表现这种封闭感和历史感，并且把它们融入生活习俗和人物关系中来表现，这就更为深刻自然了，也就使得这别具特色的小城风情展现在读者面前了。牛车从小城那有年头的石板路上碾过，年深月久，碾出了深深的车辙，天阴下雨，居民们就将洗菜水泼在车辙里，“畅畅的，真好！”燃料是用黄泥巴和炭面子，给一些无业游民找到了挣钱吃饭的机会，“蹬一脚得两角”的故事由此产生。糯米面必用碓舂使城郊的农民得以到城里出卖劳力，又由此勾画出几个人物的素描。还有小巷深处那些摆得挨挨挤挤的货摊，叫人看看也觉累，七古八杂的货物，熙来攘往的人们，等等。作者带着深深的叹息来描写这一切，叹息历史的脚步为什么在这里行进得那么缓慢。

作者艺术地展示了小城的风貌，使读者看到了我们这片古老的国土上生活的一隅，同时也为他描写的人物性格找到了环境依据。

世界必定要变，时代的风不可避免地要从那群山的坳口上吹进这小城来。如果作者仅仅表现小城的封闭感与历史感，那就不真实了。因此作者在描写小城时也注意表现出一种时代的渗透感，现实的时代的色彩和古老的历史的色彩交织在一起，使小城的色彩更加复杂了。

在《校歌》中小巷的白粉墙上的语录变成了国画，小三菱车开了进来，半新半旧的家具搬了进来，十一届三中全会后复职的部长搬进来了。他与小巷中的普通群众“杀棋”聊天。《乡场上的皮匠》中那个在本地本方受人敬重的老皮匠在竞争中败给了那个远方来的小皮匠。这些描写都标志着生活在悄悄地发生变化，封闭的小城也在缓慢地解冻。在《秦月楼》中更直接写了由于改革的到来才引起拆迁秦月楼的会议，因而在生活中掀起了波澜。小城在变化，在前进，尽管是艰难的，但却不能不变。

艺术的真实不仅要表现出生活的本质特征，而且要显示出事物发展的历史趋势。作者在这些小说中的环境描写正是在努力实现这一点。

小说的环境描写表现了作者的主体意识，将主观性与客观性结合起来。因此，作品中的小城已不是生活中的小城，而是带上了强烈的主观色彩的。他对自己构筑的这个小城世界，在叹息中带着眷念，在批评中含着欣赏。他叹息小城的灰色、破旧、拥挤，却又眷念它的古朴自然并带着山野气息；批评它的落后守旧，却又欣赏它的古色古香。

《校歌》中这样写道：

牛车的木轮有个孔，像半月，走起来，看着像笑脸。缓缓的，稳稳当当，从从容容地走，看着挺舒心。赶车的人还唱歌，荒腔野调，情歌郎妹，也惹得未出阁的妹子脸红心跳。

这不是古朴亲切和带着小村情调的表现吗？在《秦月楼》中，作者透过小说人物刘以夫和宋师傅的眼，极力描绘了秦月楼飞檐重叠，气势恢弘；精雕细镂，涂丹绘彩，挂匾垂楹，文采飞扬，烟笼月罩，水汽氤氲。如此描写不是又显示了小城古色古香的可爱之处吗？这样的描写使作品本身构筑的世界像一件文物那样获得了鉴赏价值，也是作者对自己苦心经营的艺术世界的情感的自然流露。因此，这个小城世界虽植根于现实，却又超越了现实，获得了独立存在的价值。获得了审美价值。这个世界使他小说中的一系列人物有了植根的土壤。

二

在这样的艺术背景之前走出了一个个小人物：手艺精湛的木匠宋师傅、爱管闲事的秦二爷、卖凉粉的心地善良的王二娘、乡场上的老皮匠和小皮匠、卖木金花的“自由职业者”、当挑脚的书包子、踩炭的游民、进城出卖劳力的农民，还有那些社会地位上高一个层次的县委书记、部长以及政协委员，等等。作者满怀深情地叙述着他们的命运，倾诉着他们的感情，剖析着他们的心灵，表达着他们的追求和愿望。作者从艺术的角度用现代意识来审视这些心灵，使我们清楚地看到了他们身上的历史积淀。

注重挖掘人物的心灵是作者刻画人物的一个特色。他揭示了那种被历史扭曲的性格的内心深处的痛苦与灵魂的呼唤。

《白鸡》中的书包子，初看起来似乎是生活中绝无仅有的人，太“个性化”了，但细想起来，他还是有一定的共性的。这个书包子可以说是新旧两个时代的共同的牺牲品，旧时代的教育使他成为只会读死书死读书四体不勤五谷不分的人，而新时代的准出身论又使他连出卖文墨维持生存的活计也打脱了，于是只好到车站当了挑脚，靠出卖那力不从心的劳动来糊母子俩的口。从外表看，他似乎麻木了，连自己的头发脸面和衣冠都不屑一顾了，然而这个人的内心却还保留着人性与人情，除了奉养老母外，他还要看文字，用高度的近视眼去读这个世界，更可叹者他还要把爱付给别人，别人不了解他也不能接受他的爱，他只好把这一份爱付给那只善解人意的白鸡。要付出自己的爱，就得有感情交流，于是他便和白鸡“对话”了。这种“对话”，能给他孤独的心带来慰藉。然而，那个“史无前例”的“文化大革命”造就的“造反有理”的下一代革了白鸡的命，这就使得他连付出爱和交流感情的对象也被断送了。他终于疯了，他白日夜晚地呼喊号叫，其实，严格说来，他不能算疯，因为他没有做过任何一点点妨害别人的事，更不会做伤天害理的事，只不过是他那颗孤零零的心在呼唤！呼唤！

作者描绘的人物形象，我以为最震撼人心的是这一个。这是一个外表麻木，而内心并未完全麻木，在生活中丧失了做人的价值而内心的人性却未完全泯灭的一个人。他的痛苦就在这内外不协调的矛盾上。从这个人物的身上也可引起许多反思，可惜的是在生活中人们常常只会把这个人看做毫无价值的书包子。其实，如果人人都像书包子对白鸡那样对别人付出一点点爱心，也许人际关系就会变得好些，也许就会减少许多麻烦和苦恼。书包子的命运是令人悲悯的，然而他那一点不曾泯灭的爱心却留给读者一颗值得咀嚼的生活的橄榄。

在刻画另一些人物时，作者常常显示出他们的二重性格，即：既显示他们朴实善良的一面，又写出他们落后、守旧的一面，更其可悲的是他们常常缺乏独立的精神，而带有封建的依附性。这是作者对小城人物精神与心理的又一剖析。

《乡场上的皮匠》中写了一个厚道爽快的老皮匠牛德顺，他不顾当地的迷信习俗在年三十晚收留了一个流落街头的远方小皮匠。他的心地是纯朴善良的。他给乡亲们绱鞋也多半凭交情办事，不在乎经济价值。这正是那封闭的自给自足的经济环境的产物。这个性情厚道爽快、心地纯朴善良的老皮匠在碰到外地小皮匠的竞争时，竟是那样无能为力，以致被抢了生意，丢了几代人的饭碗。原因何在呢？就在于他精神上的守旧落后，他不守信用，不愿接受价值观念，不愿采用新技术，总之他缺乏一种适应能力。因此当生活环境稍有改变受到外界冲击时，他便难以适应而被淘汰了。这是一出令人不易觉察的悲剧。在实际生活中，小城的许多人正在扮演着老皮匠牛德顺的角色，可是他们并不能觉察到这一点。

《校歌》中写了一个善良而贫弱的劳动妇女王二娘，她以推凉粉卖来维持生活，因无钱贿赂市场管理人员，别人就要断她的生计，后得邻居秦二爷把她的情况转告“文化大革命”后复职的部长，部长挺身而出为她撑腰。她感激涕零，推了最好的凉粉，拌了最好的作料去招待他们。她心地纯善感情真挚，然而她又是可怜可悲的，因为她毫无自助的能力，一旦离开了部长的支持，她就连靠劳动自食其力的小生意也不敢做了，只好忍饥挨饿。正因为如此，她把部长看成救世主了。千百年的封建社会造成了一些人对另一些人的依附性，这种封建的依附性至今仍然根深蒂固地存在一些人身上，所不同的只是依附的方式不同而已。如果人们能够摆脱这种依附性，那将会更能实现做人的价值，也就能发挥更大的能量，为社会为自己创造更丰富的生活。

作者进一步把小城人物的心灵放到改革的背景上来分析，就使我们更加看清了他们那种根深蒂固的沉湎于历史的回顾，保守不求进取的精神和心理状况。由于历史与现实的诸多因素，小城中的人大都还过着落后的灰色的生活，作者在环境描写中作了充分的表现。他们本来应该有一股力图改变现状的欲望，然而又是由于历史的积习，他们的思想却是保守的，阿 Q 那种妄自尊大的心理在他们身上却是一脉相传的，任何一点力图改变现状的做法都会在他们当中引起轩然大波。这也是一种悲剧。这一点在《秦月楼》里表现得最为突出。这篇小说艺术地再现和揭示了保守思想是怎样成为改革道路上的障碍的。

小城一位立志改革的市委书记为了改变交通拥挤的面貌，准备修筑一条横贯全城的大道。为此，要拆毁市中心的小城名胜秦月楼，虽然这座名胜已四壁倾颓，然而反对之声骤起，一封封措词激烈的信飞向市委，飞向省委、省政府，社会上各方面的代表人物争相提出反对意见，终于迫使这条大道绕开秦月楼拐弯而行。小说虚构了不同类型的四个人物，刻画了他们的心态，揭示了保守思想在各人身上产生的根源。著名的木工宋师是站在先人创造的业绩上止步不前，他反对拆秦月楼是因为秦月楼上有他的祖辈精心创造的劳动成果，他要维护先辈创造的业绩。他不明白，时代在前进，前人的业绩是前人创造的，我们自己也应该有所创造，才能有所前进，不否定旧的就无法创造新的。政协委员刘以夫则从思想情趣以至心理都是守旧的，他是传统文化的熏陶者，因此他认为秦月楼是小城“一脉文风所系”，万万拆不得。对于这种人，要是拆除了秦月楼，就等于否定了传统文化，他们就会产生心理失重。而钟鼎这个文化人是靠研究秦月楼的文物拿稿费的，他到并不完全拒绝新事物，只不过拆除了秦月楼会断他的财源，所以，他反对拆秦月楼是为了私利。这三个人反对拆秦月楼的思想根源是不同的。对于他们的思想意识，作者形象地进行了剖析，各有特点，令人信服。小说还写了另一个反对拆秦月楼的人，即市委老书记。他之所以反对拆楼是因为过去地下党曾在这里开过会（其实只不过是地下党某负责同志和他的情侣来这里游玩）。秦月楼便属革命文物，万万拆不得。其实，在他内心深处是怕拆了楼因而得罪了某部长（即那位地下党负责同志）。这种媚上的思想意识比起前面几个人物来更有其可鄙可悲之处。四个人的思想虽各有不同，但一种怀旧卫道的感情，保守而不求进取的思想却是他们的共同点，这种思想感情结合着他们自身的利害得失，便形成了改革道路上的障碍。

作者在他的小说中对小城人物的精神面貌的剖析多为揭示他们性格上的弱点缺点、精神和心理上的历史积淀，其所以如此，我想大概也是效法鲁迅先生的精神“揭出病痛，引起疗救的注意。”

以上这一些人物形象是作者着力描写的重点，除此之外，还刻画了好些具有不同性格特点的值得肯定的人物形象，如《校歌》中平易近人、关心群众、帮助别人、不挟私念的部长，《驼背轶事》中那个为民请命的驼背政协委员，《章》里那位勤劳、坚忍、慈爱而又通晓事理的母亲，通过这些人物形象也表现了小城人物精神世界中美好的一面。

三

高尔基曾说："语言是文学的第一要素。"语言运用得好不好的确是一篇作品成败的首要因素。由于作者的苦心经营，他在语言的运用上相当熟练。纵观他的作品的语言，从1986年发表的《白鸡》开始，逐渐形成了自己的特色。他的语言细腻，有底蕴，有浓厚的感情色彩和绘画色彩，在叙述中就创造出适当的艺术氛围和性格特征。

《白鸡》中有这样一段描写：

> 带露水的青石板的深巷里，寂静得很。虽然远处有大批判的喇叭声，传到这儿来，也被清凉清凉的青石板稀释了，没了噪音，到像空谷的风。也有一两枝桃花从某个土围墙里斜逸出来，不像这小城，也不像在最艰苦的革命年代里。

这一段文字用青石板、喇叭声和桃花互相映衬，描绘出小城在那"最革命的年代"的荒寂，读后使人产生怆恻之感，颇有点像杜牧《扬州慢》里那"二十四桥仍在，波心荡，冷月无声。念桥边芍药，年年知为谁生"的气氛和境界。在造句上的联想也很巧妙：大批判的喇叭声被带露水的青石板稀释了，这是诗的语言了，用来描写特定的环境很有意味。上文之后又有这一段：

> 还有卖菜苔的叫声，是乡下的，少女，赤了足，拖着垂到腰部的独辫子，系了围腰，虽然穷，也要绣一两只蝴蝶的。褪了色，蝴蝶还会飞，触须都动呢。还有田野的风，吹斜了它的羽翅。

这段描写则充满了生活的情趣，表现了农村少女在那艰辛的生活中尚不失对美的追求。他们“卖莱苔”的叫声响彻青石板的小巷，又描绘出了小城的风情。《乡场上的皮匠》中有这样一段有趣的文字：

屋里像他才冲的那泡热尿样热乎，当然也有酒味、汗臭味、热尿味了。递个凳子给他，屁股才歪上就跌了跤。那人“嗬嗬”大笑，震得火塘上的灰吊吊直落。拣了凳子朝屋角丢去，就听得瓶子破碎的声音，是酒瓶无疑了。

这段文字把特定的环境氛围和主人公的生活及性格特征都写出来了，而且充满了幽默感，叫人对主人公产生了亲近、怜悯而又辛酸的感情。

小说中表现出绘画美的文字片断随处可见，如《白鸡》、《驼背轶事》的开头都是这样。这里引《碑亭》中的一段为例：

石碑在山脚的崖壁下。说是山脚还得爬十多米的坡坎。一片枯黄的草，萧萧地苍黄着把时间染得古远，呢喃地低絮着把气氛熏陶得荒凉。叽叽喳喳一群人竟哑了嗓，摄去魂魄似的静穆。

描写一个场面，画一幅画并不难，许多人都能做到，而作者的特点在于不但画出景物和人物，而且画出了氛围。这段文字中，写枯草把时间染得古远，风吹枯草如枯草在低语呢喃，把气氛熏陶得苍凉。通过联想，运用拟人拟物的手法达到了较好的艺术效果。

作者还善于把方言土语提炼成文学语言，在人物描写中用得特别多，生动风趣亲切，有力地突出了人物的地方特色和声音笑貌。《乡场上的皮匠》中是这样描写一个农村妇女的：

汉子心中不踏实，朝灶房喊："黑狗家妈，你来看咋个样。"黑狗家妈接过鞋一看，立即像火燎屁股一样大叫起来："这是咋个搞的，咋个不用麻线绱，要得啥子嘛。"又转向汉子："你是瘟的、瞎的、死的。要等人家整你，咋个不放个响屁，看你咋个歇台子哟。"汉子说："我讲了的嘛。"那婆娘雷鸣火闪的出了门："我去找牛哥来。没得金刚钻，就揽不得瓷器活。"说得他脸上有饥皮虱子直爬。

黑狗家妈的话句句是方言土语，活画出这个农村妇女的火爆性格。除人物语言外，在叙述语言中也纳入了"火燎屁股"、"雷鸣火闪"、"饥皮虱子直爬"这些方言词语，恰如其分地描写了婆娘的情急和小皮匠的难堪。

在描写某些人物和场面时，作者又能适当吸收一些文言词语，采用一定的骈文句式，不仅使语言产生了节奏感，而且还具备了文言简洁生动有韵味的特点，读来朗朗上口，有助于刻画特定的人物、场面和渲染气氛。《秦月楼》中是这样描写老夫子刘以夫欣赏国画的：

老友送来一幅装裱过的国画条幅，画的是秦月楼景致。这人幼习国画，功力深厚，是"四王"根基。笔墨滋润苍老，皴法纯熟地道，又不拘泥"四王"旧法，该渲染处浓泼淡抹，满纸云烟，将个秦月楼画得烟笼月罩，水汽氤氲，虚虚实实，缥缥缈缈，琼楼玉宇也似。刘先生看得高兴，反复把玩，手不忍释。

这段描写，既写了画，又写了欣赏画的人。写技法用技法术语，写风景用风景词汇，多用四字句和六字句，类似散句，适当用了一些文言词语，突出了画中之景和老夫子的书卷气，语言有节奏感而不呆板，确实是生动而有韵味的。

注重精神世界的深层开掘

——漫话夏天敏的近期创作

曾听文学友人说过，文学创作要进入潜意识和无意识的状态，那才是最佳状态，才能出最好的作品。我想，这是在讲弗洛伊德理论的运用了。我没有领略过文学创作进入潜意识和无意识状态究竟是一种什么样的状态，根据自己道听途说地了解到的，大概有这么三种情况：

第一，据说西方有的文人作家，在创作之前服用一些安眠药，其剂量的大小要控制在既使自己进入一种半睡眠状态，却又不能完全入梦。在这种半昏迷状态下，"作家"开始讲一种似梦非梦的话，然后让事先安排好的一个人将自己的话录下来，再抄录成文字，这便是创作，而且是处于潜意识和无意识状态下的创作，因而是"最佳创作"。

第二，是指意识流作品。所谓意识流，并不是传统的心理描写，而是把人的意识看做一种不间断地流动的"河"或"流"。这种"流"并不是那种合乎理性的联想或想象，而是一种非理性、无逻辑的自发流动。在这种非理性无逻辑的自发性流动中，人的下意识（潜意识）便得到了表现。弗洛伊德非常强调下意识。他认为，人这种理性动物，在向人类文明进化的漫长过程中，总是在压抑着与社会道德规范相冲突的本能欲望，但这种欲望并未因此消失，而是潜入了下意识，常常以改头换面的形式重新控制人的行为。这种理论使人对自身的认识复杂化了。意识流小说正是为了表现这样的人而发展起来的。因为意识流作品循着这样的路子去表现，所以它也就显得漫无边际，无依无凭，逻辑混乱，非情节化、非典型化。这样的作品大都令人难以卒读。

第三，某些中国作家，他们不照搬照抄西方意识流的模式，而对它适当地借鉴，用以表现人在特定情境下的某些心态，收到了较好的效果。如谌容的《人到中年》，用这种手法表现昏迷的小说主人公的意识活动，把过去半生经历的一些片断联系起来，这既合乎“意识流动”的规律，又能把主人公的较长的一段经历用很经济的笔墨点染出来，收到了较好的艺术效果。著名作家王蒙的好些篇作品，也借鉴了意识流手法，如《风筝飘带》，用这种手法把众多的人物事件以及环境描写浓缩在一起，展示了广阔的生活层面却又笔墨经济。这些都是对意识流手法较好的借鉴。

夏天敏的小说历来以描写小镇风情著称，以刻画小人物见长，他叙事、写景、写人手法细腻，多成妙趣。论其创作方法，应归入现实主义一派。但这是否意味着他缺少创新呢？不然，如果把创新理解成赶时髦，跟着别人或者西方的某些路走，那么笔者不愿苟同。试想，如果夏天敏也去赶时髦，也去吃了安眠药说梦话，请人记录、发表，如果夏天敏也去搞一些非理性的意识流，那恐怕夏天敏就不成其为夏天敏，而成了别的什么人，或者既不是夏天敏也不是别的什么人。好在夏天敏仍然沿着现实主义的路子走，但他并没有原地踏步，他的近期作品比之于他的早期作品在思想内涵和意蕴方面又有所深化有所丰富。当然，我的意思并不是反对别的文学作者去模仿、学习、借鉴西方现代派的手法，也不反对别人赶时髦，我只是认为夏天敏不适宜于丢掉自己的路子。如果他丢掉自己的路子也就是丢掉了自己。夏天敏也并不排斥新的东西，也并不排斥弗洛伊德，他也试图在他的作品中努力表现人的精神世界中更深的一些层面，从而展示出人的更为复杂的内心世界。这些深沉面的东西是漫长的历史时间内形成的历史积淀和文化积淀。这些积淀潜入人的深层意识之中以一种情感的方式，或是不由理性控制的一些欲望和言行表现出来。我想，这也就是潜意识的一种表现了。他的几个较长的短篇《四爷收徒》、《皇木滑竿》和《残碑》，虽然题材不同，主题也有差异，但从根本上说来，就体现人的精神世界中更深的层面说来，它们是一致的。在这几篇作品中，作者把人的潜意识化为人的情趣、情绪、好恶和一种连自己也无法克制的欲望和言行来表现。

《四爷收徒》描写的是乡场上一个很有威望的生猪买卖的中间人(经纪人)，众人都称他四爷，因为他有一种很特殊的本领，就是凭他的眼睛，凭他的经验，可以准确无误地判断出一头活猪的体重，其精确度可以达到“两”，至于猪的有病无病，有宝（猪砂）无宝，更是一看便知。因为他有这一手“绝活”，在市场上很有威望，只要他一到场，问候的，请求的，赞扬的，感谢的，各种语言和表情都冲他表现出来，市场上热闹非凡，如众星捧月，四爷神态自若，左右逢源，充满了自豪感，然而，就是这么一个很有威望的四爷，只要一眼瞥见那位披着黑毛呢中山服的邹大发时，精神便萎靡了，蔫了。这并非四爷有什么把柄，有什么“红疤黑记”落在邹大发手里，只是因为邹大发曾经当过干部，当过区长。在“文化大革命”的年月“割资本主义尾巴”时，邹区长曾经把乡场上这些劁猪的、补锅的、裁缝游医以及四爷这一类人集中起来训过话，要他们“改邪归正”，态度“顽劣”者予以“斗争”关押。四爷因为态度好、顺从，没有受到更严厉的处治。那时的邹大发威风凛凛，神气活现。现在的邹大发因犯错误已经丢了官，丢了工作，闲游浪荡，众人对他报之冷漠、嘲笑，唯独四爷对他还怀有敬畏之感。在这里作者表现了四爷精神世界中朴实厚道的一面以及猥琐奴性的一面，看到众人对昔日这位“邹区长”冷漠、鄙视、嘲笑，四爷看不顺眼，他在心里骂那些人“这些龟儿子，过去夹着尾巴做人，见到这人就战战兢兢，畏畏葸葸，现在倒换了人样”，他敬畏的是“人家毕竟是官，做过官，难保不再做官，那时你龟儿子要换脸也来不及了”。不论别人是否当官，对人的态度一如既往，这种态度确比那些“变色龙”更值得称道，这是为人朴实厚道的一面，然而，把这种正直的态度放在“难保再当官”的基点上，也就表现出了他的猥琐和奴性。随着故事的进展，四爷的精神世界得到更深入的开掘。邹大发一无所长，丢了官以后无计为生，要想拜四爷为师，学到他那一手“绝活”。在他和四爷喝酒时，给四爷下了跪。就因为这一跪，四爷头疼了数日。作者在这里穿插了四爷的爷爷受旧乡绅欺压的一段悲惨故事，接着写道：“自此，四爷的爷爷除了传给子孙祖传的手艺，还传给祖传的毛病：敬畏官员。”在这里作者是把对四爷的精神分析融入故事的演绎之中了，由此揭示了四爷敬畏官员的这种心理现象，既有现实的原因，也有历史的原因。官本位是中国漫长的封建社会里的政治现象，这种现象的长期性和稳定性构成了人们对官的敬畏成为一种普遍的文化心理现象。在官本位并未完全消除的现实社会中，又怎能改变人的这种心理状态呢？小说表现的妙处在于：这种心理现象并不是明确的受主观意愿支配的行为，不是一种明确的意识，而是一种无法控制的，莫明其妙的，见官就油然生畏的心理状态，这正是潜意识（下意识）的表现了。由于艺术表现的需要，作者在这里做了一点夸张：受邹大发一拜，四爷头疼数日。这一带艺术性夸张的细节突出了四爷精神世界中的奴性的深刻性和敏感性。写到这里，不由想起《儒林外史》中“范进中举”一回中的那位胡屠户。这位范进的老岳父，当范进因中举大喜过度、兴奋过度而至痰迷心窍、疯疯癫癫、手舞足蹈时，胡屠户依着众人的劝告去打范进一耳光，促使他清醒过来。范进因这一击清醒了，可是胡屠户的手腕痛了半天，说：“果然是天上的文曲星下凡，打不得的。”这个例子也说明，敬畏官员、敬畏贵人的心理状态，的确是有历史渊源的，由来已久的。

故事进一步发展，经邹大发反复恳求，四爷收他为徒。这时的邹大发一改过去的倨傲作风，在四爷面前表现得谦恭、温顺、勤快，当然他这样做，是希望四爷把他的手艺，特别是辨识生猪有无猪砂的手艺传给他。但同时，他也的确想改变自己过去的为人，于是他向受过他侮辱的妇女认错，他动员四爷把卖猪砂的钱给了卖猪的那个家里穷得精光的农民。这农民又回赠了他们五十元，却被邹大发不慎遗失了。不料邹大发的如此表现，反招来四爷的不满和怀疑，曾经对邹大发怀着敬畏之情的四爷，这时却摆出了师道的威严，训斥起邹大发来了，并决心和他解除师徒合同。在小说的末尾，我们观察到，四爷的位置和邹大发的位置发生了对调，于是一个有趣的公式产生了：邹大发倨傲训斥——四爷温顺、谦恭、敬畏；邹大发温顺、谦恭，敬畏——四爷倨傲训斥。这个公式使我们看到了人际关系中一种可悲的因素：不是你在上，就是我在上；不是你训斥我，就是我训斥你，绝无平等尊重可言。这种因素渗入了许多人的骨髓，被许多人奉为常理。在我们的生活中多了一些封建遗毒，少了一点人文精神。这也许就是作者创作这篇小说的主旨。

鲁迅曾经说过，在漫长的封建社会里，中国劳动人民只有两种命运和生活：一是做稳了奴隶，一是连奴隶也做不稳。这两种命运造就了许多人的根深蒂固的心理。《皇木滑竿》就是表现“做稳了奴隶”的那种心理状态。如果说《四爷收徒》中的四爷的主要心理特征是“敬畏官员”，那么《皇木滑竿》中的陈滑竿的主要心理特征则是在当了一回像样的奴隶后的那种沾沾自喜，引以为荣，这种心理渗入了他的骨髓，伴随他的一生，而且不再当这种“像样的奴隶”之后，他便产生了巨大的失落感和怀旧心理。故事是这样的：陈滑竿家是祖传的抬滑竿世家，祖上曾留下一副极为珍贵的皇木滑竿，但他的爷爷和父亲都因一辈子没有抬过贵人而感到终生遗憾。到了陈滑竿这一辈，运气来了，省主席视察来到这个小县，陈滑竿获得了光荣的使命，他和谢长腿共同为省主席和县长儿子抬了一次滑竿，大显其才能，受到了省主席夸奖。由此，他一辈子感到荣幸。新中国成立后，不再给人抬滑竿了，常常对他一生中这一段“最辉煌的”岁月怀念不已，非常渴望把当时那种“幸福的”感觉再重新领略一次。县长的儿子刘进长大后参加了工作，在1957年被划成右派，开除公职，落入到陈滑竿这一群人中生活，与他们相处甚睦。一个夜晚，陈滑竿找来了他的老搭档谢长腿，取出皇木滑竿，要抬一抬刘进，“过过干瘾”。虽然刘进百般推辞，但还是被推上了滑竿，陈、谢两人再次大显身手，抬得兴头十足，花样百出，他们得到了心理上的极大满足，虽然一夜未眠，犹自容光焕发。怀旧与感伤也是中国人很突出的一种心理特征，许多古诗都表现了这一点。如："朱雀桥边野草花，乌衣巷口夕阳斜。旧时王谢堂前燕，飞入寻常百姓家"。"寥落古行宫，宫花寂寞红。白发老宫女，闲坐说玄宗"。类似的诗词很多，无不对过去的繁华荣耀感到怀念，对失去的过往岁月的辉煌感到怅然。《皇木滑竿》所表现出来的怀旧情绪与中国文学史上的这些作品是有相似之处的，但却具有人物自身的时代特点、阶级特点和个性特点。《皇木滑竿》站在新的审视角度上，对人物的内心世界作了新的开掘，突出了滑竿们以当一个"像样的奴隶为荣的可悲的奴性心理"。不过，这种心理的再现，而且愈来愈强烈也是有其现实基础的。陈滑竿没再抬滑竿而改拉手推车，他的政治地位和经济地位并没有提高多少，他的社会地位和文化状况也没有改变。物质决定精神，因此他的精神状态心理状态并没有改变。作者以一种含泪的嘲讽和慨叹来刻画这种可悲的深入骨髓的奴性心理。这种心理在"过过干瘾"那一段描写中表现得淋漓尽致。主人公内心世界中那种深层的潜意识（下意识），像一颗生命力极强的种子，冲破理性色彩的屏障，不可阻遏地表现出来。小说的第三章，"文化大革命"结束以后，刘进得到了平反，当了旅游局长。新局长要开辟旅游资源，把抬滑竿作为一个重要节目放进旅游景点之中，乘坐的人络绎不绝，连刘进生了病也想再尝试一下坐滑竿的滋味，这一结尾，进一步突出了怀旧心理的普遍性。

四爷的祖传毛病是敬畏官员，而陈滑竿又把能给一位大官抬过滑竿当做极为荣幸的事，当做终生难忘的光荣，这是一种精神意念的两个侧面，也就是根深蒂固的和奴性的两种表现。这种已渗透到精神世界的最底层的顽症，在现实生活中具有很大的普遍性，对人际关系产生重大的影响。作者刺一刺这种精神状态也许会有助于对人性的自我反省。

如果说四爷和陈滑竿是甘心做他人的精神奴隶，那么《残碑》中的陈诺之则既是他人的精神奴隶，也是自己的精神奴隶；而且四爷和陈滑竿只是做活人的精神奴隶，而陈诺之则是做死人的精神奴隶，其悲剧性色彩又更为浓重了。《残碑》写了这样一个故事：新中国成立前夕，国民党从大陆撤退时，一位家世曾经显赫一时的老先生出于对革命的惧怕，准备逃离大陆，陈诺之是老先生雇用的家庭教师，老先生在临行前托付陈诺之一件事，要陈诺之为他家看守一块标志他家祖先荣耀与蒙难的历史古碑。陈诺之答应了。本着“君子一诺千金”的古训，陈诺之数十年如一日地想尽办法看守这块古碑，为之耗尽精力，推迟结婚，损伤身体，为之致残丧命，临终又把看守古碑的使命托付给儿子。最后，他的儿子才从这死人的精神枷锁中勇敢地冲出来。这篇小说的寓意很像雷抒雁的散文诗《蚕》。蚕自已织了一个茧将自已包裹在里面，它感到焦躁不安，压抑愤懑，它不断地挣扎追求，然而都没有用，最后蚕终于发现了：自己织的茧得自己去咬破。它终于咬破了茧飞了出来，它获得了新生。《残碑》中的陈诺之用一句承诺给自己织了一个“茧”，而且最终牺牲在这个茧中，只是他的儿子才从这个茧中突破了出来。小说与散文诗虽在立意上有相似之处，但差异又很大。雪抒雁的散文诗只是对生活哲理的一种演绎，因为它只有几百字，而长达万字以上的《残碑》所表现出来的生活哲理是建立在传统道德基础之上的。陈诺之的形象是传统知识分子“士为知己者死”的人生哲学的体现。他的精神世界既有迂腐的一面，但也未尝没有闪光的一面。在当今社会，商品经济发展尔虞我诈、互相欺骗、相互愚弄成为广泛存在的社会现象，在这样的社会现实面前，由儒家文化熏陶出来的陈诺之“一诺千金重”的品格却又显得难能可贵了。小说表现陈诺之对于残碑的感情，真可谓朝思暮想，魂牵梦萦，进入一种痴迷的境地。小说描写陈诺之夜间去抚残碑的情景，阴森寂寥，毛骨悚然，虽不是梦游，也近于梦游，这也正是主人公潜意识（下意识）的表现了。

从以上三篇小说的分析中可以看出：夏天敏的近期作品与早期作品相比较，有一个明显的进步，这就是更注重人物精神世界中深层面的开掘。他在小说创作中借鉴了弗洛伊德的精神分析学说，注意到了表现人物的潜意识（下意识），但是他没有机械地照搬照抄西方现代派的某些表现模式和手法，而是把对人物精神世界的深入分析认识和历史文化的积淀融合在一起，通过现实主义的创作方法，使人物的深层次的精神因素得以自然而然的表现。小说的内在意蕴加深了，而他的创作风格却还是一贯的。

夏天敏的这几篇小说在开掘人的精神世界方面，还有别于当今某些心态描写的小说。那些重心态描写的小说，其主要的表现手法是长篇的直接的内心剖析，虽然这种剖析也与具体的事件或细节相联系，但它是以剖析性的描写为主；而夏天敏的小说不是这样的，他是将人物的心态糅合进人物的行为和语言中去表现，糅合在情节的发展和场面的描写中去表现，这就显得非常自然，表现出一种民族化的特色，这也是可贵的。

于细微处见精神

——简评《乡场上的皮匠》

夏天敏的中短篇小说集《乡场上的皮匠》1998 年夏天由云南人民出版社出版发行了，小说收入了近十多年来在省内刊物上发表的较能代表他的创作风格的 21 篇作品。有些作品曾在省地各级评选中获奖。

夏天敏的小说作品有什么特色呢？一言以蔽之：于细微处见精神，他的小说写小人物，写生活小事，着力于细枝末节的刻画，细腻生动，兴味盎然。以小人物小事件反映大的时代，并以其细节的真实刻画打动读者，正是他创作的感人之处；此外，他的作品还以浓郁的乡土特色见长。他写的是发生在昭通这块土地上的人和事，绝不能移植到别处。

夏天敏的创作获得成功的重要因素之一是他一直坚持社会生活是文学艺术的唯一源泉这个基本点和现实主义的创作道路。他不仅善于观察身边的人和事，从中发现题材，而且有意识地深入生活，到农村去观察、体验、分析、研究形形色色的人物。他到洒渔挂职当副乡长，和许多基层干部、中小学教师和农民群众结成亲密朋友，和他们共同生活，休戚相关，深入到他们的生活和心灵中去，所以他笔下的这一类小人物不仅令人感到栩栩如生、音相毕肖，而且让人看到了他们的精神世界。

从 20 世纪 80 年代以来，西方现代派文学思潮在文坛上泛滥，一些文学爱好者趋之若鹜，竞相模仿。今天模仿这个流派，明天模仿那个流派，最后失去自我。而夏天敏却始终坚持现实主义创作道路，在创作上逐步成熟，形成自己的风格。我们并不排斥西方现代派的创作方法，但要根据自己的情况有所鉴别，有所取舍，“拿来”为我所用。

夏天敏笔下的小人物有乡场上的修鞋匠，卖猪的经纪人、旧社会抬过滑竿的抬脚、街上叫卖的小贩、工匠艺人、小学教师以及村干部，等等。他写这些小人物，一方面表现他们身上那些传统的固有的人情美、人性美，如热情、直爽，富于同情心，乐于助人等；另一方面又能用现代意识来审视他们身上因历史的积淀而形成的缺点、病态，诸如因循守旧、抱残守缺，迷信愚昧和奴性心理等；当然作者写他们是希望他们甩掉这些历史包袱，更轻松地跟随时代前进。由于他刻画的人物来自现实生活，内涵并不单薄，因而能够耐人品味，能让读者嚼出些味道来。他在表现这些人物的思想深层的东西时，不是采用一些人惯用的长篇心理分析的写法，而是把人物思想深层次的一些东西化为他们的情趣、爱好和生活习惯，这样写就不仅深化了人物，而且写出了趣味。如“皮匠”拒绝接受新鲜事物，“四爷”见了干部就矮三寸，“抬脚”始终留恋做奴隶的岁月，还有为了保护“革命文物”，改革就绕道走的干部，等等。

恩格斯说：“据我看来，现实主义的意思是，除了细节的真实之外，还要描写出典型环境中的典型性格。”夏天敏正是把他的小人物放在昭通的山川物象、昭通的风土人情、昭通的名胜典故这个特定的环境中来描写的。走进他的作品，就像走进了昭通的城市和乡村。望海楼、清官亭、挑水巷以及洒渔河这些昭通的名胜、街道、河流都进入了他的小说，不过换了个名字。小说对于环境的描写是十分细腻的，他不仅是让这些景物再现，而且作了艺术加工，使其成为审美对象。小说对于环境的展示，不仅给他笔下的这些小人物提供了自然而然的活动环境，而且为他们性格的形成和发展提供了依据，让读者形象地感受到特定历史时期、特定地域的自然和社会风貌，给读者以审美效应和认识价值。

如前所说，细节描写的真实性是现实主义的重要标准之一，夏天敏是很擅长细节描写的。人物的一举一动，自然社会风光的一草一木他都能娓娓道来，充满情趣和幽默感。著名作家沙汀说，写小说“故事好编，零件难找”。夏天敏是善于捕捉零件的，他的小说无大情节有小故事，不以情节取胜而以细节感人。如果他写不好细节，他的小说也就完了。如小皮匠深夜投宿，皮匠给顾客细针密线绱鞋底，卖猪的经纪人给活猪估斤两。抬脚们夜深人静还要再体验一番抬滑竿的滋味，秦月楼雕刻匠人的精湛手艺，驼背迂夫子老两口相敬如宾，这些细节让他刻画得既生动而又耐人寻味，充分展示出人和物的精神情态。于细微处见精神，正是他的功力所在。

夏天敏小说的语言生动流畅，很有节奏感，更重要的是细腻，这是服务于他写景状物的需要。他的小说语言既继承了中国古典小说的整齐匀称之美，也吸收了民间语言的生动诙谐之美，两者融为一体，构成了自己特有的语言风格。他的小说语言绝无欧化的倾向，完全是民族的。他在语言的锤炼上也是下了工夫的，如《乡场上的皮匠》开头：“风硬”，这个“硬”字就提炼得很好，让人感受到北风的强劲有力。类似的例子很多，不便多举。

夏天敏的小说创作已逐步走向成熟，形成了自己的风格，希望他在题材的拓展与主题的深入开掘方面作进一步的努力，在反映时代的深刻变化和恢弘气势方面，取得更为突出的创作成果。

《好大一对羊》的悲剧色彩

——兼与《四爷收徒》、《皇木滑竿》相比较

文学作品是写给读者看的，只有通过读者的鉴赏，作品才会产生相应的社会效应和社会影响。文学欣赏是读者和作家、诗人之间的桥梁。文学作品也是一种产品，作家、诗人是生产者，读者是消费者。马克思说过：“产品在消费中才得到最后完成。”文学作品在读者的鉴赏中才得以逐步完善并实现它的价值。我也是一个读者，现从读者的角度谈谈读夏天敏的小说所生发出来的一些感想。

首先，谈谈题材的问题。

好的小说，要给读者某方面的启迪，这既来自作者对主题的开掘，也在一定程度上取决于作者所选择的题材。我读过夏天敏的多篇小说，诸如《乡场上的皮匠》、《四爷收徒》和《皇木滑竿》，等等。近期又读了《好大一对羊》和《随水而去》。比较起来最成功的是《好大一对羊》，《随水而去》也是比较好的。为什么成功？我以为题材的选择也是特别重要的。选到了好的题材好比找到了璞，作者可以打磨出玉来。反之一块普通的石头打磨得好也可以成为工艺品，但它绝对不会变成玉，好的题材可以提供给作者更大更深入的开掘空间。试将夏天敏的小说《乡场上的皮匠》、《四爷收徒》、《皇木滑竿》与《好大一对羊》进行比较，我们就可以看出这样的效果。

《乡场上的皮匠》描写了一个工作认真，对顾客服务态度好，又能接受新鲜事物的小皮匠超越了故步自封的老皮匠。其主题不言自明。小皮匠无疑是作者笔下比较有亮点的一个人物。《四爷收徒》描写乡场上一个买猪的经纪人。他有一手绝活，就是善于识别猪的有病无病，有宝（猪砂）无宝，并且能准确地给活猪估斤两。乡场上的人对四爷尊敬备至，他在众乡亲面前也神气活现。然而就是这样一个四爷，只要一看到披着毛呢中山装的乡长邹大发时便蔫头蔫脑委委琐琐，而且并不是四爷有什么把柄在邹大发手里，仅因为邹大发是一乡之长，在大批“资本主义道路”时，曾多次训斥过像四爷这一类的自由职业者。后来邹大发因犯错误被撤职并开除公职，众人都不把他放在眼里了，唯独四爷对他仍有敬畏之情，以致邹大发要拜四爷为师学他这一手绝活，四爷就是不敢收这个徒弟；等到四爷的思想也像别人那样转过来了，答应收他为徒，却又觉得他处处不顺眼，一无是处。这篇小说意在表现普通老百姓心灵深处的奴性心理。表现同一个主题的小说还有《皇木滑竿》。小说的主人公陈滑竿在旧社会是抬滑竿的一把好手，他不仅给县长和他的小少爷抬滑竿，而且曾给到过这个小县城的省主席抬过滑竿，这成为他一生的光荣。新中国成立后他没有抬滑竿了，而以拉板车为生，县长的儿子被划成右派后也成了他的同行。陈滑竿还是在怀念以前的“光荣”岁月，在一个深夜就把昔日的皇木滑竿找出，并找了一个抬滑竿的伙伴，将右派少爷扶上了滑竿，在院子里重新表演和体验了一番昔日抬滑竿的滋味，过了一次“干瘾”，大有如愿以偿的感觉。这正如鲁迅说的，在漫长的封建社会，劳动人民只有两种命运：一种是做稳了奴隶，另一种就是连奴隶也做不稳。《皇木滑竿》中的陈滑竿就是要将做稳了奴隶的滋味再重新体验一番。以上所述的三篇小说是夏天敏创作前期较有代表性的作品。故事并不复杂，但由于作者的叙述力强，细细描写，娓娓道来，因而能够令人品咂出味来。对于小皮匠，读者可以因小见大，体会到这个人物的可喜之处；对于四爷和陈滑竿，读者会感到他们的思想和行为既可笑又可叹，笑其滑稽荒唐，叹其可怜可悲。这几个人物的塑造固然都有他们的思想意义，但没有像《好大一对羊》中的德山老汉的悲剧命运那样产生一种震撼读者心灵的效果。极端贫穷户德山老汉接受了副专员作为扶贫赠送他的一对外国羊饲养员，由于县、乡、村干部怀着各自的目的，层层加压，养羊脱贫的目的被暗中偷换，变成了“只能养好不能养坏”的政治任务。羊成了德山老汉家中的尊贵主子，德山老汉实质上异化成了羊的奴隶。老汉为养好这尊贵的羊耗尽财物和心血，连女儿有病也舍不得花钱治疗。其结果德山老汉不仅未能脱贫，而是更加贫困窘迫，女儿也为了给羊割草而陷入泥潭死了，德山老汉的悲剧命运让人们感慨的东西实在太多了：极度的贫困、思想的愚昧、心灵的重负、官场的阴暗面、生活的异化；更令人震撼的是，没有谁是悲剧的主要制造者，却又人人难辞其咎。对比这三篇小说，从广义的角度说，四爷和陈滑竿也带有一定的悲剧色彩，但他们的悲剧主要表现在主观精神是否自我超越，而德山老汉则是个悲剧人物，他的悲剧表现为客观的无形的力量的难以抗拒，又表现为主观的愚钝和麻木。所以德山老汉的形象比四爷、陈滑竿的形象对读者具有更大的震撼力量。从创作根源上去追溯，我们不能不说，作者选择了西部扶贫这个具有普遍意义和更大的开掘空间的重大题材；而《四爷收徒》和《皇木滑竿》于题材上的普遍意义和开掘空间都不如《好大一对羊》。

其次，关于文学创新的路子。

有的评论家说，《好大一对羊》属于夏天敏的“品牌”，也就是说，这是他的发现。文学贵在创新，最忌步人后尘。所谓创新，既指创造性的发现，又指创造性的表现。文学作者都希望创新，希望能提供给读者新鲜的生动活泼的作品。但是创新的路子从什么地方去找？是从书本中去找，是紧跟时尚，还是从生活中去发现？如果是从书本中去找，读了马尔克斯，就赶紧去写魔幻现实主义作品；读了卡夫卡，就赶紧去写荒诞作品，这叫什么创新？这是邯郸学步。同样，当前文坛流行什么风，自己就紧跟这种风，这也没有什么创新可言。当然笔者并不是反对从那些作品中借鉴一下手法，但这必须消化吸收融入自己的作品。夏天敏的

《好大一对羊》之所以成为他自己的品牌，这就是他首先有了创造性的发现。他看到了贫困山区农民的生存状态及其生活思想心理。他发现了德山老汉这既质朴善良又带着沉重的精神枷锁的人物形象，他又发现了社会这张网与德山老汉悲剧命运的必然联系。同时他创造性地将现实主义真实地描写人物与环境的表现手法与动物视角的运用结合起来，从而在现实主义的基础上适当地融入魔幻与黑色幽默的色彩；而且结合得很自然，令读者感到那是一种合理想象。由此，我们可以看到创新的路子主要应该从生活去找，从生活中去观察、感受、体验、研究和发现，那才是属于自己的。如果夏天敏不是去写高寒山区的农民，而是去跟随城市文学，那肯定是失败的。“社会生活是文学艺术的唯一源泉”，创新的路子也必须从生活中去寻找。

最后，关于小说的可读性。

小说要产生影响，离不开可读性。那些只在几个文人圈子里互相赞许的作品影响不大；要产生较大的影响，必须赢得较大范围读者的欢迎与认可。这样必须考虑不同读者的阅读心理。小说要有可读性，必须考虑它的三要素。前些年，受西方现代主义影响，有的小说淡化情节，进行一些极为琐碎的描写，这样的作品在国内难以引起较大范围的读者的阅读兴趣。像《追忆似水流年》那样的作品，作家们去阅读研究它，认识一下它的风格和流派是有必要的，但作为文学欣赏，恐怕没有多少人会硬着头皮去读一本令人头痛的小说。因为文学欣赏是一种审美享受，而不是政治任务或生产任务。所以写给中国广大读者看的小说，还是要考虑情节。目前的小说创作中那些冗繁的平平的叙述太多，也难以引起读者的兴趣。小说的核心还是要塑造人物，要塑造那种性格鲜明的令人难以忘怀的典型人物。我们一说起名著，那里面的主要人物就会在我们的脑海里浮现出来，比如提起肖洛霍夫的《静静的顿河》，我们便立刻想起葛利高里和阿克西尼娅；提起泰戈尔的《沉船》你立刻想起哈梅西和纳里纳克夏。从夏天敏的小说也可看出这个效果。原来的小说《乡场上的皮匠》、《四爷收徒》和《皇木滑竿》中的小皮匠、四爷和陈滑竿也是刻画得有一定性格特征的，但是他们并没有给读者留下难以忘怀的印象。而《好大一对羊》中的德山老汉就不同了。他一出现就引起了较大范围内读者的议论，人们关怀他的悲剧命运，分析他的性格特征，研究他的精神状态。“德山老汉”已经成了昭通读者挂在嘴上议论的一个人物。究其原因，德山老汉既有鲜明的性格特征，又反映了广大贫困山区农民的生存状态。德山老汉算不算典型人物可以讨论，但他至少比小皮匠、四爷和陈滑竿等人给读者留下了更深的印象。人物离不开环境，写好环境对于刻画人物也是十分重要的。如果德山老汉不是生活在极为严酷的自然环境中，把他的生活的环境挪到昭通鱼米之乡的洒渔、乐居，那他的悲剧色彩就会大为降低，甚至消失。他也许就不是一个勤劳质朴的人，而是一个懒汉，那这篇小说也就完了，所以德山老汉的悲剧命运与那个连草都难以生长的严酷的自然环境是分不开的，当然也与社会的大环境分不开。

《乡村雕塑》的忧患意识

——夏天敏中篇小说评析

作家夏天敏的中篇小说集《乡村雕塑》以其深刻的艺术真实震撼读者的心灵，以其沉重的忧患意识激发读者的深思。

夏天敏的小说创作从短篇小说集《乡场上的皮匠》出版到中篇小说集《乡村雕塑》出版出现了一个飞跃。《乡场上的皮匠》多写城乡小人物的生活和际遇，揭示他们的精神与心理，以反映生活的变迁。《乡村雕塑》多写乡村的农民和干部，虽然仍是以写小人物为主，但由于写作的视角变了，其中所写的小人物已不仅仅是反映他们自身的生活变化，而是通过他们的生活变化透视农民的生存状态及其命运，揭示西部农村，特别是贫困山区所存在的一些尖锐的社会矛盾。作者以深刻的现实主义精神生动而真实地再现了农民的极为艰辛的生存状态；以其对农民的深挚感情表现了对他们的遭遇和命运的关切与悲悯。这是全书的共同主题。在真实而生动地描写贫困山区农村生活，塑造一系列栩栩如生的人物形象以揭露社会矛盾的过程中，我们体会到作者的感情是沉重的，一种深深的忧患意识贯穿在整部作品中。作者的忧患意识表现在下述几个方面：一是贫困山区农村生态的逐步恶化，贫穷与愚昧互为因果构成恶性循环以及自然灾害的频繁，不断地损坏农民赖以生存的自然环境，使他们的生存状态更加恶劣；二是农民自身的精神状态构成了复杂的自身难以超越的矛盾，使得改善他们生存状态的努力举步维艰；三是以官本位为体制的一张官僚网的某些不利因素加剧了山区农民的贫困与痛苦。由此我们可以看出：作者的视角是以一个宏大的山区，整个农村作为观察对象，作者所反映的生活是广阔的，所表述的主题是重大而深刻的；作者所表现的情绪与意识是一种以人道主义为基础的感伤情绪和忧患意识。

《乡村雕塑》生动地展示了西部贫困山区的荒凉，描绘了这里日益恶化的生态环境，为人物的活动和性格的形成提供了可靠可信的依据。在《好大一对羊》中展开了一个严酷的环境，在这里，冬天寒风刺骨，冰雪覆盖；春天山岭光秃，河流干涸；不仅没有树木，甚至连草都难以生长，春风一刮飞沙走石；夏天也常常干旱少雨。这里能生长的农作物只有洋芋和荞子，秋天也很少能带给他们丰收的喜悦。在《徘徊望云湖》中作者描绘了弥漫在整个冬春的那种揪心的懒惰与饥饿以及人鸟争食的尖锐矛盾，以致多子女的农村妇女石柱媳妇为了从黑颈鹤的口中夺得一把粮食，竟不惜把贞操出卖给投食员刘大毛；自然灾害又进一步加剧了贫困。在《随水而去》中乡长为了给专员创办烤烟样板地强行拔去了数百亩土地上快要成熟的麦子改种烤烟，而入夏后的一场大水把烤烟样板地上的烟苗一扫而光，农民一年的生计就更加困难了。作者冷峻地将贫困山区的自然环境、生活环境展现在读者面前，将一种悲怆的情绪含在字里行间。作者通过艺术概括与形象描写展现在作品中的这些自然环境和生活情景并非完全出自虚构，而是贫困山区面貌的集中概括，它不能不激起读者的关注。

作者深刻地揭示了贫困山区农民的精神状态，它们表现为多种对立品质的统一。首先表现为纯朴忠厚与愚昧麻木的对立统一。《好大一对羊》中的德山老汉，他为了养好副专员送来的一对外国羊而竭尽所有的财力和物力，既出自对领导的信任、受人之托的诚信以及知恩图报的思想，又出自对官员的盲目敬畏和愚昧无知；为了养好羊竟然不顾女儿的病痛和安危，则表现出极端的麻木。其次，他们有时心胸开朗而又乐于奉献，有时又表现为狭隘短视和自私，在《断头桥》里面，民工们为了修建公路，为了集体的利益顶风冒雪地劳动却没有分毫报酬，乡政府年终的少许慰问就换来一幅热火朝天的劳动场面。在《贫血山乡》中面对副乡长肖杰为了给酒米乡修一所中学的征地行动，他们却为了换取更多的补偿寸步不让，以至于肖杰和他的工作组成员分别下去做工作，“拉家常、套近乎、磨嘴皮、嚼舌根”，讲得“唾沫直翻，口干舌燥”，却收效甚微，甚至为一块“风水宝地”几乎闹出人命。再次，他们的聪明善良和狡诈下贱常常从一件事的两个侧面表现出来。《贫血山乡》中的赵朝贵为感谢副乡长肖杰资助自己的小女儿上学，感谢肖杰为自己的家乡兴办中学而辛苦奔波，同时又为了让小女儿能成中学的一名职工，设下狗肉酒宴招待肖杰，至为诚恳，然而与此同时却又支使大女儿用色情与肉欲去勾引肖杰并与之发生关系，真叫人感到可怜而又可悲。最后，在某些农民的身上更表现出一种因极度懒惰而滋生的等待，依靠和乞讨等社会无赖的特征，而这个特征又是以一种小聪明的面相表现的。他们抓住政府不愿让人饿死的这个前提，把自己的恶习培养成了一种恶劣的本性。对此，肖杰有一段内心独白很能说明问题，他在心里叹道：“这些乡下人哪，又聪明又下贱，又善良，又狡诈，又忠厚，又势利……心里涨起一股莫名的酸楚和同情的情绪。”在这一段里作者还挖掘了产生这种二重性格的社会根源：是啊，做人难，做小人物更难，生活在最底层的人，这尊严和人格也成了兑换的筹码，这不是小人物的悲哀吗？这不是社会的悲哀吗？

需要特别指出的是，作者在这里勾勒的是贫困山区农民这一弱势群体的整体精神面貌而并非说每一个个体都是同样的。这一总体勾勒正好揭示了植根于贫困这块土壤里的人性的正面和负面的复杂构成。通过这种勾勒与揭示，我们才能更深刻地认识贫困和愚昧真是一对难以分割的孪生兄弟。治穷与治愚是同一问题的两个侧面，只有敢于正视和认识这两个问题在西部贫困山区的严重程度，才能更好地改造和治理，深刻揭示和认识贫困山区广大农民的生存状态与精神状态，正表现了作家的人本意识，表现出作家对人性的终极关怀。正因为如此，作家在小说中多次发出沉重的慨叹：“唉，人啊人，都是人，人与人咋就不一样啊！”《乡村雕塑》还对官本位构成的网络对贫困山区的农民利益和经济发展形成的某些伤害和制约进行批判。在《好大一对羊》中，县长、乡长、村长都把养好副专员送来的这一对外国羊看做是自己取悦上司有利升迁的绿色通道从而对德山老汉层层施压，最终酿成悲剧。其实刘副专员送羊一事无论其动机如何，本无可厚非，但在各级下层官员的炒作下，扶贫的动机和实质都产生了变异。更有甚者在《随水而去》中为了给副专员建立“烤烟样板田”而强行拔去数十家农民的即将成熟的麦子并和群众发生冲突一事，正与培植样板田以发展经济的初衷背道而驰，揭露了某些官员为树形象出政绩，不惜损坏农民群众的根本利益，伤害农民的感情的严重性。在《黑村》中，首先，为了要拔掉这个农民自发成立的社会基层组织，副乡长老武竟然要用炸药炸毁各家各户农民的房子，干群矛盾的尖锐已经到了触目惊心的地步。其次，作者对官场衙门作风也作了深入的揭露。衙门作风产生的实质是以权谋私，无论政府的官员还是其办事机构的小吏，无不玩弄手中的权力，红包不到，路子不通，休想办成一件事。在《贫血山乡》中副乡长肖杰要给酒米乡办一所中学，想了许多办法才算打通了关系使项目得到批准。在《断头桥》中新任党委书记郭林想为群众办实事谋利益，上上下下都遇到许多意想不到的障碍和麻烦，被搞得焦头烂额，心力憔悴。如果说历史电视剧《雍正王朝》的主题可以用“治国难、难治国、国难治”概括，那么《断头桥》的主题可以归纳为：办事难，办正事更难，从正规渠道采用正当手段办正事更是难上加难。再次，作者揭示了乡镇干部之间的矛盾，同时刻画多个性格特征各不相同的乡村干部形象“如玩弄权术，谋取私利的乡长老吴（《乡村雕塑》）和老凌（《断头桥》），总是采取处处掣肘设置障碍和制造事端的伎俩，使得想要为群众办一点实事的书记钟凯和郭林寸步难行。此外作者还描写了地方黑恶势力的猖獗以及官员对他们的纵容与包庇（如《黑村》）。通过这些方面的描写与揭示，作者对腐败现象的揭露可说是非常深入了。读到这些情节，读者的心情不能不感到激愤和沉重。与此同时，作者也没有把乡镇干部一齐抹黑，他在作品中仍然塑造了一批好的和比较好的党政干部形象，其中有清醒的现实主义者——乡党委书记钟凯，他熟知官场情况，在谋取私利与为民谋利的过程中，他有过激烈的思想斗争，但最终还是把感情的重心移到群众这一边；也有年轻热情愿为群众的利益而奔走的代职副乡长肖杰；还有满身书生气，累次碰壁但为农民群众的苦难与精神所打动而不改初衷的乡党委书记郭林。正是从这些好干部的身上，赵朝贵他们看到了希望。特别值得一提的是作者塑造这几个正面人物的形象是各有其个性特征的，真实感人的，在整个故事展开的过程中，描写他们复杂的心态，揭示他们思想的各种层面，他们的痛苦与欢乐，希望与失望，这些都是真实感人的，可以触摸的。

文艺作品是生活的教科书，但是文艺作品又不能等同于现实生活。列宁曾说："艺术品并不要求把它当作现实看待。"这意味着，我们不能把夏天敏小说所描绘的社会生活等同于滇东北乌蒙山区乃至西部农村的社会现实，但我们又应该看到，文学作品又是从现实生活中的某些现象，甚至是带有普遍意义的现象中提炼和升华出来的，所以它既具有艺术性又有很强的现实性。因此，解读《乡村雕塑》的深刻主题，领会作品所传达出来的沉重的忧患意识，可以提高我们对作品的认识和理解，从而增加我们对某一局部的现实生活的认识和理解。作者并未开列出解决矛盾的"药方"，也不可能开列出什么灵丹妙药，正如对德山老汉（《好大一对羊》）和刘大毛（《徘徊望云湖》）一类人物，除了他们自身的文化和觉悟之外，无论采取什么办法都是难以让他们脱贫致富的，而他们的文化和觉悟需要一个历史的过程。如果作品能够激发较多不同层次的读者对贫困山区的状况，从人到自然给予更多的人文关怀也就足够了，小说的使命能达到这一点也就不错了。

复杂人性的深入窥探

——蒋仲文小说、散文的思想探索

终于有时间将《仲文小说散文选》从头到尾细细地读了一遍。读完之后再一次感到：要了解一个作家，阅读他的作品才是最主要的途径，其他方面，比如听他的发言，了解他的经历等等，都是次要的。读完作品，自己还感到，应该把它推荐给广大的文学爱好者、年轻作者和文学研究者，这对于深入了解和研究昭通作家作品，进一步发展昭通的文学创作是十分必要的。仲文小说散文多取材于城市普通群众的生活，也有部分作品取材于农村生活。在这些作品里，有好多篇都描写了爱情和死亡这两个“永恒的主题”，当然也还有一些作品表现社会生活中的人情世故。爱情和死亡是人的生活中的两个非常重要的乃至戏剧性的环节，它们最能揭示人的丰富复杂的内心活动，在中外历代文学作品中描写得相当广泛，因此西方文艺理论家把它们称为“永恒的主题”。但从理论的角度说，主题是作家对实际描写的题材的主观评价，因此对于爱情和死亡的描写，不同时代的作家赋予了不同的思想内涵，所以严格地说，应该称之为“永恒的题材”。仲文的作品通过对爱情、死亡和其他人情世故的描写表现了他对社会人生的深入思考和不懈的思想探索，表现了他对人的各种心理状态，特别是对人性的复杂性的不懈的深入探索。作品的探索是与 20 世纪 80 年代到 90 年代中期中国的文学思潮同步的，这就是从人的主体性的复归到人性的复杂性的探讨。仲文的作品以其真实、生动而丰富的艺术描写表现了这一深刻的认识过程，以人物心态的曲折而生动的透析和复杂人性的形象窥探构成了鲜明的思想特色和艺术特色。虽然到20世纪90年代末和本世纪初，一些作家和评论家把对人性的探索引向了赤裸裸的“下半身”的描写与研究，但多数的作家和评论家并不认同。因而笔者认为，20世纪80年代到90年代中期文学界关于人性的探索对于文学的发展才是至为重要的。仲文的作品多角度多方面地体现了他在这一探索中表现出来的丰富内涵。

在多篇描写爱情的小说和散文中，作家张扬了人的纯洁美好的自然属性，并且表现了这种自然属性与社会属性在特定环境的对立。在20世纪80年代以前那长达半个多世纪的关于“人性”的文艺争论中，单纯的人性、超阶级的人性，一直成为批判的对象，直到80年代以后，文艺界才重视认识这一问题。仲文的作品正是在这个基础上来表现和赞扬人的自然属性。纯洁的非功利的性爱是人的美好的自然属性的重要内容之一。作品从生活出发生动地表现了这一思想。

置于卷首的小说《狼舞》和小说《沧桑》正是表现这一主题的重要作品。

《狼舞》的主人公夏晴和宝格是大学同学，他们在日常的交往和接触中深深相爱，然而宝格的母亲按照民族的习俗给宝格定了一门亲事，宝格不愿违背母亲的意愿，带着深深的眷恋离开了夏晴和家乡的姑娘结了婚。十几年以后夏晴千里迢迢来到宝格的家乡与宝格相见。这是一个远离喧嚣城市的地方，水草丰茂，森林茂密，山村静穆，风光旖旎。美好的自然风光再次唤起了一对恋人埋藏在心底的相互眷恋的情愫，使他们得以倾诉衷情。在共同出猎的过程中，在大山、森林、天风、林涛的呼唤下，他们那原始的生命意识再一次被唤醒了，他们很自然的拥抱、亲吻、纽结在一起。然而现实却一次次地打破了他们性爱的进一步升华。

著名作家、评论家谢晃说：“《狼舞》中的爱情既古老又文明。”这篇小说，说其“古老”是因为造成矛盾冲突的根源是社会形成的古老信条，是古往今来许多作家诗人表现过的东西，说其新颖在于它表现的是男女主人公那种原始而又纯真的生命意识与这种古老信条的对立。对于宝格没有违背母亲的意愿而放弃了美好的爱情，夏晴意识到这是：

> 一种生活的原则，一种非常顽愚而古老的原则……这是不能商讨，无法更易的。儿子、母亲和那个女人，都在按这一轨道行事，这绝不是谁在服从谁，是大家都在执行那个神圣的信条。

这一段和心理描写结合在一起的议论，揭示了由长期的文化积淀而形成的特定心理，也就是一种潜意识的巨大力量。与此相对立的是人的真实意义上的生命意识、情爱意识。

小说对这种原始的生命意识和纯真的性爱给予了美好的描写和赞颂，因而显示出崇高而美丽的品质。小说《沧桑》是作家窥探人性美的又一篇力作。作品描写一个社会变革的急风暴雨时期，正在经受暴风雨冲击的一个封建地主的庭院内，孤立无助的年轻的地主小姐为了寻求保护与温暖投身到那个憨厚老实而又富于同情心的长工怀中，在他的庇护下度过了那个风雨如磐的夜晚。在这篇小说中，信赖与同情构成了性爱的基础。它告诉读者，即使阶级的属性不同，人与人之间的正常的美好的情感是可以相通的。虽然他们并未结成夫妻（这更合当时的情理），但这个难忘的夜晚成了男女主人公在心中珍藏终身的慰藉。小说歌颂这种隶属不同阶级的两个男女之爱，显然是对人性与阶级性不可剥离这种理论教条的反叛。仲文的作品也并未脱离人的社会性孤立地去表现那种超社会的不食人间烟火的人性。因为人生活在社会当中，生活在各种社会关系之中，正如马克思所说：“人的本质是一切社会关系的总和。”所以人性有时又是和某些社会性联结在一起的，有时又和某些社会性形成尖锐的对立和冲突。看到人性与社会性相互关系的这两个侧面，这才是一种辩证的认识。他的作品既表现了某些社会关系对人性的扭曲，又表现了人性与某些社会观念与社会现实的对立与冲突。小说《黄的路灯光》和《死胎》是这方面较有代表性的作品。

《黄的路灯光》描写文化干部王地夜晚在街头遇见了守候他多日的一个小姑娘，小姑娘将她妈妈写给王地的一封信交给了他。王地仓促地读完信才知道，早年曾经与他相爱并曾救助过在困境中的他而后被他遗弃的恋人周秀现已病危，眼前的这个小姑娘正是被他遗弃的女儿。周秀来信的目的并无奢求，只求在临终前见他一面。而对这人性化的最低要求，王地本应毫无犹豫地去见她，可是他念顾到的是“社会的影响”、自己的“声誉”和“家庭的和睦”，等等，而不能轻易地向近在本市的医院走去，他忧心忡忡地踯躅在夜晚街头的黄的路灯光下。在这篇小说中，社会关系与人性的对立构成了小说的主要矛盾，这个矛盾又表现为人物心理的矛盾。这是一篇外表平静而内心冲突激烈的小说，正是因为它的冲突表现为情感的冲突，所以它才产生了感人的力量。小说《死胎》则表现了传统的世俗的观念对人性的扭曲。农村青年梨孩和妻子霜儿结婚十年竟未生育，经医院检查是梨孩有问题。中国农村的传统观念是“不孝有三，无后为大”，梨孩为了有人传宗接代便说服妻子与同村青年张丑私通，霜儿不愿，梨孩便痛哭流涕，捶胸撞墙，妻子无奈只好勉强同意。谁知事情的发展竟出乎意料，霜儿与张丑渐渐产生了感情。等到梨孩安排好的让他俩苟合的那个夜晚，梨孩又悄悄躲到楼上去看、去听他们交合的情景与声息。在这样的刺激下，梨孩的精神近于崩溃，当霜儿怀孕以后，梨孩在一种矛盾痛苦的心理支配下对霜儿实施性虐待，终致产下一个死胎。小说着力表现性爱的本能与传统观念构成的尖锐矛盾扭曲了梨孩的心理与精神，最终酿成悲剧。它所表现的矛盾冲突和《黄的路灯光》一样是内在的，但它的激烈程度超过前者，所以它更能震撼读者的心灵。

作家在表现人性时，不仅注意到把人放到各种社会关系中去考察，而且注意到了社会生活的流变与发展、社会现实的流变与发展对人性的影响。当前作家特别关注在商品经济的冲击下，在金钱与权势的影响下，人性所显露出来的各种状态。作家既注意表现人性的负面，更注意突出人性中美好的一面。这方面的作品有《深长一吻》，描写三个性格不同的男人同时追求一个漂亮的女人丽婕。怯懦的尚光尧在负债的压迫下挺直身子表达自己的爱，暴发户范仲良以为靠金钱可以实现他在情感上的占有欲，而冷静的项培既看到了金钱的现实性却又不愿放弃自己在事业与人格上的追求，只好把炽热的感情藏在心中，丽婕看清了三个男人的灵魂，最终把爱情献给了项培。小说显然通过丽婕的选择赞扬了爱情中的人性之美，但同时又通过一些次要人物和陪衬人物（如佳佳），反映了在商品社会中，爱情也日益沦为金钱的奴隶。《听雨》以凄美哀怨的笔调抒发了一个女人的情感失落与愁绪。整天忙碌于官场的丈夫对妻子怀孕也无动于衷，权势欲使他对爱情与亲情都变得冷漠了，因而迫使伤透了心的妻子去做了流产手术。这是社会权势扭曲人性的形象化的渲染。《灵柩上的雏菊》通过一位老人在生命的最后时光的感受，表达了这一主题：能够照亮人的生命给人的心灵带来温暖与慰藉的既不是金钱也不是权势和门第，而是真挚的亲情。作家再一次对潜藏于人物心灵深处的人性美给予了肯定和赞扬。

仲文的作品更进一步地探索了在现代社会急剧的变化形式下，人们产生的种种心理危机，而这种心理危机转化为潜藏于人们心灵深处的无意识骚动。这是在人性探索方面的更深一个层次。这一方面作品在艺术上的探索与创新也显得更为突出。奥地利精神病理学家弗洛伊德把人的精神意识从外到内分为三个层次，即理性、感性和本能（无意识或下意识），他把理性称为“非我”，感性称为“自我”，本能，也就是无意识和下意识状态，称为“真正的自我”。也就是说无意识状态才能更真实地表现人的心灵状态。对于这种理论虽然还有诸多争论和解释，但至少可以这么说，人的无意识状态不是凭空产生的，这是在受到客观现实的长期刺激诸多因素以后逐渐形成的一种心理积淀，而又在无意的状态下自然而然地流露出来。这样来理解无意识状态也就有了唯物主义的基础。仲文的作品如《布袋里装的什么》、《荒唐》和《墙眼》等都属于这一类。《布袋里装的什么》描写一个文化干部“我”和同一单位的另一位女同志共同捡到一辆自行车，并一齐上交到公安局，没想到几天以后公安局的几位警察和本单位的人保干部一齐来找“我”“调查”情况，说是单车后座上还有个布袋，警察煞有介事地说“那个布袋里装着一个人的……”在“人的”二字后面留下埋伏不说出来。弄得“我”精神十分紧张，接下来的好多天里，“我”总是感到有人跟踪，再进一步发展到自己也去跟踪别人，一些稀奇古怪的联想充斥着自己的头脑，心惊肉跳，难以度日。数十天后谜底终于揭开，那是因为“我”曾写过几篇与公安局有关系的批评文章，公安局为了警告“我”，便给“我”开了一个小小的玩笑，其实根本不存在什么布袋。这篇小说的荒诞的手法极力描绘主人公精神恍惚的状态，把人的下意识状态作了生动细致的表现。弗洛伊德又把文学创作说成是“做白日梦”。《布袋里装的什么》这篇小说的写作可以说是作家和他笔下的人物一起做“白日梦”，但如果把这“白日梦”和它的现实根源联系起来，我们也就可以理解到，这是作家对一些不正常的社会现象所作的艺术反映。他尖锐地指出了这些不正常的社会现象是怎样地危及普通群众的心理健康。《荒唐》描绘的是小说的主人公梦见妻子与别人私通，自己几乎亲手杀了那与妻通奸的人，同时还看到了妻的惊惶失措。诚如标题所示，这个梦看起来无根无据，是极为荒唐的。但当我们想一想当今社会上出现的各种光怪陆离的现象，这些现象又是怎样诱发着人们的不安与怀疑，那我们也就可以理解这篇小说其实是借一个梦境表现现代人躁动不安的深层的心理状态，也就是无意识状态。《墙眼》一篇的标题很有暗示性。它描写一个农村青年深爱着邻家一个姑娘，却因种种心理障碍不能对她表白，姑娘嫁给了别人。这个小伙子在墙上挖了个眼偷窥姑娘的一举一动，洗澡、结婚、做爱等等都看到了。姑娘也知道这个眼，知道他在偷看，却不愿道破。古人诗云“心有灵犀一点通”，可他们是“心有墙眼一线通”。这个现实生活中的眼正是他和她性意识躁动与沟通的一个“眼”。

仲文的小说和散文以其独有思想见解和艺术特色在昭通作家中别树一帜。由于他以对复杂人性的探索作为自己艺术创作的思想重心，因此在艺术表现上也自有其不同他人之处。人物描写心态化，细致入微地表现人物的心路历程，解剖和表现他们的内心矛盾、痛苦、郁闷、躁动、悲戚以及凄幽的美丽、平静的怡悦等，却很少表现欢乐的激情。他的小说散文写得很从容，细细剖析，娓娓道来，虽无紧张复杂的情节却能紧扣读者心弦，而且耐人品味。他在创作思想与艺术上的探索对昭通的文学创作都是一种突破，有很多值得称道和借鉴的地方，值得广大读者特别是文学爱好者认真琢磨。

金江浪涛雕塑的人物形象

——漫谈邹长铭小说《驿道》中的人物刻画

恩格斯对现实主义做过这样的解释：“据我看来，现实主义的意思是，除细节的真实外，还要描写出典型环境中的典型人物。”可见人物塑造以及环境描写对于现实主义文学的重要意义。生动丰富的人物形象不仅能显示作品的思想深度，而且能给读者提供很好的审美享受。在特定的环境中才会产生特定的人物性格。邹长铭是致力于人物形象塑造的一位现实主义作家。他笔下的人物性格鲜明，细节生动，是很耐读的。他的小说多描写金沙江边的农民、船工、贩夫、走卒、民间艺人、饭店老板等，也还有一些小镇上的文人墨客。这些人物虽各有其性格特点，或剽悍，或直爽，或耿直，或忠贞，但总让人感到他们都是经过金沙江的浪涛拍打、江风吹刷出来的，他们没有任何城市人的那种虚伪、做作、心机与小气。这些人物都有浓郁的生活气息，既有个性，也有特殊环境形成的共性。这些人物还有较为丰富的思想内涵和文化内涵，表达出作者的情感寄托和审美趋向，总之，他的小说给读者展示了不雷同于他人的又一种生活，又一种艺术世界。在这里，我想从人物形象的剖析比较来领略他塑造的这些艺术形象的生动丰富和富有情趣。这里的比较既有人物自身表里的比较，有不同类型人物的比较，也有同类人物的比较。

一、水鬼——人“鬼”相谐的豪野男人

《水鬼》中的水鬼是一个外表奇丑言语粗野而性格豪爽的人，所谓豪爽是指他的豪情义举和古道热肠。水鬼是金沙江的惊涛骇浪打熬出来的一条汉子。阅读《水鬼》很容易让人想起雨果的《巴黎圣母院》中的卡西摩多，那是一个外表奇丑而内心善良的人。卡西摩多演绎了丑八怪救美女的艳遇，水鬼也上演了舍身救农妇的壮举。不过水鬼身上的那股豪情野趣是江边人特有的。这里先谈水鬼的豪气、野气。作者一开头就通过肖像描写刻画水鬼外表的丑陋：

> 牛高马大一条汉子，本来就平庸、呆滞、冷漠得如同崖块的脸上斜斜一道疤痕，从右眼横过鼻梁直到左腮部。临江镇上人称他“水鬼”，他不但不生气反而咧嘴大笑：“水鬼，哈哈哈，老子是水鬼。”面对涨了“端阳水”的金沙江，别人都不敢行船摆渡，他敢。儿子害怕，他就骂他：“二十几的汉子，没点火性。枉自长根鸡巴在世上混。”

他的狂野进一步表现在对那位“奶盘子如倒扣的斗碗”的妇女身上，水鬼的目光在斗碗上“舔来舔去”，烟杆“不在意地点在斗碗上”，女人骂他“老不退火”，他又哈哈大笑说：“退了火还叫水鬼?”那种豪野粗狂真是如在面前。水鬼也不是一味的粗狂冒失，他粗中有细，面对洪水，漂木要不要行船摆渡，他细心地观察水势漂木的走向，经历着思想斗争。这时任凭别人怎么催促，他冷得像一块岩石“凝在礁盘上”。他深知生命比钱重要，因此当别人说他“不就是想多收几文”，他气愤地回答：“说我的球！钱，钱能日出人来。”这里写了他不仅粗中有细，而且表明他并不是个纯粹的唯利是图的人。水鬼还是一个爱面子爱荣誉的人，然而他所爱的面子和荣誉是凭着英雄般的壮举换来的。“文化大

革命”中他送一船造反派去“保卫红色政权”，受到了另一个造反派的伏击，当几个坛子炸弹靠近船只时，他跳入水中推开了两颗，减少了船上人的伤亡，然而正是这两颗炸弹的爆炸毁了他的容，使他成了“水鬼”。他并不后悔，反而认为只有这事“干得最露脸”。在这里我们已经看到那冷漠丑陋的面孔后面的思想火花了。水鬼最终答应冒险开船，是经不住众人的请求、奚落和称赞，特别是那个妇女的一句称赞：“你水鬼哪有闯不过的滩口过不了的河?”使他大为受用。他不想违众人之愿，“不想误了大伙的财喜”。他开船的心态是复杂的，是凶险、畏惧和荣誉感以及众人的意愿的复杂较量，最终后者占了上风。当别人付船钱时，他不是认为理所当然，而是说了声“下贱了!”无形中把一种非常古老的传统观念表达出来，为乡里乡亲做点事是不应该收钱的，所以说是“古道热肠”。

水鬼最后的牺牲是在船被漂木撞翻之后，他被折断的篙刺伤了肚皮，他已经救起了那个妇女，并且即使受伤他也可以轻而易举地上岸脱险，但“他看见儿子上了岸又少了桩心事”，为了救落水的人他义无反顾地又向洪水滔滔的江中游去，再一次去重显他的英雄壮举。也许在他的脑海里并没有“苟且偷生”、“见义勇为”这类的概念，他所具有的只是那种对同类、对人、对乡亲的一种本能关爱与自我牺牲精神。正是这一点作者高扬起了生命价值中的人性美。在水鬼的身上我们看到人性中最美好的一面，使人和“鬼”得到了和谐统一。

二、钱福与吴老先生——传统文化熏陶出来的商人与文人

《墨宝》中的两个主要人物钱福和吴老先生都染上了文化的印记，虽然有浓淡的不同，隐显的差异，钱福无疑是一个善于观察时势变化的有眼光的商人。他手艺好、心眼活、经营有方，能看准地段抓住商机，所以生意越做越红火。然而他高人一筹的地方还在于他对文化品位的追

求，他懂得名人效应和品牌效应，因而想方设法要拜求临江镇的名人吴老先生为餐馆赐名，并且还要求一幅墨宝。在拜求墨宝的过程中正面展示了钱福的思想意识。第一次恭恭敬敬拜求墨宝送上礼品虽遭拒绝，但行为的拘谨、措词的谦恭不仅表示他的一片诚心，也表现出他有一定文化，非一般饭店老板可比。遭此拒绝后竟至垂泪叹息，可见他对文化品牌的看重，婆娘不懂事说“不要他那几个狗脚迹也照样做生意”，受到了他的斥责。这一陪衬，也是要显示他的眼光和志气。他不灰心又请刘校长捉刀修书一封寄送吴老先生，既表诚心与敬重，又轻轻点出吴老先生也有失察之处。终于引来吴老先生亲临饭店。这已写出了这个生意人志向之坚，心思之细。一个有眼光、有理想、有追求，有一定文化品位的商人呼之欲出。吴老先生与刘校长在饭店吃饭饮酒，最后账怎么算，钱福经历了一翻思想斗争，最终决定不卖人情，明码实价，童叟无欺，以诚信经营赢得吴老先生的赏识与欢心，于是不花分文便得到了梦寐以求的墨宝。这就把儒家文化精神诚信待人注入到了当前社会的商业行为之中，从而表现出钱福这个人物的文化内涵。

如果说作者描写钱福是正面展示他的心理活动，那么描写吴老先生则完全是透过钱福的眼睛来进行描写，也叫侧面描写。写吴老先生从钱福看到环境写起：“半圈翠竹，一堂草房，金菊玉桂，珠兰文竹，自是五柳先生的居所。”烘托出吴老先生的清高淡雅。插叙一篇小传点出吴老先生的才学人品：“不仅医术精到，而且诗词歌赋、琴棋书画也冠绝一时，一个传统文化熏陶出来的文化人矗立在我们眼前。”

从拒收礼品，拒绝题字到无偿赠墨宝，写出吴老先生的胸襟；虽然自己收入有限，但不为钱财所动。吴老先生并非不知古今文人授人字画有收取润笔之事，而是看不起带有铜臭味的商人。待到亲眼看到这个商人以诚信作为自己经商的原则之后，又慷慨赠予墨宝不取分文，这是看中了他经商与为人的统一，这也是在“义”和“利”之间，舍“利”而取“义”。通过这一拒一赠，把吴老先生的人品生动地刻画了出来。

通过这两个人物的刻画我们看到了传统文化的闪光之处及其在商业

社会中调整人际关系的价值。

三、朱明贵与蒿蓬——善恶分明、情真意挚的江湖艺人

《唢呐余韵》中的朱明贵和《蒿蓬轶事》中的蒿蓬，同为民间艺人。作为短篇小说中的人物，他们的性格刻画虽谈不上丰富，但其主要特征仍然是鲜明的，这就是他们的善恶分明情真意挚。善恶分明是通过描写他们敢于用自己特有的方式进行反抗来表现的，而情真意挚主要表现在两方面：就是对艺术的执著追求，对亲情、友情和爱情的忠贞不渝。古今小说中表现这种品格的作品可谓不计其数，而作者能紧紧扣住特定的时代和环境，委婉曲折地徐徐道来，也能让读者感到不落俗套真实可信。

写唢呐手朱明贵，作者欲扬先抑，先引一句民间口头禅："俗话说，王八戏子吹鼓手，下九流，上不得台盘。"接着才写朱明贵唢呐技艺的高妙和为人的倔强。横行无忌的镇长儿子结婚的晚上，朱明贵领着一帮人在乱坟茔里吹丧调，为此他被打折了腿成了跛子。在那"史无前例"的岁月，在给乡亲办丧事的场面上不经意地吹奏了自己模仿学来的哀乐，竟被作为"现反"管押判刑。就是这样的多灾多难也没有扼杀他对唢呐艺术的追求。最后为着庆祝家乡的大桥开工建设，领着一帮人做出了最杰出的表演之后，含笑死在演奏台上。

描写余蒿蓬对艺术的执著追求，对爱情的忠贞，正面写他唱红生（关公）戏的轰动与成功，写他与朋友钟正文的真诚相待。侧面写他对爱情的忠贞不渝。如果把正面与侧面的关系调过来写，那又落入俗套了。演出的轰动与成功，朋友的热心帮助，都是他另外成就婚姻的极为有利的条件，然而他拒绝了，终身不娶，为的是那个曾经相恋却已被恶霸占为妾，继而又被赶了出来下落不明的师妹。其情感的真挚也就令人感动。正因为有了这些铺垫，蒿蓬去世后香莲闻讯赶来在江边的那一场

哭祭与诉唱也真是叫人肝肠寸断了。俗话说："戏子无情，婊子无义。"作者在这里为他们正名了。

刻画这两个人物的性格特征，也还是做了同中有异。朱明贵的性格中多了些机智与沉着，特别是众多乐队竞争的时候，他能出奇制胜；而余蒿蓬的性格中却有着宁折不弯的傲骨，所以也就多灾多难。

四、牛二爷与龙金海——黑白道中趟过的亦邪亦正的江湖中人

《驿道》中的这两个人物的性格要较为复杂一些。这都和他们的经历和处境有关。两个人都强悍，但牛二爷在强悍中含着诡诈，强悍和诡诈都是为了对付深不可测的世道；而龙金海在强悍中表现出冷漠，冷漠的背后却有侠义和温情。牛二爷走的主要是白道，但为了要对付黑道，他继承了牛皮条爷爷的强悍，这强悍首先表现在强壮的身体，肩挑两三百斤走山道长路的硬功，以及敢于和劫道的强人硬拼的胆量。然而在江湖上闯荡久了，他也沾染了一点黑道的气味。他去嫖妓遭奚落，回过头来就乔装打扮去敲诈妓女，过了夜还分文不给。他当了揽头，从货主那里要了脚力钱，却绝口不提，要把这些钱完全据为己有，表现出他的狡诈。然而当一行挑脚在运货途中突遇山体滑坡时，他又深明大义，叫大家舍货逃走。在一个人物身上，既刻画出亦正亦邪的两面性又表现出正终压邪的价值取向。

对龙金海的刻画更有其独到之处，一个年轻时就在黑道上走，当过土匪拦路抢劫杀人越货的反面人物，却又有过解救被绑架女子的侠义行为。自此他和这个女子三娘有了情分厮守一生。龙金海还挨过枪子，滚过大牢，终于活着出来与守候他的三娘共度余生。当他从牢里出来之后，他的外表更加丑陋和冷漠，然而他的内心却变得能够包容了。当他知道自己爱恋和思念的三娘曾经和牛二爷有过一段露水情之后，他不是责备三娘而是责备自己干了坏事误了三娘的青春。然而就是这一点他对

牛二爷又有一种本能的忌恨，但是他心里又知道是自己那伙人杀死了牛二爷的爹，心里又有歉疚之意，而眼前为了生计他又得和牛二爷合伙。在这复杂的心态下，他曾和牛二爷有过一场外表平静骨子里却暗藏机锋的对话，并且揭穿了牛二爷克扣脚夫工钱的做法。就是这么一个九死一生黑白两道都混过的硬汉，到了出行时和他的妻子相别竟然也是那么依恋。特别是当挑夫们的队伍在途中遇到了山体滑坡，面临货毁人亡的惨剧时，他毅然站在溜槽中那个即将被冲垮的崖石上指挥大家冲过生死线，当大伙逃离滑坡冲击的地段时，他所站的崖石被冲倒淹没，他最终完成了这一英雄般的壮举，实现了“浪子回头金不换”的精神升华，让那曾经淹没几近泯灭的人性焕发出了耀眼的光彩，而作者也实现了他对复杂人性的解剖与褒扬。

五、香莲、夏云倩、三娘——患难相扶、忠贞不渝的风尘女子

作者对他笔下的女性着墨不多，主要的几个女性都是风尘女子，但都能写出性格特征，生动感人。几个女性都是命运坎坷，有一些共同的性格特征：与所爱的人患难相扶，在情感上忠贞不渝。但几个女性又略有区别，香莲被强霸为妾又遭遗弃，最终以死来祭奠她爱恋的师哥。夏云倩在狱中与难友因互相救助而相爱，可平反释放之后双方又有诸多顾虑未能及时结合，一个偶然的机会才使他们走到一起。重返舞台反而使她多了几分世俗的思想顾虑。三娘的形象最为感人，是她的温情与忠贞感化一个冷漠如铁的罪人，唤醒了他人性中的最美好因素，完成了人格的升华。

纵观邹长铭小说的人物形象，给人的总体感觉是真实，是从生活中发掘出来的。他没有着意去解剖人性，却从人物性格的生动刻画中，从人物性格合乎逻辑的发展中表现出人性的丰富与复杂。这对于当前那些以主题先行，理念先行，再去编故事来表现人性的作者是一个很好的

参照。作者描写的人物都表现出一种人性美和艺术美，这对于当前那些以编造色情、残忍、低级、庸俗、肮脏的细节来表现“人性”的作品也是一种很好的对照，它可以让读者知道何为美何为丑，何为人性何为兽性。

梦境的不断构筑与击碎

——评宋兴菊的恋情小说

披文入情，走进女作家的作品，也就走进了女作家的心灵世界和情感世界。几乎每一位女作家的作品都会让你感受到她们那细致入微的心思和委婉动人的情感。

初次接触宋兴菊的小说便受到吸引，她那细腻流畅抒情的叙事语言和生动的场景描写给我留下了很深的印象。接连读了几篇之后，我发现作者所描写的生活或故事只是一种假托，其实她是在构筑自己远离现实的一种“梦境”，然后又用现实生活的逻辑把这种美妙的梦境击碎。构筑“梦境”给作者带来了审美创造的快感，而亲手把它击碎又不免伤感，于是甜美与忧伤相交织便成了她的小说作品的感情基调。

弗洛伊德的精神分析学认为：艺术创造与梦都是受到压抑欲望的一种替换形式的满足。做梦者通过他的梦境，作家艺术家通过艺术创造活动，使他们各自欲望的满足成为可能。文学作品的功效在于：作家艺术家把他（她）的情结投射到作品中去，欣赏者则把他们的情结投射到他所观赏的东西中去，从而获得各自的快感满足。不过对双方来说，这种满足都是有限度的，暂时的。用这种创作理论来解释她的作品是很贴切的。

宋兴菊的小说都是以恋情为题材的。《无言的结局》写一个年轻的汽车司机爱上了一个比他大十岁的颇有风韵的女人。这个女人为他的真情所动以身相许之后，却发现年轻司机已经有了一个泼辣的妻子，于是怀着怨恨和忧伤离开了他。《往事如风》写一位素雅纯情的女青年雅妮，把自己的爱情献给了小城镇的文学青年杜某，可是婚后杜某却因其狭隘自私的占有欲怀疑自己的妻子，于是不断在精神上折磨她。雅妮忍无可忍，终于带着自己的孩子打开煤气含恨自尽。《风从何处来》写典雅蕴藉的电视台节目主持人梦蝶爱上了青年画家、雕塑家伟业，一往情深柔情缱绻之后，梦蝶离开了自己的丈夫，意欲与伟业结合，结果却被伟业粗暴地拒绝了。《爱情鸟》写的是一个亮丽而端庄的女青年柏芸只身到深圳闯天下，邂逅事业有成的男青年博亚，两人情投意合，爱恋至深同居了，可是最后博亚那身患绝症的妻子找来，柏芸不愿伤害她，劝博亚去尽一个丈夫的责任，坚决地离开了博亚。纵观她这几篇小说，纯情、典雅、蕴藉而又颇有风韵是几个女主人公的共同特征，她们大都有一种成熟之美，含蓄于外而热烈于中。《爱情鸟》中的柏芸虽然年轻而亮丽，但也是性爱的过来人，只有《往事如风》中的雅妮是初涉爱河。小说以极抒情的笔调写了女主人公爱恋的热烈与深挚，又以含情的笔墨写了她们的恋情破碎以后的痛苦、怨恨和忧伤。怎么来理解这些作品？艺术并不等于现实，因此不能断言小说的女主人公就是作者本人；同时又应该看到，艺术作品是作者被压抑的欲望的一种宣泄和满足。只不过这种“欲望”不能片面地理解为只是性爱，而是综合了审美、情感、事业、道德以及性爱和家庭等诸多因素在内的一种理想境界。记得电视连续剧《牵手》中夏晓雪的母亲说过这样一句话：“婚姻其实只是一个相互妥协的过程。”这话很有道理。原来夫妻双方都有棱有角，相互碰撞之后，你作点让步，我也作点让步，棱角磨掉一些，大家便融洽了。其实这只是一种类型，还有另外的类型。双方的棱角都太露，碰撞之后，你伤了我，我也伤了你，于是出现两种情况：有的婚姻还有某些纽带（如儿女）或其他共同利益或观念维系，于是便出现了《懒得离婚》这样的故事；有的情感伤得太深，无法维系便破裂。而“懒得离婚”和

“破裂之前”的后面便是婚外恋的天地。婚姻大体如此，爱情却不是这样。爱情是两颗心碰撞之后而放射出来的绚丽火花，既照亮你，又照亮我；爱情是两人的情感交融之后而形成的虹，它的两端落在两人的心灵之上。所以爱情和婚姻是不能画等号的。有人甚至说，婚姻是爱情的坟墓。当然这太片面和偏激了。

对完美的追求，对理想境界的追求，是人的一种天性，而现实总是有缺陷的，因而人们便把自己的这种追求付诸艺术，使追求得以实现。这既是艺术产生的动力，也是艺术存在的价值。所以不能说，只有婚姻的不幸者才会去写美好的爱情；而应该说，追求和描写诗化的爱情境界是一切作家的欲望。正因为如此，宋兴菊描写的爱情既不能等同于她的生活，又是她被压抑的创作欲望的一种宣泄和满足。

宋兴菊写的爱情故事，前半段都很美。两情相许，或漫游于幽僻的山村小径，或嬉戏于大海碧波之中，或浪荡于山花烂漫之际，或轻歌曼舞于舞池之中，或柔情缱绻于床笫之上，充满青春活力，弥漫诗情画意，极尽男欢女爱，作者为之动情，读者为之动容。这正是她的理念中的爱情的表现。故事的后半段则急转直下，多写由男主人公酿成悲剧；或写其前妻出现，或写其自私褊狭，或写其暴戾无常，终至爱情破裂，使女主人公坠入怨恨、忧伤欲绝之深渊。作者的这种构思与描写，恰好表现了理念中的爱情与现实生活的尖锐矛盾。

作品的这种构思与描写也具有一定的社会意义。改革开放以后，社会急剧变化发展，一些传统的婚姻爱情观念受到冲击，人们，特别是中青年人正在努力寻求自己理想中的美好的爱情和婚姻。这种内心情感的萌发与冲动缺乏理性的分析与认识，也是理性的分析或认识难以约束的，于是便出现了对爱情追求的浮躁与迷惘，悲剧的酿成也就成其为必然的结果。宋兴菊的小说正反映了这种心态，其社会意义也就在于此。
从事文学创作关键是要找到感觉。宋兴菊的艺术感觉是不错的，她能把作品主人公在特定环境中的感觉真切地写出来。比如她写夜晚庭院和旷野的宁静，公共汽车上的热浪与肉感，艺术家小阁楼上的光与影，情侣在大海中游泳肌肤相触的感觉，等等，都能给读者以身临其境的感觉。在写人物方面，女主人公的成熟风韵典雅风度，也能通过衣着的描写和行为举止传达出来。她写情侣做爱，着墨不多，较为含蓄，没有像某些作品那样搞性展览，却又能将主人公心荡神驰的感觉写出来。总之，她描写的这些感受并不粗俗浅薄而有美感。

她的文学语言流畅、细腻、抒情，已如前述。特别是某些抒情性的议论表现出作者的睿智，叫人产生许多回味。如：

女人是块土地，绿色的庄稼只是女人的表层，女人的深层是土地的深层，那里蕴藏着丰富的矿藏、才华、智慧和性爱。

爱是一个渴望滋润的欲望……

爱的嫉妒是两人关系破裂的阴影，嫉妒给爱的欢乐布下阴影后，苦恼就毒化了人间最甜美的感受。

宋兴菊小说的不足之处是：几篇小说的构思雷同，大抵循着一见钟情（中间小有波折）——感情加深——热恋——挫折——分手的路子发展。多篇小说的男女主人公虽姓名不同，但性格特征雷同的地方也较多。这说明，作者的创作如要进一步发展成熟，必须冲破构筑梦境又击碎梦境的这个格局，把艺术的视点投向广阔的社会与人生。

滚烫的情感

——《为情痴傻的女人》序

认识宋兴菊是从读她的小说开始的。她的小说写得细腻生动，能够一下子把你抓住，让你一口气读完它，并让你产生一种甜美与凄婉相交织的忧伤。为此我给她的小说写过一篇评论。

宋兴菊是个娇小而敏捷的女人，她谈吐流畅，并不时掷来一串有如山泉跌落石上的爽朗笑声。听到她的笑声，你满以为她是那种家庭和事业都很舒心的小妇人，但当你逐步了解她不幸的爱情婚姻及其伴随的几多磨难之后，才感到这一串笑声发之不易，这一串笑声正显示着她对生活的达观与坚毅。

仅仅三年过去，一部近二十万字的文稿和若干获奖证书摆在我面前。读完之后，不禁叹道：好一个厉害的小女人！这里的“厉害”不是“泼辣”，而是勤奋、干练和才华。读着她的文稿，你会感到那娇小的身躯之内有一股热辣辣的创作激情在喷薄、在燃烧。

《为情痴傻的女人》是一部小说、散文集。长于抒真情是宋兴菊的一个重要特色，她的散文多为写爱情、亲情、友情、乡情的抒情散文，但也有的是描写自然风光、风景名胜的游记文，还有一些描写民风民俗的作品。不管是哪一类作品都充满了浓郁的抒情味，从各种不同的角度来宣泄自己内心那丰富而细腻的情感，并且作者从不掩饰自己的真实情感，爱和恨、痛苦和欢愉、悲伤与期盼都在她的笔下尽情地流露。如她所说，一个“情”字可以把人燃烧得形容憔悴，身心疲惫，长吁短叹，受尽折磨，但人又始终不愿放弃，或者说天性使然无法放弃，而且还要去苦苦追求一个“真”字。古人说：“悲愤出诗人。”我们也可以说：“真情出诗人。”宋兴菊正是以诗人的激情来写散文的，这也正是她的散文的好处。

宋兴菊的文章不玩弄技巧，但绝不意味着她的写作技巧单一。就以她的散文来看，其抒情手法也是多样的。《为情痴傻的女人》一文是直抒胸臆的大胆宣泄；而《为我背过的父亲》一文则是将抒情和叙事融为一体，正面写自己的婚恋失败，侧面写父亲的关爱与自己对父亲的歉疚之情；《远逝的初恋》一文又运用了反衬的方法，以一位追求者热烈外露而又易于冷却的感情反衬自己的初恋情人那含蓄持久的热情。我国传统诗文中极有生命力的表现手法“情景交融”和“托物言志”，作者也是运用得很好的。如《大山包的黑颈鹤》和《刻进记忆的普者黑》都是情景交融、寓情于景的作品，而《苦楝树》写一个暗恋作者而早逝的年轻战士，作者为悼念他，在他坟前种了一棵苦楝树，“苦楝”与“苦恋”谐音，这无疑是一篇托物言志的作品。

也许是作者只注意情感挥洒的缘故，她的散文在立意、谋篇和语言运用方面都显得推敲不够，还需要进一步锤炼。我以为宋兴菊更擅长于写小说。她的小说创作是在寻求那被压抑的情感与欲望的一种替换形式的宣泄与满足，她把她的爱恋情绪投射到作品中去，从而获得情感宣泄与审美创造的快感。她在小说中所编织的故事都是一种假托，她依托故事为自己构筑一个远离现实生活的梦境，然后又按照现实生活的逻辑把这美好的梦境击碎。编织梦境是愉快的、美妙的，而亲手击碎梦境又不免伤感，这就是她的小说创作产生甜美与凄婉相交织的根本原因。故事是虚构的，感情却是真实的，这也是她的小说作品的审美价值所在。因为对完美的追求，对理想境界的追求是人的一种天性，而现实总是有缺陷的，因而人们便把自己的追求付诸艺术，使追求得以实现。这既是艺术产生的动力，也是艺术存在的价值。宋兴菊的爱情故事，前半段都很美，两情相许，大海碧波，山花烂漫，清风明月，充满诗情画意；轻歌曼舞，春潮澎湃，男欢女爱，柔情缱绻，极尽浪漫情怀。故事的后半部则急转直下，或因其道德与伦理的障碍，或因其追求与现实之间的矛盾，或因其性格上的致命弱点，而终于酿成悲剧。善始，却不能善终。如像《爱情鸟》、《无言的结局》、《风从哪里来》、《寻寻觅觅》等都是这一类作品。作者的这些描写既是受自身遭遇构成的潜意识所影响，又是植根于现实的。这正是表现了社会转型时期，人们在冲击传统的爱情婚姻观念追求“理想”婚恋的同时，却又缺乏理性的分析与认识所出现的浮躁与迷茫。这也是宋兴菊的恋情小说的价值。

宋兴菊的小说之所以能吸引人，还由于她善于捕捉人物内心体验与情感氛围的艺术感觉。她能把男女主人公在特定情景中的感觉真切地写出来。比如夜晚庭院的安谧与恬静，旷野的清凉与寂寥，公共汽车上的热浪与肉感，艺术家小阁楼上的光与影，情侣在大海中肌肤相触的感觉，等等，都能给读者以身临其境的感觉。近期的小说《蚕豆花开半路蔫》和《柏拉图之恋》又有所突破，前者写畸形的性感觉与性心理，后者写网恋。特别是《柏》文值得一提，写网上交流，实质上都是通过对话披露各自的心灵世界。作者能把网上的对话写得那么情感投入并展开情节，彼此间的心理交融也步步深入，心理感觉日趋微妙，而人物性格也还比较鲜明，这显示作者的艺术功力越来越强了。可惜情节进展没有突破，功亏一篑。除此而外，作者刻画女主人公较多地着重肖像描写和内心剖析，因而能较好地表现他们的感情波折与复杂的内心世界；而刻画男主人公多采用语言描写和行为描写，也能大致显示其性格特征，只是对人物性格的丰富性刻画不够。

宋兴菊小说的文学语言流畅、细腻、抒情，特别是某些带有抒情意味的议论能表现出作者的聪明与睿智，值得读者去认真品味。

我为滇东北乌蒙山腹地的这位女作家能冲出云南走向全国而感到由衷地高兴！并且为自己能够向广大读者介绍和推荐这位女作家的作品而颇感欣慰！

从红土地上升华

——关于《灵魂游荡村庄》和《另一个悬崖》

“贫瘠的山乡，丰厚的文学”，2002年11月，中国作协主办的《文艺报》以此为题报道了在昭通召开的昭通文学现象及作家群研讨会。仅仅半年过去，昭通文学又绽放了两朵新花，青年作家吕翼和刘平勇的小说集《灵魂游荡村庄》和《另一种悬崖》由作家出版社出版发行。这不仅说明昭通文学又喜获丰收，而且说明昭通文学后继有人。

两部作品虽有各自特点，但也有一些共同之处。阅读这两部作品给予我们既熟悉又新鲜的感受。说其熟悉，是因为两部作品都反映乌蒙山区的生活，大一点说是反映红土地的生活，作品中所描述的形形色色的人物与我们有似曾相识之感。言其新鲜，是因为两部作品对现实的思考与表现，在艺术上的探索都有其独到之处。

首先，两位作者都有坚实而丰厚的生活基础。他们都来自农村，熟悉农村的山山水水，熟悉农村中各式各样的人物及其相互的矛盾关系，因而他们就立足表现和发掘自己所熟悉的这些人和事。不仅写了他们的生活与习俗，更着重探索他们的内心世界，特别是着重于探索社会的转型时期，在商品经济的冲击下农村的人际关系和思想意识的变化。如《刀畜》（吕翼）中的杀猪匠王疙瘩的理想是培养儿子升学做官，但别人却引诱他的儿子堕落，理想终于化为泡影。《虎牙》（刘平勇）中的美丽单纯的农村姑娘二明希望有美好的爱情和幸福的生活，可是却被她所爱的人欺骗、蹂躏、抛弃，最后走向堕落与犯罪。这些人物事件正反映了商品经济发展过程中人性的变异。作品主题的开掘有一定的思想深度，给读者以警示。

其次，两位作者都有比较扎实的艺术功底。这不仅表现于他们运用语言的能力，而表现于他们艺术地再现和表现生活的能力。从吕翼描写的农村的秋天，我们似乎闻到了包谷草堆散发出来的霉草味和米酒的芳香混在一起的气息，看到了茅屋顶上升起的紫蓝色的炊烟“在太阳的脸上舔来舔去”。在刘平勇的笔下：农家小院里，姑娘借着清凉如洗的月光做鞋垫并充满遐想的场景，简直就是一幅农村风俗画。这些例子表明两位年轻作者都有较好的艺术感受和驾驭文学语言和艺术表现手法的能力。

文学贵在独创。所谓独创就是要有创造性的发现和创造性的表现。昭通乡土作家能够走向全省全国，首先就是在乡土题材上找到了自己的优势，并且找到了自己独特的艺术表现形式。还希望乡土作家能在共同的题材中创立自己的艺术风格。

再次，两部作品都有一个共同的视角，这就是关注农村形形色色的小人物，写他们的悲欢离合，写他们生活的艰辛沉重、痛苦挣扎及期望理想，揭示他们精神世界中既纯朴、厚道又狭隘自私乃至卑贱可怜的多个侧面。《另一种悬崖》中的杨桂花原是个漂亮的农村姑娘，结了婚以后连生三个女孩，已经是家徒四壁，一贫如洗，昔日健康丰满的姑娘已经变成披头散发、面容憔悴的村妇，可是她还要为生一个儿子而对抗计划生育，甚至希望用自己的身体去迎合乡村干部以免遭结扎。作品再一次演绎了贫穷、愚昧与人口的连锁关系。《刃畜》中的寡妇姜黄花辛苦一年喂出一头大肥猪，卖猪肉的500元全部还给放高利贷的债主许发财还不能还清，又不得不用自己的身体去支付利钱。摧残姜寡妇的已不再是昔日文学作品中描写的地主恶霸，而是农村中掌握一定实权，在农村经济变化过程中出现的暴发户。这是值得注意的一个生活现象。吕翼笔下的这个暴发户自己过着俄罗斯作家果戈理笔下的那个破落地主泼留希金的破烂肮脏的生活，却视钱如命。作者在这里揭示了腐败现象的社会基础：因贫穷而希望致富，希望发财，因希望发财而不择手段地敲诈和摧残自己的乡亲、同胞。这也是一种人性负面的诠释，故事是催人泪下的。

小说创作的核心是刻画人物。两位作者均能把握人物的社会角色、相互关系及其由此形成的思想意识，刻画出主要人物的性格特征，使人物能够鲜活起来，进而激发读者关注他们的生活和命运。

两部小说的出版发行标志着两位年轻作家立足红土地扎根红土地，获取丰富的生活素材，通过自己的艺术加工，升华为具有特定思想意义和艺术特色的作品。这是他们成功的开端。两部小说在处理结构方面尚存一些枝蔓，叙述也有烦琐之处，有些地方的描写目的不明确。希望他们进一步在艺术上锤炼自己，使今后的作品更加精美。

披荔带萝长爪郎

——谈樊忠慰的诗歌创作

樊忠慰是受《诗刊》所青睐的一位年轻诗人，从1991年到1999年每年都有作品在《诗刊》上发表，《十月》、《星星》和《边疆文学》也常发表他的诗作。

1999年一个静谧的春夜，我和樊忠慰躲在滇东北大峡谷的一个小旅馆中促膝长谈。不太明亮的台灯灯光把我俩的影子映在墙上，使我们能够看得见自己的动态。斗室弥漫着幽微的茶香，窗外时断时续地传来关河流水的哗哗声和春风吹拂声。忠慰质朴的脸因激动而显得红扑扑的，他时而兴奋地昂起头来，时而思如泉涌，语言中的标点符号已经被完全抹去；时而骤然中断谈话，热情的目光投向窗外的夜空。我一边听他长谈，一边翻阅他从1991年到1998年发表在《诗刊》、《十月》和《星星》等刊物上的作品。忽然间，一个意象在我的脑海里跳出来："披荔带萝长爪郎。"是的，他是"长爪郎"而且是"披荔带萝"的"长爪郎"。这就是诗人樊忠慰和他的诗给我留下的印象。

"长爪郎"是唐代诗人李贺的别名，大概是因其手臂较长的缘故。据说，李贺每次出行都要将一只口袋挂在毛驴的脖子上，每有所感写下稿子则投入囊中，旅途投宿或回到家中再取出整理。其母见之曰："是儿必呕尽心血乃止。"李贺的诗歌想象奇诡，色彩浓烈，充满了浪漫主义气息。其代表作如《李凭弹箜篌》、《雁门太守行》正体现了这种风格。樊忠慰对诗歌的痴迷及其诗作那奇特怪异的想象正酷似李贺。他的诗在奇诡的想象中寄托着他超越世俗的情感和情趣，弥漫着对山野峡谷奇花异草的奇异追求。屈原的《九歌·山鬼》一诗中的第二句是“披薜荔兮带女萝”，意为山中女神身披薜荔（香草）又以女萝（一种蔓生植物）为带，以示其高洁不凡。樊忠慰诗歌中的许多意象与《山鬼》有共同的意趣，所以我称他为“披荔带萝长爪郎”，但他的诗并不复古，更不只是在意象的外表特征上模仿古人，而是深深地打上了时代的烙印。试作如下剖析：

一、以奇诡的想象构筑瑰怪的意象

从题材上来行，忠慰的诗歌既有爱国的激情、怀古的幽思，思乡思亲的情绪，也有对大自然的深情眷顾以及对自然和人生奥秘的哲理思考，还有许多诗篇抒发了诗人力图实现其对现实生活范围的突破以达到对人与自然的无拘无束的追寻而不可得的矛盾心情。

忠慰诗歌的一个极为重要的特点是：以奇诡的野性的想象构筑奇伟瑰怪的艺术意象来表达自已对生活的感受，质朴与狂放相结合，轻灵与凝重相对照，平淡与深邃相表里，这些特点相糅合构成他的诗歌独有的艺术风格。

古往今来，几乎所有的诗人，都对浩瀚的丰富多彩的大自然怀着深深的爱，同时又由它引出无限的遐想，从而留下优美的诗篇。忠慰也以他奇特的联想去与自然亲昵。如短诗《海》：

偌大一颗泪/淹没了好多词汇/还想把天空/带去哪儿/静静的海/养鱼为生/飘忽的海鸥/撩起几多悠远的情怀/海水并不一味的苦/如果只是苦/海也就太平淡/比眼睛还深邃的海/我走了/你蓝给谁看。

初读这首诗，你会以为诗人写的就是大海给他的感受；细想，你才会发现，诗人是以海为意象来写他对广袤无垠的自然和丰富的生活的感受。以泪来喻海，以极小喻极大。真是十分奇特。面对生活，充满追求、苦痛与泪水，真是连词汇都显得贫乏了。然而尽管如此，人们却在为着它虚幻的海阔天空的理想而不懈地追求。“静静的海，养鱼为生”，以质朴的语言写了海的沉静与丰厚。“飘忽的海鸥，撩起了几多悠远的情怀”又写了动感与想象。

最末一段，诗人狂放地把海据为己有，豪迈地喊出：“我走了，你蓝给谁看”，用反衬的方法表达自己对海对自然对生活深沉的爱。这首诗是质朴与狂放相结合的代表，这首小诗表达的是个大情绪，即人对自然与生活的宏观思考。《诗刊》编辑邹静之先生评得好：“短诗并不因其短而偏小，短诗很多是个大情绪锻造出的高质量高密度的晶体。”

《红草莓》一诗却又有所不同：

> 喊我的草莓五颜六色/我喜欢微笑着奔跑的红草莓/还有背着露水的红草莓，羞红了身子的红草莓……大风吹落晚霞吹落血，吹不落我的红草莓/红草莓醉得我的手指发颤/你要什么天空，我都捧给你。……我的牙是水做的，我死了也想尝一口红草莓。

这首诗的想象同样是奇特的。色彩也是浓艳的，但整个意象却给人以轻灵流动之感。这首诗，我以为是把诗歌和诗人融为一体来描写，抒写诗人在诗绪袭来的强烈感觉；也就是写灵感袭来时的感觉：诗人的眼前是五彩缤纷生机勃勃活蹦乱跳的意象，诗人因情绪的亢奋而手指发颤，诗人的强烈的情感与想象融为一体，异常地热烈而奇特。

《虎啸》这首诗的意象又与前两首不同：

当高贵的天空敞开心灵/一缕光芒穿越时间的陷阱/虎从啸叫里吐出金子/骨头上站起的穷人们/掏出了眼睛/面对永恒的自然/谁在破坏/濒临绝境的虎喝下海水/星星在胃里闪烁/消耗的是黑夜/谁的沉默覆盖了死亡/让狮子和晚霞浑身血腥。

这首诗中虎啸的意象不仅是奇诡的，而且是悲壮与凝重的。“虎啸”自然是取其象征意味。象征什么？是诗人，或是所有的奋斗拼搏者，或是有史以来穷人们艰苦卓绝的斗争？都可以由你去想象而产生一种震撼人心的张力。

樊忠慰诗歌的语言并不是一味的奇诡，有时又很平淡，平淡得近于笨拙，但是这些平淡而笨拙的语言构筑的意象并不浅薄，它们或则表达真挚的感情，或则表达对于生活的深入思考，蕴藏着丰富的意味。《牧羊女》这样写道：

洁白的姑娘/花朵嫁给了春天/你为何不嫁给我/我和羊擦肩而过/不知羊在想什么/也不知你为谁歌唱/不要酒/不要忧愁，请给我一只耳朵。

这首诗的语言就很平淡，没有词语的故意雕琢，没有奇特意象的精心营造，但它却是耐人寻味的。《诗刊》邹静之先生评这首诗说：“没有词语的复杂经营和沉重的姿态，但我们往往会在这淳朴中读出一些意味，感受到更贴近自然的新鲜。”这首诗的构思也许源于我国西部民歌《在那遥远的地方》，歌中有这样的句子：“我愿做一只小羊，跟在她身旁；我愿她拿着细细的皮鞭，不断轻轻打在我身上。”然而诗人想做一只羊也不可得，所以说“和羊擦肩而过”，诗人感到，做她的羊也是幸福的，但不知羊体会到了没有，所以说“不知羊在想些什么”。把极热烈的情绪隐藏在平淡的诗句中，活画出诗人相思之苦。

《农民》一诗这样写道：

沉默如泥土/埋着语言的红薯/双手扎下去/可以把野草种成庄稼/阳光从他们的发须/从麦芒延伸到天上/使劳动在秋天辉煌/他们的儿子/是不会飞的鸟/从田里拾一种美德/羊在远处观望/那燃烧的高粱/叹一声/光脊上的汗滴如牛毛/活着/和蚂蚁一样勤劳/死去/也和蚂蚁住在一起。

这首诗的语言大多数是平实的，是对农民劳动生活的真实写照，但不是写现象而是写精神，是对农民生存状态和精神状态的概括与慨叹。农民质朴而坚毅的品格，创造性的劳动，对美好生活的憧憬，以及繁重的终身不息的劳动和悲怆的命运都在这首诗中得到了表现。

《诗刊》是这样评论樊忠慰的："樊忠慰，这位远在云南边地的诗人，他的诗也被编辑称为'野麦子'一类。它们热烈得粗糙，奇诡得有时不近人情，但却有鲜活的血液在膨胀，有朴素得近乎白描的口语在流动，他们野性的民间的生命在中国这块土地上是如此的旺盛。"这是对樊忠慰的诗歌创作热情而中肯的评价与称赞。

二、用浓烈的情感表现时代的情绪

情感性是诗歌的首要特征。樊忠慰的诗以其浓烈的情感震撼读者的心灵。他所构筑的那些野性的奇诡的意象如果不是植根在对现实生活的强烈而深挚的感受之中，那么那些意象也就只不过是巫师祭起的纸人纸马了。正是因为有了对现实生活的深切感受，有了发自内心深处的深挚情感，才使得他创造的意象具有强烈的生命力和感染力。他借鉴了象征主义的表现方法，把深挚的情感和时代的情绪寄寓在奇诡的意象之中，使其达到统一，充分显示出自己的创作特色。

樊忠慰的诗并不完全是西方现代派的象征主义。因为西方现代派的象征主义"认为人自身和周围世界都是神秘的，不可把握的，神秘是世界的属性”，他们又认为“美并不存在于这个世界中，而只存在于这之外的另一个更真实的世界”，而樊忠慰的诗歌充分蕴涵着对现实世界美的肯定。如在《祖国，我的姐姐》一诗中充分地肯定了祖国的美丽、善良、博大；在《圆明园》中表达了祖国将永远屹立，不会倒下的坚定信念。他歌唱黄河、金沙江、三峡，在这些诗篇中既有对祖国河山、对大自然的热情高歌，也引发出对历史的认真思考。所以，他不是西方现代派的神秘主义和虚无主义者，他只是借鉴了象征主义的表现手法，通过象征、隐喻、联想、暗示以及语言的音响效果等去创造深远的诗境，而不是直接的描写简单的比喻。他的诗深沉含蓄有朦胧意味，但并不神秘。如《梦见》这样写道：

梦见一碗烈酒/和最后一只老虎的怒吼/梦见被洗劫的豹子/钻出晚霞的伤口/梦见绿玉米/女人的尖叫和水/星星点燃绝望的骨头/梦见罂粟开花/老鼠咀嚼宝石/黄金剥光人类的衣服/……

这首诗虽然意象是光怪陆离的，但其内涵不难觉察，它是社会转型时期许多怪现象的反映，是诗人看到许多美好的事物被击碎而发自内心的慨叹与呐喊。

他的诗也不乏受祖国古典诗歌的影响而产生的意境，但却注入了现代情绪。如《夜空》和《月光》都是写思念母亲思念家乡的。《夜空》：

攥月光出汗/松手，放飞蛙鸣/把满天的思念叫乱/我数不清/哪一根指头/才是回家路/什么时候/远方的妈妈/为我把泪花/轻轻摘下。

这首诗显然有李白《静夜思》的痕迹，但却比《静夜思》的情绪更为热烈和浮躁。《月光》中有这样的句子：

……满地月光/千年难觅的针/意外地刺伤我的骨头/流出好痛的花香。

也是这种情绪，在《春天》一诗中，他那种矛盾的心态表现得更为突出，一开头就伤感于一种美产生于另一种美的破坏：

春天是绿色河流/河中的肉是桃花的骨头/桃花的骨头捣碎了红烛/伤心的雪山摘下盖头。

接着诗人的情绪热烈起来：

一只昆虫背上是青草/一个少年鞍下是马匹/一粒蜜蜂叫起来/花香叫起来/一条鱼叫起来/河流叫起来/叫一个人留下/一朵花留下。

真有百鸟欢歌、万物复苏的感觉，然而在末尾两句情绪又低落了：

春天的叫声里/时间消逝。

这正是现代诗人充满矛盾的心态的写照。这首诗也有“夜来风雨声，花落知多少”的爱春、惜春情绪，却又比古人更为矛盾复杂。

有些诗表现诗人渴望飞越，渴望冲决一切藩篱而现实却不允许逾越的这一矛盾心态。如《一只鸟》：

它抬起头/看见了雪山/和雪山上的苍鹰/这一团黑暗的黄金/点亮了天空/这座飞翔的坟墓/搬来了枪声/……它不知道喊它的是天空/它不知道自己的翅膀/高于一切自由和暴力。

又如《岩石》:

……天空高得像未来/山峰矮得像教堂/我是被羊吃掉的一棵草/我是岩石上安睡的一支山羊。

这是诗人心灵信息的传达。这些极为矛盾的意象和情绪，正是由于个人的想象力无限而生活的圈子却极为有限的矛盾形成的。这里蕴涵着萨特的存在主义“个人难于超越自我”、“物质环境对人的压抑”这些意念。

从这些例子中我们可以看出：樊忠慰的诗既受到中国古典诗歌的影响，而又更多地接受了现代诗歌的影响，但他根植于现实生活不依傍别人，刻意创作属于自己的诗歌。他把极为丰富热烈的感情、充满矛盾的精神意念、情绪和潜意识中的各种信息，借用象征主义的手法表现出来，这就是他的诗歌创作获得成功的秘诀，也是他的诗作的又一重要特点。

苦闷生命的延伸

——评麦芒的两本诗集

案头摆着麦芒 1996 年出版的两部诗集：《麦芒抒情诗选》和《麦芒小诗 100 首》。翻开诗集的扉页，他那白皙的面容，瘦小的身材，充满希冀的眼睛浮现在我的眼前，他那曲折坎坷的经历片断也在我的脑海里浮现出来。晚唐诗人贾岛被人们称为“苦吟诗人”，我看麦芒也堪称“苦吟诗人”。不过贾岛的苦吟偏重于艺术技巧，特别是在炼字炼句上的苦苦追求，而麦芒却是以整个身心去追求文学，追求诗歌，追求一种精神寄托，任凭艰难困苦，毫不动摇，所以麦芒的“苦吟”更有其令人感动之处。

本世纪日本著名的文艺理论家厨川白村说：“生命力受了压抑而生的苦闷懊恼乃是文艺的根底。”麦芒对诗的追求正好为厨川白村的理论作了印证。麦芒写诗，不是为了写诗而写诗，不是为了获得诗人的桂冠提高他的社会地位。他是为了追求精神的寄托，使其苦闷的生命得以延伸。他的诗给人以悲怆之感，充满苦涩和忧患意识，但在悲怆之中却没有失去对生活的热爱，没有失去对真与美的执著追求。如《捡拾》：

我在荒野捡拾/我捡拾/童年时的风筝/青年时的情热//我在荒野捡拾/我捡拾/荆棘路上的歌声/黑牢房里的诗句//我在

荒野捡拾/我捡拾/半截希望底枯柴/半根失望底瘦菜。

这正是诗人生活感受的写照，心情是凄凉的，并没有放弃追求，但追求到的是希望还是失望，自己也颇感怅惘。麦芒的好些诗都写了类似的感觉，只是寄寓的对象不同。然而他的诗中也不乏表现热烈地向往的情绪的作品。如《菊》：

谁说花儿/只能在春天绽开/请看金菊银菊绿菊墨菊/——秋风秋雨中/照样长得鲜丽可爱//张张笑脸/笑向人间。

每一个时代的诗风，都有一股主潮。当代中国的诗风，似以模仿西方现代派和后现代派为其主潮。这一股潮流支配下的诗歌，大约是构筑朦胧生僻不确定不易捉摸的意象来表达自己复杂而隐晦曲折的思想感情，表现自己独特的审美追求。麦芒的诗不属于这股主潮，他的诗是平易的，但平易绝不意味着平淡。他的许多诗在平易之中却不失含蓄，语言浅近却又耐得住咀嚼。如他的著名的一句诗《雾》：

你能永远遮住一切吗？

既明理，亦言情。又如《桃花》：

像一杯酒/看见你不禁使人想起/那些已经过去了的/飘忽的青春的梦。

充溢着对生活、青春的慨叹，对岁月流逝的惋惜和对美的追寻。意象是美的，情感是浓烈的，意蕴也是深厚的。

诗歌是一种高度集中地反映生活的文学样式。所谓集中，就是指概括和提炼，将较为广阔的社会生活体验浓缩在片断的文学意象里。这是考察一个诗人功力的重要标准。麦芒的许多小诗是提炼得相当好的，文字精练，意象新颖，底蕴深厚。如《收容所》：

一大锅稀饭/去了/又来//男女老幼布衣汉/个个/泰然//一个碗/一双筷/两只圆睁的眼。

这一首诗，没有经过饥馑岁月的年轻人是很难读出它的意味来的，因为他们不知道在1958至1960年那段饥荒的日子里，许多人故意“犯点法”进收容所混饭吃的特殊心理。“泰然”一词写出了如愿以偿，混一顿饭吃的目的达到了，而“两只圆睁的眼”，特别突出这个“眼”字，又反映出男女老少饥饿的恐慌和看到食物时急于攫取的迫切心情，这是特定历史时期的实录。再如写艾青的一首诗：

一场战争/雕塑了/一个诗人//一场浩劫/复活了/一颗诗心//诗之神/永远年轻。

这首诗显得很老到，语言凝练而内涵深厚，它将社会、民族战争与诗人，诗人与人民大众的生活和命运这几者复杂的因果联系、血肉般的感情乃至作者对艾青的景仰都浓缩在这29个汉字里，俨然是一首现代律诗。

无可讳言，麦芒的诗并非每一首都提炼得像上面列举的这么洗练、这么深刻，有的诗也较为一般：或是内涵浅一些，或是诗味差一些，像《诗人》：“疯子+傻子”便属于这一类。就整体而言，麦芒的诗是真诚的，他都是在向你诉说他的内心感受，他不说假话，不故弄玄虚，不故作高深，而且有相当多的诗是写得很美的，“真与美”始终是诗人追求的目标。我喜爱麦芒这些平易、凝练、含蓄的小诗，我想还会有更多的人喜欢这些小诗。一度时间，麦芒只敢在夜阑人静时偷偷地写诗，他形容自己“像个小偷”，我想，现在麦芒不必再“像个小偷”，他可以走到明媚的阳光下来了，春天正在向他招手。

麦芒诗歌的意象空缺美

我曾经给麦芒的诗写过一篇评论，题为《苦闷生命的延伸》，那是从诗人的创作动因和生活积累上去揭示他的作品内涵。本文则试图从美学特征上来探讨他的诗歌。因为诗歌的美首先表现在诗人所构筑的意象。

我国古代诗人根据不同的生活感受和审美追求，构筑出不同的意象，真可谓丰富多彩气象万千。那么，什么样的意象才算美呢？是不是一定要鲜明完整的意象才算美？不一定。虽然色彩鲜明的意象是美的，如“千里莺啼绿映红”、“人面桃花相映红”之类，但是朦胧的意象也很美的，如“谁见幽人独往来，缥缈孤鸿影”；完整的意象是美的，如“举杯邀明月，对影成三人”，但残缺的意象也是很美的，如“留得残荷听雨声”。细读新出版的《麦芒诗集》，我感到他的诗歌最为明显的审美特征就是意象空缺。

接受美学的文学鉴赏理论通常把还未经过鉴赏的文学作品称为“文本”，文本只有经过阅读鉴赏才称为“作品”。文本是作家诗人的一度创造，而进入阅读鉴赏便是有读者参与的二度创造，也就是再创造。如果没有读者参与的再创造，不论作者的文本有多么丰厚也是毫无意义的。所以，对于文学作品来说，读者参与的再创造意义非常重大。而要让读者参与再创造，就要给他们留下充分的再创造空间。因此，所谓意象空缺，便是诗人有意无意地留给读者参与再创造的艺术空间。那种唯恐读者不知道，把什么都叙述描写得面面俱到无微不至的文本不是好的文本。接受美学的著名研究者沃尔夫冈·伊塞尔认为，“文学使用的描写语言，包括了许多意义不确定的意义空白，这些不确定的意义空白是产生艺术效果的根本出发点”。他把这种空白称为“召呼结构”。因此，意象空缺，也可以解释为诗人在构筑意象时有意无意地留下的某些意义空白，让读者去补充、去丰富、去参与诗歌意象的再创造，并在参与再创造的过程中获得快感。

麦芒的诗歌作品，大都比较短小精练，他甚而创制了一种新的四行体诗。但短小并不意味着苍白，精练也并不意味着缺乏意象，而是在短诗构筑的意象中留下许多意义空白——艺术空间，让读者去参与再创造，从而实现了诗歌自身的艺术价值，并产生相应的审美效应。

麦芒诗歌的意象空缺美首先表现在对读者思维的点击和诱发，可称为“点击诱发式”。这一类诗又分两种：其一是诗歌本身并未构筑意象，而是用高度提炼而颇具内涵的语言点击读者的思维，从而让读者产生意象，可称为“直接点击”。如《老屋》，只一句：

无比温馨的梦。

不同的读者面对不同的老屋会产生不同的想象或回忆，或联想，梦境虽不同，但温馨的感觉多近似。又如《冰心》：

一个“爱”字/写了一辈子/一辈子/写了一个“爱”字。

提炼出冰心至深的创作思想，激发读者联想起冰心老人的许多作品：《春水》、《繁星》、《寄小读者》……无不贯穿一个“爱”字。又如《扎西会议会址》：

六十年前/走来一名/高个儿导演/中国，从此便开始/风起云涌，好戏连台。

在平易的叙述中点出“高个儿导演”，点出“风起云涌”、“好戏连台”，激发读者联想起风云变幻，惊雷万状的中国革命。这一类诗歌中的第二种表现形式是先积累一些极平常的具象（词语），而在末尾一笔画龙点睛，爆出一个意象，可称为“积累诱发”。如《蜀南竹海》：

竹笋/竹筒/竹床/竹屋//蔡伦的梦/板桥的梦/大海里/浮游……

本诗前一节四个词语罗列，似乎毫无意味，第二节和蔡伦的梦、板桥的梦一联系，竹的文化意味和审美意味就出来了，而且用“大海里，浮游……”既点了竹海之题，又点出了竹海的意韵。又如《无头情雁》

三言两语/两语三言//风雪的夜晚/胜似蜜饯//胜似茅台/胜似羊毛衫//死灰/复燃。

初读开头一节，你简直不知道诗人写什么；第二节，通过三个比喻写出这三言两语令人感到甜蜜、陶醉、温暖，但仍令读者不得要领；直到末节四字出现“死灰复燃”，你才明白诗人为表达埋在心底多年的爱情而写诗或是自言自语。为什么叫“无头情雁”，因为这些爱情的表白其实只是说给自己听的，于是在甜蜜、陶醉、温暖之外平添了几多忧伤与苦涩。这首诗的结尾四字才起到了画龙点睛引爆情感和意象的作用，真是“此身行作稽山土，犹吊遗踪一泫然”。（陆游《沈园二首》）

麦芒诗歌的意象空缺美又表现为“管中窥豹式”。诗人构筑的意象只有浓缩的那么一斑一点，彼此之间似乎并不连贯，然而读者可以此为出发点发挥想象把这些点连缀起来，形成完整鲜明的意象，此所谓由一斑而知全豹。如《扎西两合岩》：

巍峨；险峻/李苦禅的鹰/周恩来站在小桥上正与《残阳如血》话别。

这首诗上节写景，下节写人，两个片断的意境都很好，将两合岩的险峻，搏击长空的雄鹰和站在夕阳下的革命家周恩来联系起来，激起你去联想长征经过的千难万险、千回百折和悲壮激烈。又如《雪》：

六角形的花瓣/编织成一床鸭绒被盖//被盖下面卧着/一个翠绿的春天！

四句三个具象，六角形花瓣、鸭绒被、翠绿的春天连起来构筑成意象，象征着自然和生命的律动，让你感到诗人对自然的美，对春天对生命的热爱与歌唱。这种写法类似国画的勾勒点染，笔墨很经济，留下的联想却是广阔的。

麦芒诗歌的意象空缺美还表现为若干具象碎片的拼合，可称为“碎片拼合式”。这一类诗歌，作者未构筑完整的意象，而是东鳞西爪地描写呈现出一些具象碎片，在末尾处点出这些碎片在情与理方面的内在联系。读者扣住这一点，通过联想与想象就可以构筑成比较完整的意象。回过头来再看那些具象的碎片，你会悟到它们不是诗人随手捡拾来的，而是精心挑选的，这时你才会感悟诗人的苦心与机智，从而产生读诗的快感。如《红豆》：

一粒红豆/一串苦瓜//一串苦瓜/一捧泪花//一捧泪花/一副骨架……

全诗六句，四个具象：红豆、苦瓜、泪花、骨架，用层进的形式排列，但每两句之间绝不是比喻关系。在这里我们不可以说“一颗红豆就像一串苦瓜”，因为这是说不通的。事实上，诗行之间的跳跃性很大，只有读完全诗，细细品味之后，我们才会悟到诗人是在表达铭刻一生的相思之苦。一颗红豆一片相思结出的却是一串苦果；一串心中的苦果引出一捧捧泪花；宣泄之后相思不是解脱了而是加深了，所以最后落得一身瘦骨。相思就此终结了吗？没有，一串省略号用得很好，相思还在继续。又如《自题小像》：

三根骨头/少血/少肉//作文写诗/时胖/时瘦//不喝凉水/专饮/烈酒//风中雨中/两只/泥脚。

这是刻画自己的一组具象碎片，一写长相，二写追求，三写嗜好，四写精神。第四节出现之前，前三组虽然各写了一个侧面，但似乎缺乏内在的必然联系，但第四节一出现，就与第一节形成因果关系，与其他两节形成形神统一的关系，我们似乎看到诗人那种孤傲倔犟的精神和苦饮苦吟而难以自拔的性格特征。

麦芒的诗歌虽短，确实有它的独到之处，他长于在炼字炼句上下苦功。当然欣赏诗歌也必须有一定的生活积累和阅读修养才能更好地领会诗歌。毋庸讳言，麦芒的诗作中，也还有一些是以概念入诗的，像《小姐》：“全被‘三陪’了”，《官场》：“一个大染缸”，《政治》：“学会看一把手脸色行事”。这些诗都有简单化概念化的倾向。虽然有的也来自生活，可入杂文或小品，但缺少意象，诗味不多。《小姐》一句中作者试图用一个“被”字突出主从关系，但“被”字是虚词，不表示具象，很难引出什么意象。

相信诗人今后会有更新更美的诗歌问世以飨读者。

最本真的生命理想

——解读青年诗人夏吟的诗作

夏吟是近十年来在诗坛上崭露头角的一位青年女诗人。我饶有兴味的读完了她的诗集《冰雪魂灵》。这些诗大多数是在国内省级以上刊物发表过的。读她的诗给我带来了美好却不轻松的审美感受。说“美好”，是因为她的诗歌营造了许多奇特、壮美、新颖、令人回味的意象；说“不轻松”，从这些意象中我感受到了诗人那种压抑的热情如地底的熔岩在奔突燃烧，把诗人烧得憔悴不安。

解读夏吟的诗歌，我想从她的“自白”入手，其“自白”云：“透明透亮的小露珠，却愿把整个世界反射出来，用心打造出一座五彩缤纷的水晶房，奉献给人世。”诗人的这一自白，包含了一个主体和客体的统一关系。作为诗人的小露珠，希望折射整个世界，而世界是纷繁复杂的，所以在主体和客体的撞击之后，诗人打造出的水晶房就不只是单纯透明了，而是呈现出了一种多色彩多层次的形状，可以用“五光十色瑰丽奇崛”来形容，她的诗作正是以这样的姿态来奉献于人世。夏吟希望“文学能承载起人类最为本真的生命理想”。这是她对文学本质的理解，她正是在用她的诗歌来实践着自己的文学理想，来实现自己对美、对真的追求，来实现自己的生命价值。

随着对夏吟诗歌“五光十色瑰丽奇崛”这个总体感受的加深，我觉察到夏吟的诗歌创作是一个矛盾的统一体，是由诸多的具体矛盾交织而成的：从构筑意象上看，热烈、悲壮与苍凉、孤寂相结合；从思维方式上看，形象与抽象相补充；从思想深度看，理性的思考和童心的单纯相对应；从情感表现看，沉思的忧郁与压抑的炽热相撞击。正是这些矛盾的统一构成了她的诗歌丰富的内涵和独特的艺术风格。

夏吟的诗作所营造的意象没有许多女诗人的那种纤巧、秀丽、委婉，她的许多诗歌意象都是热烈而宏大的，那些描写自然景观的诗歌就是如此：灿烂辉煌的夕阳黄昏，奇景辉映夜空的深沉大海，带着光明、火焰、风暴、闪电和险峻山川的世界——所有这些意象都显示了诗人开阔的视野和奔放的感情，显示了诗人力图超脱于文坛时尚中那种温婉细腻的小资情调。然而，仅看到这一点是不够的，夏吟诗歌中的意象，还有悲壮与苍凉、孤寂的色彩。

在营造辉煌壮丽的夕阳黄昏时，诗人是在祭拜夕阳黄昏的即将逝去，而且用自己“女儿的身躯去作为祭品祭拜”：

> 也是这样的五月天的血色黄昏/老天久旱不雨，大地干裂成粉/河神的祭坛里，我女儿的身体成为牺牲/那时我女儿的身躯像夏日果子般青涩/我饥饿的唇齿散发处女洁净的芳香/美丽的红颜黑发把神灵烘托得无比神圣。

在这里青果般的身躯、洁净的芳唇、美丽的红颜黑发都已成为祭品，把人世间的美毁灭了来祭拜夕阳黄昏，有献身的悲怆，掺和着叹惋和哀伤。在《悬棺》中作者构思了这样一个故事：让“我”相思成疾的王子，在“我”死后，骑着乌蒙马到来，将“我”收葬在“最陡峭最神圣的地方”，诗的最后一节写道：

> 是你吗？/我用梦想浇筑的夫君/在我死后乘着山风来亲吻我/把我从尘世的火海中抢救出来/你沉默闪动的泪光/为我的

处子之身搭建起了/一座坚硬的石头婚床。

这个意象有一种超越时空的虚幻苍凉之感，把读者带入了她所营造的世界之中。这是作者女儿情结和诗人情结的结合。正是因为诗歌的意象存在着热烈、宏大、奇崛和悲壮与苍凉、孤寂的两个侧面，形成了夏吟诗歌丰富和耐人寻味的内涵和韵味，诗中那丰富的色彩、超越时空的幻想和对理想、爱情的渴望和追求，给读者开拓了一个幻美的艺术空间。

文学创作是形象思维，诗歌更是驰骋想象的空间，离开了形象思维是写不出好诗来的，但是适当地运用抽象思维可以对天马行空的形象思维起到规范和升华作用，让人感到想象的合理性。这一点夏吟在她的诗歌里作了尝试，《最后的长夜》一诗中，诗人想象在整个地球和人类行将毁灭前的一个夜晚，人们感情激荡，对过去的岁月充满了愧疚忏悔之情，这愧疚忏悔源于人类在平日的相互倾轧争斗，并在人类的最后之夜，感受到人类需要的是相互的谅解和支持。这首诗发挥了高度的近乎荒诞的想象，而在诗歌的构思上却暗合一个逻辑推理的顺序，即假设地球将剩下最后的一个长夜，那么人类将会发现自己的悲哀和愚蠢。于是：

最后的夜智慧超越于欲望之上/识超越于逻辑和情感之外/最后的夜我们方才明白/天有十九重，地有十八层/而我们的生命只有一次/冲不破九重天去与神仙对唱/掘不穿十八层的地狱与鬼魅辩争/我们只能在天堂与地狱的夹缝中/在造福我们的大气温柔的包围下/在这狭小的地球上和平生存。

这首诗表现了一个和平和友爱的大主题，表现了诗人的泛爱精神。这首诗的可贵之处是在于用大胆的想象去描写和表现诗人对现实世界的批判与希望，用逻辑的推理去补充和制约荒诞的想象，因而使得诗歌的情和理结合得很好，使读者有深刻的感悟。

夏吟的诗歌有一部分是描写亲情友情爱情的，十分得读者的喜爱。即使在这部分看是纯真的作品中，也不可避免地表现了她内心情感的矛盾，她的爱情诗歌里往往塑造一个外表冰冷寒彻而晶莹，内在情感却是火一般的炽热的女性形象。在自况诗《冰雪魂灵》中，她写道：

冷寂的环境里我是水/是水我不能燃烧自己，给自己温暖/以维持现实的生存现实的柔美情趣/不愿死去一种变化彻骨寒心我已麻木/变得坚硬变得锋利变得透明里有裂痕。

这里明白地道出了冰雪魂灵的深处是渴望燃烧以温暖自己、世界和他人的激情。在《认识》中，诗人因为不堪怀念的逝去亲人的痛苦，而希望消灭自己对亲人的所有记忆，可是一百年后：

我的白骨终于裸露为灰/我在对一片灰尘说出：最亲爱的兄弟，我认识你。

不仅化为灰也能认识亲人，而且更有甚者：

一百年里，亲爱的兄弟/你奇思妙想的灵魂/一直低回在我住的天空/百年后，灰尘在舞蹈/那是我对你亲密的拥抱。

在冷与热的强烈反差，生与死的岁月流逝中，抒发了诗人对亲人刻骨铭心的怀念和爱。

夏吟的诗歌在内化的感情上突出的表现为矛盾与撞击，从前面列举的那些借助自然景物大胆描写所营造的大意象中已经充分表现出来：宏大中孕育悲壮，奇崛中对应着苍凉，热烈中又陪伴着孤寂，这无一不是她内心情感矛盾的体现。我们可以感受到她是一个内心情感受到煎熬与痛苦挣扎的诗人。

夏吟的诗就是这内心情感猛烈撞击的火花闪现。这种矛盾其实是诗人为实现其生命价值而作的追求之间的矛盾的体现，这就是夏吟追求的最本真的生命理想。夏吟的诗歌中的这种情感的矛盾撞击正是纷繁复杂的现实生活在她的心灵世界的折射，也正是作为现代诗内涵丰富和时代感强烈的表现，是作者现代意识的表现，这些诗歌在读者中更能引起普遍的触动和共鸣。

夏吟是一个善于学习和熔铸的诗人，在她的诗歌中多次出现的悬崖、白骨、墓地的哭泣、迷离的梦幻、死后的亲吻和拥抱这些意象，但她主要不是用来表达失落迷茫和虚幻的现实，而是用来表现自己执著的追求和反衬热烈的情感。从她描写的辉煌的太阳、蓝色美丽的地球、广袤无垠的天空、浩瀚的海洋以及万有万存的世界，她对自然顶礼赞颂，可以看出她的诗歌是一种富有现代特色的积极的浪漫主义诗歌。

自有诗心如火烈

——读《寻梦——陈剑宁诗选》

高兴地读完了陈剑宁同志的诗歌选集《寻梦——陈剑宁诗选》，深为他那对生活的热情、思考的睿智和写作的勤奋所感动。“自有诗心如火烈”，这是杨朔的一句自况诗，也是我读《寻梦——陈剑宁诗选》的一个总体感受。

陈剑宁是“老三届”毕业生（特指“文化大革命”期间 1966、1967、1968 届的初、高中生），曾经作为“知青”上山下乡插队落户达 10 年之久。艰苦的生活磨砺了他，同时也玉成了他，使他有了丰富的生活积累。“文化大革命”结束后，他上了大学，更加懂得时间的珍贵，如饥似渴地学习，从而丰富了知识，充实了自己。陈剑宁外表质朴，一张圆脸上常流露出诚恳的笑容，内心情感丰富细腻。我读过他的获奖散文《小院桃花》，可谓文情并茂，把对祖父、祖母的思念之情表达得十分感人。“老三届”以及年龄比之稍大一点的这个知识群体，由于所受教育和时代环境的影响，虽然曾经历过种种磨难，但他们那种对祖国的热爱，对党和社会主义事业的热爱，对生活的热爱，对英雄的崇敬以及克服困难积极向上的精神，构成了他们心灵世界的要素。基于这一点来理解陈剑宁的诗歌，我们就会看到他的作品中对崇高理想的歌颂、积极向上的情绪、饱满丰富的情感、健康的审美情绪、勇于探索的精神是贯穿始终的一条红线。在这样的思想情感的主导下，我们就可以看到陈剑宁诗歌所表现出来的以下几个明显特点：

从题材方面来观察，陈剑宁的诗歌取材广泛，情感丰富。他的诗歌不仅讴歌伟大的祖国，讴歌社会主义建设，讴歌祖国大地发生的历史大事（如“1997 年香港回归”、“1998 年抗洪救灾”），讴歌无产阶级革命家的风范与当今英雄楷模的业绩，而且也歌唱祖国的自然风光、名山大川、古迹名胜，同时也抒发浓厚的亲情、友情、爱情，表达日常工作中的诸多感悟，又是一草一木，一个生活细节也能引发他的诗性——诗人的感情奔放而细腻。

从思想色彩方面来研究，陈剑宁的诗歌将弘扬主旋律与抒发个人情怀紧密结合在一起。什么是主旋律？我想也就是时代精神和民族精神的主题、主流。

陈剑宁以他较多的诗作加入到这一支队伍中来。他那些歌颂祖国的建设、发展与变化，歌颂理想与信念，歌颂与缅怀老一辈无产阶级革命家，歌颂当代英雄模范的诗作，显示了诗人蓬勃向上的精神，奔放的热情和对祖国的赤子之心。与此同时，他的作品也并不排斥个人感情的充分抒发。他的那些抒发亲情、师生情、友情和爱情的诗篇，又充分体现了那温婉而细腻的情怀，特别是一些爱情诗的细节写得十分委婉动人。

从观察与描写生活的观点来看，陈剑宁的诗歌既有宏观开阔视野的生动描写，又有微观的一草一木一颦一笑的动人刻画。从宏观上来描写的诗篇，除了那些歌颂祖国建设的宏伟气象和回顾历史的作品之外，还有一些山水诗，如《喜马拉雅山》、《断层岩地带》、《乌蒙高原印象》、《金沙江，我心中之江》，等等。他在描写这些景物时常常采用抽象与具体相结合的手法，从而充实了诗歌的思想内涵。如写喜马拉雅山是“力与静”拼搏的结果，是气质、毅力、信念的凝结，于是这些景物就贯注了个人的感情色彩。在微观刻画方面，主要表现在他的小诗“片羽浪花”之中，一支红烛、一穗谷粒、一粒玉米、一颗露珠、一片白云、一朵浪花，都能激发作者的思维，写出对生活的一些感悟来。

从构建意象来看，陈剑宁的诗歌既有合理的借鉴，又有个人独特的感受。如《好雨》、《致大树》、《四月，樱桃熟了》等诗，受到古诗《春夜喜雨》（杜甫）、新诗《致橡树》（舒婷）和《吐鲁番的葡萄熟了》（闻捷）的影响，但细读这些诗，我们又会发现，陈剑宁的这几首诗不仅在立意和表现手法与那几首诗都是不同的，而且增添了时代色彩。

还值得一提的是，诗人的创作中将某些社会科学的理念写入诗歌，如《关于剩余价值》、《潜意识》、《自由断想》等等，这是一种新的探索。在诗歌创作中历来忌讳以议论入诗以概念入诗，因为它会影响诗歌的情感表达和形象思维，但也有诗人将自然科学现象写入诗歌并收到了较好的效果，如科学家高士其。但将社会科学的理念引入诗歌更难，而作者用形象化的手法作了探索，这也是可贵的。

人化自然的优美篇章

——评王昭荣的黑颈鹤散文诗

黑颈鹤保护志愿者们把理性的认识化作深挚的感情，然后又把这深挚的爱诉诸为优美的篇章，王昭荣描写黑颈鹤的一组组散文诗正是这方面的代表。为了环保，为了这一与人类未来前景密切相关的课题，为了使人与自然和谐相处而缔造一个生机勃勃宁静清新的境界，昭荣满怀深情地描写黑颈鹤，描写他们翩翩起舞相向歌咏，描写他们春去冬来相依相伴，描写他们与大自然的山山水水融为一体，成为高原上永远的风景。

王昭荣的黑颈鹤散文诗具有鲜明的特色。

首先，他不是纯客观地去观察黑颈鹤，描写黑颈鹤，而是带着诗人浓烈的情感去观察他们描写他们，因此他笔下的黑颈鹤及其生活环境是一个人化了的自然界，是一个饱含着强烈情感的自然界。作者描写的这个自然界既是生机勃勃和平宁静的，又是充满柔情的，《一首谣曲诞生的苇荡》中这样写道：

> 黎明冉冉苏醒，晨光穿越季节的忧郁，从芦苇飘摇的寒汀，传来了几声亮丽的鹤鸣。
>
> 像一个春宵的轻梦，带着它的美丽，隐没于远山的身后；

像一缕和畅的润风，带着它的温柔，消逝在旷野的尽头。鹤呵，你从蒹葭苍苍的传说中行来，掠过宁静的边缘，在白露为霜的清晨，栽种蓬蓬勃勃的思恋。

在这里，没有暴力的袭扰，没有纷争和相互攻击，黑颈鹤可以自由自在地去延续他们的忧思与美梦。然而黑颈鹤的情感又不是单一的，而是丰富的。他们有苦苦的思恋与等待:“等你，等你在我的身畔梳理被风霜憔悴了的痴情，等你在我的耳边细诉攒集了整整一世的话语。”他们有“来去匆匆，风雨兼程”的相互慰藉；他们也会“沉湎于如珠的乐音”，因相互的歌唱而“擦干了额上的汗水和心中的泪痕”，使“勇气倍增，坦然去面对纷纷扰扰的红尘”；他们甚至还有和“松竹梅”相依相托的品格和欣赏“唐风宋韵”的情趣。在这里黑颈鹤已经和作者融为一体，你分不清作者是写鹤还是写自己，或者应该说，作者是借鹤来表达自己的追求与情趣。从这里我们也可反过来推知，作者爱鹤之情是多么深挚，鹤就是自己生命与爱情的化身。

其次，作者写黑颈鹤不是写任何一个地方的黑颈鹤，而是把黑颈鹤放在滇东北高原这个特定的环境中来描写的，再具体一点说，是放在大山包这个高原环境中来描写的。请看《用爱订做一个天堂》中的句子：

跳墩河浩渺坦荡一如大山包人的胸襟和情怀，在乌蒙高原上展露着熠熠光彩。山坞的空隙之间，湖水明澈得没有一丝杂念，盛满了天空的清蓝。这是一块梦幻般的净土，山间竹溪汩汩，地上涓河潺潺。秋天将要离开的时节，便会看见黑颈鹤青春的身影在天地之间飞翔，然后缓缓停歇在这方阳光下的天堂。

鹤的来临唤醒了高原的生机与活力，唤醒了湖水的涟漪和风情……

他既写出了高原的坦荡、纯朴、清新与明澈，写出了这个未经污染的大自然的美好，同时也不掩饰这里的贫瘠与荒凉。“野草憔悴而枯黄，抽泣在绵延不绝的山冈。刺骨的冷风编织着丝丝缕缕的忧伤，贫瘠的土地熬煎着寻寻觅觅的凄凉。”“瘦草萋萋，植根在大海子的边际，春天已经来临，花朵没有踪迹，幽幽暗香只是传说中曾经的记忆。”这正是高原风光的另一方面。现代社会工业的发达与生态的破坏同在，城市的繁荣与污染同在，高原风光则是天然的美与荒凉同在，这正是生活的辩证法。惟其如此，这尚未被污染的自然空间才显得十分珍贵。这也许正是人们逃避纷扰自由呼吸的一块净土。黑颈鹤的年年来临，正是这样的象征。所以作者说：

> 虽然这里没有柔嫩的柳枝，没有摇曳的芦苇，甚至提及大山包总要与苦难和荒凉相随。但是，这茂盛的草滩以其清新的本质构筑了一片生命的福地。

在这些文字中，蕴涵着一个自然规律的哲理，并倾注了对高原的深挚爱情。艾青说：“为什么我的眼里含着泪水，因为我对这片土地爱得深沉。”这也正是昭荣对大山包的情感流露。

人与自然和谐相处共同发展的这一重大主题，人们在表达它的时候，采取了不同的方式。有的以议论的形式向人们发出警示的呼吁，有的以科普说明的方式来揭示它的内在规律，有的则以生动的描写和抒情来激发人们的情感关注。无论哪一种形式都是需要的，几种形式之间是相辅相成的。王昭荣当然属于后者。他希望人们从感情深处去接受这一点，让人们首先从内心深处，从情感上去构筑一个理想的天地：

> 灿烂的阳光，清悠的水泊，黑颈鹤体态轻盈，神情洒脱。或宁静清雅，款款独行；或矜持稳重，偶有啼鸣；或默默伫立，若有所思；或窃窃私语，脉脉传情。所有的负累都随风飘

散，每个明丽的晨昏相伴永远。

但愿作为万物之灵长的人类都能用爱去订做一个天堂，用心去打造一个理想；让天空的精灵永远轻盈美丽，让圣洁的天使带来吉祥如意！

这正是这些散文诗共同的主题。

读昭荣的这些作品既给人以很好的审美享受，又启迪人们热爱自然、保护自然的情感。热爱自然，保护自然，应成为我们“恪守今生的诺言”。

清纯优美儿女情长

——细读《王昭荣红尘散文诗》

我是王昭荣散文作品追随时间最长的读者之一，从《落叶的童话》开始，我就常常带着喜悦而欣慰的心情去读他的散文。昭荣的散文将我带到一个清新、朦胧而又优美的意境中去，使我获得一种美的享受。读他的散文，我会不由自主地联想到柳宗元的《小石潭记》，似乎那“青树翠蔓，蒙络摇缀，参差披拂”的清幽意境在昭荣的散文中得到了充分的再现；“隔篁竹，闻水声，如鸣佩环”，正好像昭荣理想中的湘妃踏着清风款款而来，特别是小石潭水的那种清冽纯净，又好像是他的散文中那清纯的情感的写照。与柳文不同的是，昭荣的散文多了一些雾里看花、水中望月的朦胧意志。昭荣是以他的整个身心去从事散文创作的，抒真情，写真意，求真美，所以他的作品能使人身临其境，情随意生，心旌摇荡。

一个人不计社会功利，而潜心于文学创作，把写作作为自己的一方世界，在写作中去营造自己的超然于现实之外的另一种境界，在这种境界中去塑造美，追求美，从而获得一种灵魂的解脱与升华。这是诸多创作态度中甚为可贵的一种。我以为昭荣是属于这一种的。在他踏入社会短短几年中，经历过生活的一些曲折，也有过痛苦与失落，但他并没有因此而消磨了自己的意志，而是在执著的追求中去提高自己，用这种精神去磨砺自己。在这种精神的支持下不懈地写作，终于使他的散文创作在文学界崭露头角。

昭荣的散文已形成了自己的风格。其表现有三：其一是他的作品的取材和情感的抒发，已形成了自己特有的基调。他的散文内容源于自己的生活和思想，但却不囿于现实中的自我。他多写恋情，但我以为，他写的恋人并非生活中的某人（即使有点影子），而是他理想中的美的化身。他写的柔情，委婉动人，把内心纤细的情愫通过舒缓而轻灵的语言徐徐道出。在表现柔情时又隐含着一种执著的追求；在凄婉忧伤的情调中却又不失勃发进取的精神，正是这一点，使他的散文具有郁郁青春气息。

其二是他的散文特别注意设置意境，营造气氛。他总是用蘸着情感的笔触，一笔笔细心谱写，中间贯穿着联想与想象，刻意营造出一种弥漫着浓郁的主观色彩的情景与艺术氛围，令读者置身其中，感同身受。如《风中的歌唱》这样写道：

雾色浓重，湿气逼人，有风指点我，沿着迂回的河岸，走向叶铺的小径，就在宁谧的角落守着自己的心情吧。可恼人的风却掠过我的额际，留下那袭人的寒意，我止不住一阵战栗。

失意的落寞和不懈的追求都在这情景中得以充分的表现。又如《燃烧的夜》这样写道：

天界的尽头仍是一片辉煌，一片激动人心的辉煌，不一会儿，剩下的那缕残霞慢慢褪去了瑰丽的颜色，它的温情也渐渐地没有一片依恋我黑亮的瞳仁。

在这里，落日的辉煌与失落的惆怅，对美的歌颂与逝去的忧思，都在这意境中了。

其三是昭荣的散文特别注意语言的锤炼，注意炼字炼意。在他的每一篇散文中几乎都有丽词佳句闪现，不仅文辞优美造句奇巧，更重要的是语意含蓄隽永耐人寻味。这些句子常常成了文中的点睛之笔，或将凄迷忧郁的情思表现得更加缠绵悱恻，或将婉丽温馨的意境点染得更加浓郁芬芳。如“最后一个冬日，我悄悄地披上了我的沉默，轻轻挥去昨日的哀愁”（《最后一个冬日》），“静夜里如此的思念，会不会把你的耳腮烧红”（《心河的流韵》），“当花儿再次绽放时。就从容地把亮丽的心怀，燃烧成光明的情节”（《花季再来》），这些佳句情真意切荡人心魄。

希望昭荣在未来的散文创作中开拓新的题材，深化思想意蕴，取得更为长足的进步。

风雨耕耘写青春

——评散文集《沧海萦梦》

并不是每个人的青春都充溢着玫瑰的浪漫色彩、小夜曲的优美旋律和桨声灯影的迷人氛围，有的人的青春是用山野崎岖小路的攀缘、风雨中的辛勤耕耘和深夜孤灯下的奋笔书写来填充的。惟其如此，他们的青春年华虽是艰辛，却又是充实的。《沧海萦梦》的作者们正是这样的一群文学青年，他们既用风雨中披蓑戴笠的耕耘来谱写自己的青春之曲，又用辛勤的笔耕记录了自己的青春足迹。

《沧海萦梦》是沈洋、刘平勇、刘邦坤、陈郑勇、陈代明、吕维坤、赵昀、王骥、王昭荣、杨云彪、吕翼等十一位文学青年合撰的散文集。这些文学青年绝大多数生于农村，长于农村，工作于农村，因而描写农村生活便成为他们作品的主要题材。昭通文学界着力于描写和反映农村生活的作者和作品是不多的。《沧海萦梦》的作者们用他们的作品真实而生动地展现了昭通农村较为广阔的层面上的生活，并且饱和着他们用汗水和泪水浸泡着的真真切切的人生体验，从而丰富了昭通文学创作的内涵，这不能不说是昭通文学的可喜收获。

走进作品，我们就走进了乌蒙山的自然风光和风土人情之中。沈洋满怀深情地描写了《云遮雾绕鸡公山》、《群鹤共舞大海子》和《一碧澄滢跳墩河》，将家乡清新明丽令人神往的高原风光栩栩如生地奉献给读者，并拨动了人与自然和谐相处的时代琴弦。陈代明的《古道上的乡场》与《洒渔烟柳》中不仅描写了作为昭通粮仓洒渔河轻烟笼翠、稻香鱼肥、渔舟唱晚的美景，更进一步探本溯源，写出了这个地处南方丝绸之路上的小街的兴衰变化。作者们也描绘了昭通“风光”的另一个侧面，这就是贫穷落后和苦寂。刘邦坤在《苦寨》中描写了从龙树到苦寨那七弯八拐、大坑小凹、愁肠百结而谁也不去修整的公路，描写了泥浆飞溅入堂屋却安然不动的人家以及靠搬一个石头垫车轮来要几元钱的农民。吕翼在《寒窗》中描写了那混着干草味、泥土味和牛的屎尿味的乡村小学的教室以及为交学费而愁上眉头用尽心计的穷孩子。除了这些，作品也还展示了建立在这种经济生活之上的精神生活。刘邦坤《划拳》描写了人们在三杯两盏烧酒喝过之后，在热烈而风趣的划拳声中忘却了生活的怨尤与痛苦。

作品不仅描写了高原上的自然风光与风土人情，作者们更进一步将他们的笔触深入农村生活的里层，揭示了许多农民既简单又复杂的精神状态和心理世界。《打谷》（见刘平勇《鞋》）、《瞧夜》（刘平勇文）、《养猪》（刘邦坤文）和《盖房》（见吕翼《土房子》），这些在农村是何等平凡和普通的生活，可是透过作者们的描写，我们都会真切的发现那耐人寻味的内涵和意蕴。在宽大的鞋中从生产队的打谷场上带回一撮磨破了血泡的谷粒，这是何等的辛酸和卑微；喂一头过年猪交织着360天的辛劳、担心、失落与快乐，以致把喂猪与读书相提并论：“喂不完的猪，读不完的书。”在这看似简单的谚语中蕴藏着让人咀嚼不尽的味道，瞧夜人在夜的神秘气氛中，演绎了一个愚昧的故事，令人不禁要问：科学何时才能叩开他们的精神世界？修房造屋是农村的大事，然而造一土房子却演出了一幕热烈与悲哀相结合的戏剧。从《沧海萦梦》的一篇篇作品中，我们感受到了农民那质朴与卑微相依存、艰辛与失落相伴随、希冀与愚昧相表里、欢乐与悲哀相联结的生存状态和精神世界。

在这个散文集中还有另一部分作品，它们不以描绘和反映现实生活为侧重点，而是着力于内心感情的抒发，以他们的感情世界去观照现实生活。好几位作者都有这样的作品，但以王昭荣的作品为其代表，他是一个用浑身的激情燃烧出爱的火焰去点燃自己生命的红尘诗人，其散文更是诗化的散文。他用饱含情感的笔墨来精心营造情景交融的意境，酝酿充满浓情蜜意的艺术氛围，充分表现他对自然美、情感美和艺术美的执著追求。

从总体上来说，《沧海萦梦》在文体特点上是把握得较好的，也就是叙事散文、抒情散文和随笔散文都兼而有之。在行文风格上叙事类显示出质朴与流畅，抒情类表现出优美和细腻，这说明昭通散文创作正逐步走向成熟。

从某些单篇来看，作品在立意和凝神方面尚需进一步提高。散文创作注重立意，也就是注重主题的升华，这是作品的价值所在，还望作者们进一步留意。“形散神聚”是大家熟悉的散文写作的一条原则，文集的某些篇章因缺乏凝聚点而未能使材料达到有机统一，这一点尚需在写作实践中加强思考。

人物性格的撞击

——评刘平勇的小小说《窗口》

大家都知道小说的三要素是人物、故事情节和环境描写。其中人物是核心，小说就是通过刻画人物性格、描写人物命运来表现主题的，因此，人物性格塑造是否成功是小说创作成败的关键。而小小说由于篇幅较短，人物性格刻画是否成功是创作成败的关键，这就更显作者的功力。

小小说《窗口》写了三个人物，三个人物的性格都是较为鲜明的。其中主要人物是两个，即城市妇女秀和车夫。秀一家乔迁新居，找到一个拉手推车的农民给自己搬家，秀拼命地往车上塞东西，把车子装得像一座小山似的，要拉的东西两车就拉完了，省了一车的车费，她为此感到满意和高兴。谁知车夫发现秀的丈夫是自己认识的人，就没有要车费了。

小说刻画了一个颇具小市民气息的城市妇女形象。她精于盘算，小气到极细小的交易上都希望占便宜。可以说，她的品味是较低的，然而她却歧视农民，自认为比他们高几等，而且总是用自己的思维方式来衡量他们，并对他们表现出颐指气使的态度。

与此相反，小说刻画的农民车夫的品质却是高出于秀的。小说特别突出了车夫的善良和重情义的性格特征。首先写他要价就比别人低一些，别人要三块五拉一车，而他只要三块，甚至给“两块”也准备拉。这里作者用了“嗫嚅”一词来表现车夫的内心矛盾。只有读完全篇才知道“嗫嚅”一词的分量，也就是说“两块”实在太低了，但又害怕失去这桩生意，因为家里有老婆和三个嗷嗷待哺的孩子，可见车夫的状况十分不好。秀在问了别的车夫以后。还是答应给他三元，但小山似的两车家具，拉得车夫汗流浃背，“两眼翻白”，他没有提出抗议或是加价，可见他的老实，同时又可见六元钱的车费实在不易得，然而，当他发现为之搬家的男主人是那个曾经在自己送老婆去做节育手术时安慰过自己，并送过一杯热茶的乡干部时，感激之情油然而生，他谢绝了付给他的车费，车夫重情义的性格特征由此而鲜明的表现出来。其实秀的丈夫早已忘记了他。

粗读小说，以为它的主题就是歌颂车夫的善良和批评城市妇女秀一类人的小市民气息。仔细品味之后，我以为小说的主题不止这一点，它表现了两种观念的撞击，让人感到传统的情义观念固然是可贵的，难得的，但它在市场经济中却显得那么的令人叹息和无奈。因此，我们可以说，小说的主题并不浅薄。

小说的另一个人物——秀的丈夫，虽然着墨不多，但也显示出他与妻子的差异，他是一个富于同情心的人，不因自己的地位（乡干部）而歧视农民。

小说的情节设置也不错，谜底最后揭出，人物性格因之而尤为突出。标题取自故事末尾的一个镜头，但它的意思大概是：一件小事也是透视社会百态的窗口。

真挚情感的呼唤

——评王昭荣的诗《爱情颂歌》

诗歌最显著的特点就是情感性，也就是说，诗歌是用来表达诗人内心深处的情感的。没有浓烈的情感，也就没有诗歌。此外，飞驰的想象，语言的音乐性，节奏与韵律，也是诗歌的重要特性。爱情诗以传达细腻而温柔的情感见长，而又必须把这种细腻而温柔的情感寄寓于幽深的语言之中，这样才能动人。忠贞的爱情是人类最美好的情感，所以它也就成了文学永恒的主题之一，它也就是这首诗的主题。

《爱情颂歌》共分四节。第一节用反衬的手法表达自己深沉的情感。诗人感到自己深挚的爱恋不是用甜言蜜语和海誓山盟所能表达的，换言之，它不能用语言表达，只能把它“悄悄”深藏于心头。这里“悄悄”二字用得很好，它加强了深藏的意念和感情。

第二节写和爱人的离别。离愁别恨是古今文人墨客常常抒发的一种情感。古人写它，总是充满了凄风苦雨，而这首诗不是这样来表达的。诗人在这里展开了想象：“只要风中守候的玫瑰依旧。”造句委婉含蓄，意为我的爱就像风中永不凋谢的玫瑰。

第三节表达诗人对爱情的理解，是诗意的升华。作者不是用概念和议论来表达，而是将它转化为意象。诗中关键的一句是“情感的天空洋溢着蔚蓝色的温柔”。点出了爱的深沉纯洁，它充满了诗人的整个情感世界。正如古人说的："两情若是长久时，又岂在朝朝暮暮。"

最后一节是诗的高潮，诗人表达了自己愿和心爱的人携手共度一生，两鬓染霜将不是爱情的终结，它只不过是印证忠贞爱情将超越时空而到达天长地久。

这首爱情诗表达了自己对美好感情的珍视与追求，对人性美的追求。语言委婉含蓄，意境优美。诗句相对整齐，朗读起来节奏感很强。如："只要——风中的守候——像玫瑰——依旧，长发——就不会飘到——无眠的——尽头。"每句都是四拍，能够很好地传达出自己深挚而浓烈的情感。

这首爱情诗有什么现实意义呢？在现实社会中，当人们的情感世界已被金钱玷污的时候，真挚的情感遭到亵渎，于是人们在内心深处更加珍惜和呼唤这种真挚的情感，所以，这首诗也就能引起许多人情感的认同，因而也就有了它的现实意义。

劳动把春天打扮得更美

——评沈洋的散文《感受春天》

散文是一种最自由最无拘束的文学体裁。散文的内容是很宽广的，大到国家大事、经济政治、军事外交、天文地理，小至个人情怀、风花雪月、花鸟草虫，都可以写进散文。从表达方式看，或谈古论今，或感怀吟咏，记述、描写、抒情、议论，都可以根据需要而灵活采用，可以说写散文比较容易些，但却不容易写好。

怎么才算一篇好的散文呢？评价一篇散文，大体可以从以下几个方面入手：首先看它的立意，也就是它确立的主题，一篇好的散文应该有比较深刻的立意，给读者以启迪，让读者能嚼出些味道来；其次看它的构思，好的散文构思精巧，新颖别致，表现出作者的匠心独运；再次，散文也应该像诗歌那样营造意境，创造出情景交融的艺术境界；此外，散文还要注意语言的锤炼，使其具有文学意味，给人以美的享受。

《感受春天》是一篇较好的有特色的散文。古往今来，描写春天的文章很多，因此每一个人来写春天，都应该有自己独特的感受，表现出自己的特色，文章才有价值。《感受春天》的主要特色在于有一个新的视点，它是描写一个农村孩子眼里的春天。文章先写大自然的春天来到了人间，冰雪融化，嫩草发芽，花儿打苞，新的生命开始了，给人以春天到来的喜悦之感。接着作者就用亲切的带有诗意的笔触来写农民在春天的辛勤劳作：

> 春耕开始，犁头在田野上划出了音乐的曲谱；筑栏围栅，菜花的芳香溢满了乡村寂静的空间；锄头挥舞，伴随着鸟雀清脆的欢歌和鸣。

这一大段描写，不仅使劳动充满了诗意，而且寄寓着这样的含意：正是农民创造性的劳动才把春天打扮得更美好。赞美劳动、赞美农民与赞美春天融为一体；春天使劳动创造富有生机，而劳动又使春天充满活力。这就是本文的主题所在。接下来的两段描写农村孩子劳动与游戏：

> 找猪草，做泥娃，放风筝，放牛跑马，充满了童趣，充满了天真与快乐！

这是主旨的进一步延伸，使人进一步感受春的美好，春的生机。

末尾两段，引用古诗词抒发感慨，表达了作者珍惜春天的感情。这篇散文突出的优点是：其一是角度取得好，透过农村孩子的眼光来写春天，流溢着浓厚的乡土气息；其二是立意好，把赞美劳动与赞美春天融为一体；其三是语言朴实生动，与所表达的内容很融洽。

本文的不足之处是：个别句子的描写与整个内容不吻合，如“恋人手挽手飘过城市的背景”；此外，引古诗慨叹春光易逝也不免落入俗套。

春华秋实　异彩纷呈

——昭通市第一届文学创作优秀成果评奖述评

经过长期的艰难跋涉，昭通文学迎来了一个硕果丰收的金秋。时值昭通文学现象及作家群研讨会以及昭通市第一届文代会召开前夕，昭通市委宣传部和市文联联合举行1999年10月—2002年5月昭通文学创作优秀成果评奖活动。这次评奖实际上是第二次，因为在1999年国庆前夕就举行过一次昭通地区文学创作优秀成果评奖。凡是上次已经申报和获奖的作品这次也就没有再申报，因此，这次申报评奖的作品只是这两年多时间内出版和发表的。

评委会共收到了七部专著和数十篇各种体裁的文字作品（戏剧除外）。这些作品只是近几年来昭通文学创作成果的一部分，还有许多已发表的作品由于多种原因未能申报上来。七部专著和数十个中短篇合起来共二百多万字。这二百多万字的作品可以用“春华秋实，异彩纷呈”来描述它们给评委的总体感受。年轻作者的一篇篇作品就像春天绽放的绚丽花朵，中老年作家的作品有如金秋的硕果，不同题材和体裁风格的作品放在一起，给人以异彩纷呈目不暇接的感受。显示了昭通文学已走向成熟。

文学专著总体上表现了深刻的思想性和高超的艺术性。其中最为引人注目的是夏天敏的中篇小说集《乡村雕塑》、樊忠慰的诗集《绿太阳》和曾令云的纪实文学集《天堑飞虹》。

夏天敏的中篇小说集《乡村雕塑》以乌蒙山区贫瘠的大山、恶化的生态作背景，展开了一个个令人荡气回肠的故事。作家以深切的人文关怀关注着贫困山区广大农民和干部的生存状态和精神重负，表现了他们的生活、命运与奋斗，作品揭示了体制的缺陷、人性的负面与精神的桎梏相结合而造成的生活悲剧，它启迪人们更好地去认识自身和认识现实。这是作品的艺术成就之一。小说塑造了一个个性格鲜活文化内涵丰富的人物形象，诸如纯朴善良与愚钝麻木相表里的悲剧人物德山老汉，在群众利益和上司命令之间处于两难境地而将自己的前程孤注一掷的乡长钟凯，老奸巨滑工于心计的乡长老吴，为追求爱情与艺术却不得不委屈失身的艺术家林娜以及投机发财曲线买官的暴发户钱明海。这些活生生的人物都是从生活中提炼出来的，他们既具有深厚的生活基础，又是经过艺术的虚构加工而成的。这是作品的艺术成就之二。小说《好大一对羊》在坚持现实主义的创作方法为主导的前提下融入了荒诞和黑色幽默的表现手法，通过动物视角的运用和描写，自然而然的结合，这是作品的艺术成就之三。小说的叙述语言机智幽默，具有丰富的潜台词并且将方言进行了提炼，使之既具乡土色彩又符合规范，这是作品的艺术成就之四。总之，可以说夏天敏的小说已经达到了国内小说创作的前沿水平，在国内引起了较大的反响。这是昭通小说创作的可喜成就。

樊忠慰是20世纪90年代以来在国内颇有影响的一位年轻诗人。他的诗集《绿太阳》是云南当代诗坛上的一朵奇葩。诗集《绿太阳》取材广泛，往往从一个小的视点着墨反映一个大的情绪。诗歌内涵丰富：爱国的激情、怀古的幽思、思乡思亲的情绪、对大自然的深情眷顾、对人生与社会的哲理思考以及诗人内心的矛盾和痛苦等等，在诗中都得到了形象而独特的表现。樊忠慰诗歌的一个极其重要的特点是，以奇诡的想象构筑奇巧瑰丽的艺术意象来表达自己对生活的感受，以浓烈的情感震撼读者的心灵。他抒发的情感，既有独特的个性色彩，又有浓郁的时代气息。在艺术手法上，他善于调动诗歌的比喻、象征、夸张、荒诞和移就等多种手法，使内容和情感得以充分的表达和抒发，给读者以极大的审美享受。

曾令云的新作《天堑飞虹》是一部生动、形象、翔实的纪实文学。作品以极大的热情记述和讴歌了内昆铁路的建设，用大量的笔墨描写内昆铁路的建设者们，重点刻画了几位杰出干练的工程技术人员和领导干部，同时还描写了昭通党政干部为争取内昆铁路的复工和支援内昆铁路的建设所做的大量工作。作品材料丰富，记述重点突出，点面结合，人物形象鲜明，在建构上有较大的时空跨度，展开了广阔的铁路建设图景。通过铁路建设中那些极为艰险的工程描写来突出人物形象，并对人物的成长过程作了有深度和广度的开掘。作品所展示出来的波澜壮阔的生活画面和那大气磅礴的开拓精神，显示出作者高度的艺术概括能力和表现能力。

上述三部作品以题材和体裁的显著差异而显示了它们在不同侧面所取得的艺术成就，而题材和体裁的丰富性和多样性还体现在下列作品中。

《吟葵诗文选集》运用古体诗词的形式记述描写和抒发了自己在现实生活中的各种经历和感受，同时也记录了作者面对重大的历史事件和时代变迁引起的感怀。许多诗词语言凝练，概括力强，对古典诗词的格律把握得较好，充满乐观积极向上的精神。与《吟葵诗文选集》相映成趣的是《麦芒四行体诗二百首》。这是麦芒对新诗体裁的一种有益的探索。诗集中的二百首诗，每首均为四行。诗句凝练，语言平易却不失含蓄，跳跃的诗句之间，留下许多意象的空缺，留给读者去补充，留给读者再创造的空间。许多首诗提炼得很好，勾起读者的许许多多联想，耐人寻味。比如：

一个“爱”字/写了一辈子//一辈子/写了一个“爱”字。

——《冰心》

美丽/被定格在盒子里//羽翼/想飞。

——《母校蝴蝶标本馆》

麦芒的四行体诗可以看做是对某些现代诗人那些语言晦涩意象阴暗的诗风的反叛。

宋兴菊的小说集《为情痴傻的女人》，以流畅的语言、火热的激情和娓娓动听的叙事手法讲述了一个个当代女人那美丽而凄婉的故事，揭示了在社会转型时期，人们既想冲破传统婚姻的束缚，追求美好的爱情和幸福的婚姻，却又缺乏理性的思考，并且仍然受到社会的种种约束，从而导致了失落迷惘和痛苦。小说的思想深度虽然还有待开掘，但故事是具有可读性的，它所表达的情感在总体上是健康的。

通过以上的述评，对获奖的专著，读者可以得到一个概貌的了解。而数十个各种体裁的单篇作品大都出自青年作者之手，从这些作品我们可以看到青年文学群体的迅速成长与壮大。

吕翼的中篇小说《都是小车惹的祸》以一个复线结构来构筑小说，对照描写下岗工人的艰辛与某些基层干部的腐败，从而加强了对腐败现象的抨击。夏玲的诗歌给读者打开了一片新的艺术园地，在她的诗中，想象因贴近哲理而升华，冰雪灵魂融人童心而更显晶莹。她是一位有才气的青年诗人。刘邦坤、刘平勇、沈洋、陈代明以他们朴实浑厚的文笔再现了农村生活的许多方面，农民养猪盖房的艰辛和寄托的希望，农村教育改革的举步维艰，都得到了有一定深度的表现。老作者陈衍强在探索一种新的诗风，在极端生活化的语言中伴随着错位、调侃与诙谐。陈剑宁运用情景交融的传统手法捧出了一篇散文《小院桃花》，寄托了对家乡故宅的无限情思和对人生态度的渐悟。王昭荣的散文诗以优美清新的文笔抒写初为人父对女儿的深情爱意。

在昭通文学创作喜获丰收取得长足进步的同时，我们也注意到申报上来的许多作品（包括一些获奖作品）尚存在诸多不足之处：其一是在新人新作中题材雷同者较多，比如描写腐败现象吃喝玩乐或是生活颓废玩弄感情之类。其二叙事手法单一，多为夹叙夹议、夹对话和心理描写，一贯到底。这不失为一种写法，但大家都如此叙事，也就显雷同而不新鲜了。其三是文字锤炼不足，以冗繁的叙述来拉长篇幅。单篇作品中像陈剑宁的《小院桃花》那样注意推敲字句和篇章结构的不多。这说明青年作者还有一个磨炼成长的过程。

我们相信，在昭通文学现象及作家群研讨会和昭通市首届文代会的鼓舞下，在此次评奖活动的推动下，昭通文学创作必将迎来一个更加绚丽多彩的春天。

悲壮惨烈的历史　真实生动的描述

——陇承弼《血祭乌蒙魂》评介

昭通市政协原副主席、昭通彝学研究会会长陇承弼先生，一直致力于民族文化、民族史和地方史的研究，多所著述。近几年，承弼先生钻研历史，去粗取精，去伪存真，辛勤笔耕，披阅数载写成了《血祭乌蒙魂》一书，已由云南民族出版社正式出版。此书是以文学的笔法来描写史实的作品，既可看做是一本纪传体史书，也可看做是一部纪实文学。这部作品生动地描写了清雍正王朝时期发生在昭通的一段令人悲痛的历史，读这部作品既令人感慨，又引起读者对历史的许多反思。

《血祭乌蒙魂》一书以历史唯物主义的观点描写了雍正时期云贵总督鄂尔泰以推行“改土归流”为名，派遣大军对米贴（今昭通市永善县）和乌蒙（今昭通市昭阳区）彝族人民进行两次大规模的血腥的清剿与屠杀的情况。“改土归流”，从总体上说是一个加强中央集权的措施，改变土司统治下的以家法为国法的残酷统治，有利于生产和经济的发展。当时的云贵总督鄂尔泰在乌蒙、镇雄推行“改土改流”，起初亦率大军前往，但兵不血刃，仅十天时间，乌蒙、镇雄两地土府禄万钟与陇庆侯（均为少年袭位）就宣布归顺，愿意实施“改土归流”。因此，鄂尔泰对米贴和乌蒙实施的清剿屠杀，实际上是在乌蒙土府禄万钟、镇雄土府陇庆侯和永善土目禄氏兄弟接受“改土归流”以后发生的。其具体的起因有：一是乌蒙土府禄万钟的叔父禄鼎坤因万钟年幼图谋夺取土府的位置起而代之，在向鄂尔泰派来的总兵刘起元献地献物的同时，诬告禄万钟、陇庆侯“谋反”，“意在不测”；诬告米贴土目禄氏兄弟“谋反”不成，又借禄永忠“兄亡收嫂”（实际上是弟亡收其媳，皆为彝族风俗所允许）之名，判禄永忠绞刑，派兵到米贴追索，激起了米贴彝族人民的反抗；二是鄂尔泰欲与四川总督岳钟琪争夺对乌蒙的管辖权，修书要乌蒙、镇雄土府弃川归滇遭到拒绝（这是土府无能为力的事），鄂尔泰必欲伸其威势；其三，最直接的原因是镇守乌蒙的总兵刘起元“贪暴残忍”、“苛索夷民财物，奸淫夷民妻女，无恶不作”，从而激起了乌蒙彝族人民的反抗。

治史者不能颠倒因果关系，如果颠倒了因果关系，当然会得出截然不同的结论。鄂尔泰先后派刘起元、张耀祖、哈元生、魏周等人两次进剿米贴和乌蒙，制造了惨绝人寰的大屠杀，两次进剿被屠杀的人每次均在数万人以上，其刑罚之残忍令人发指。不仅彝族人民遭到屠杀，就连与彝族有亲戚瓜葛的汉族人民也遭到屠杀，制造了滇东北历史上空前未有的惨剧，亦给滇东北的生产与经济造成了巨大的破坏。承弼先生坚持“一切从实际出发”的马克思主义、毛泽东思想的历史唯物主义观点，坚持“具体问题具体分析”这一马克思主义的活的灵魂，在认识和描写这一段历史时不是从概念出发，不因为“改土归流”在历史上具有进步意义而掩盖鄂尔泰借“改土归流”之名所制造的血腥屠杀，也不因为史学界对鄂尔泰其人有着不同的评价而抹去他对滇东北人民犯下的罪行。其实，在鄂尔泰给雍正皇帝的奏章中已明白无误地写道：

> 临阵杀伤并滚岩投江自尽者已万余人，擒获搜获讯明枭首并及剁去右手者数千人；所获倮贼男妇分赏有功者亦数千人；准予安插并暂准投诚者亦万余人，其余生擒贼首贼目并应群审要犯家口数百人，押解收监。所未获大小头目共不满十人。

真正实现了他“分兵穷搜，务获枭魁，尽屠丑类”的方针。他向清廷表功上达的这份奏章，使得后人要为他开脱罪责都不可能。本书作者正是本着这一历史事实作了忠实的描写。这是本书在思想内容方面值得肯定的地方。

《血祭乌蒙魂》一书在写作上亦有诸多成功之处：其一，全书均在史实的基础上进行叙述描写，在尊重史实的基础上进行了艺术加工，使人物事件生动地表现出来；其二，作者写人叙事一般不作抽象的介绍和评价，而是通过具体描写来表现，将褒贬寓于叙述和描写之中，这样更能感染读者；其三，作者描写了多个人物，通过对他们的语言、行为、肖像和心理的描写，表现出一定的性格特征。此外，文笔流畅，叙事清楚，具有可读性，也是本书突出的优点。

情感穿透现实的农村生活画卷

——评刘平勇的散文集《行走的草垛》

青年作家刘平勇的散文集《行走的草垛》是一部广阔的展示农村生活、农村风光的作品，是一部叙事性和抒情性融为一体的作品。

一个偶然的原因，让我采取了两种方法来阅读这部作品：一种方法是从书的开头一篇篇往后读，另一种方法是从末尾开始一篇篇往前读，于是就产生了两种不同的阅读感受。从开头往后读，让读者深深感到贫困山区农村生活的艰难，农民生存状态的辛酸和农民命运的悲苦，从而使人掩卷叹息，其中具有代表性的篇章如《路是村庄的目光》、《行走的草垛》；而从末尾往前读给人的感受又不一样，除两篇文学小评论外，一篇篇作品让我感受到农村山野风光的多姿多彩，清新宜人，其中具有代表性的篇章如《荡涤心灵之尘》和《大山包印象》；同时还产生的另一种感受是农民的勤劳、质朴、诚恳，还有那些远离城市远离现代生活的民风民俗的古朴和对教师的尊重。在这方面比较有代表性的篇章如《冬腊月》、《石板沟人家》和《火塘》。将这些感受综合起来，可以看出这部散文作品给读者展示了贫困而艰辛的农村生活，描写了高原山区的农村风光，透过这些生活现象的再现和作者的洞察与思考，揭示了农民的生存状态和命运归宿。阅读这部作品，我为作者所描写的自然风光和生活现象所吸引，为作者所揭示的生活内涵所感动，为作品所表现的农民的生存状态和命运归宿而叹惋，也为作者在艺术上的成功而赞赏。这部作品在思想和艺术上到底有哪些成功之处呢?

这是一部情感穿透现实生活的作品。作者是农民的儿子，他来自农村，他和农民农村有着割不断的血脉联系，作者以一个农民儿子的拳拳之心来关注农村生活，描写农村生活。因此，他对农民所表现的那种情感不是一个旁观者廉价的同情，而是与农民同呼吸共命运的血肉之情，作者全面而细微地描写了农村生活现象。举凡农村生活所涉及的方方面面，诸如耕田插秧、烤烟种树、修房盖屋、喂猪养鸡、拾荒捕鱼、讨亲嫁女、探亲访友以及风土人情等，作者都作了细微而深刻的刻画。因为作者亲身经历过这些生活，所以，他是用浸透着自己血肉之情的笔墨来写作的。他在《农民是什么》一文中写道：

> 是的，农民用布满硬茧的手掌在漠漠黄土里挥汗如雨地挖刨生存。……风雨雷电，日月星辰，杂草庄稼，猪屎马尿一股脑儿灌满了农民土头土脑的一身。

更为重要的或者说作者有别于某些城市作家的地方是作者在描写农村生活时，写出了农民面对各种生活的内心感受。作者写了面对各种天灾人祸的母亲在卖火腿以后又被骗走200元钱那种揪心的疼痛，写当了一辈子民办教师却又无力打通关系转为正式教师的大哥的辛酸与无奈。作者还通过对现象的描写及剖析，揭示出自己的内心感受，在《放猪》一文中作者写道：

> 要是一个人病了，就硬挺着，硬撑着，相信那不是什么大不了的事，挺一挺就会好的，在贫困年代的许多人心目中，一头猪死了，一个家庭就衰了。

在特定的历史时期人的价值就是这么卑微。此外作者描写的农村生活具有浓郁的生活气息，并且表现了特定的民风民俗，在《补锅老头》中作者这样描写：

> 太阳从小街的一端怯怯地爬了起来。山里人用来驮荞麦、洋芋的马驴拴满了空地。起风了，牲畜的尿味和粪便味打着卷儿在空地上游荡。

这样的描写来自对生活的感觉，而不是出自想象或虚构。在《讨亲嫁女》中作者这样描写：

> 有平般等辈的哺育乳期的女人，会将白亮的奶子从怀里掏出，把白生生甜腻腻的奶水挤得小姑爷一头一脸。

把农村妇女的泼辣放肆逼真地刻画出来。在《土房子》和《讨亲嫁女》中作者不仅用描写辅以说明，描绘出农村修房盖屋和讨媳妇嫁闺女的全过程，而且把相关的礼仪也生动形象地再现出来，成为兴味盎然的农村风俗画。

作者在全面地再现和展示农村生活的过程中通过形象的描写，人物命运的变化以及典型细节的刻画来表现和揭示生活的内涵。这部散文作品虽不是小说，但它在描绘农村生活的过程中也让读者对它所描绘的一些人物留下了深刻的印象，如年轻时健壮、坚强的母亲在艰辛的劳动生活中随着岁月的流逝而衰老多病，但仍然以一个母亲的博大胸怀关心着儿子，以一个农民长期生活所形成的恋乡情结关心着自己的家园并走回自己的劳动生活中去。年轻时白净漂亮的二奶到年老时孤独寂寞，曾经是半个书生的叔叔在生活的重压下变成了一个干瘪的小老头……作者对于典型细节的捕捉和刻画也是颇为见长的。用做书名的“行走的草垛”就是描写父亲拉着一车堆成小山似的草垛在泥泞的道路上艰难地行走了三天，仅仅为的是寻找一个能把这些干草打成糠的地方。作者写自己年幼时，祖母病危，父亲跑了几十里路借到几元钱，给祖母买了两个黄生生的橘子。病榻上的祖母没有忘记把橘子分几瓣给孙儿。孙儿囫囵吞下橘子后，又握着橘皮猛吸它的香味。这个细节把物质的贫困和亲情的深厚都表现出来了。在《火塘》一篇中，山区农村火塘边那个似干核桃一样的老女人，打着光屁股小鸡鸡露在外面的小男孩，拾起火疙瘩吹燃再点自己含在口中的劣质香烟的农民汉子，这些生活场景、人物形象和细节的描写无不给人留下深刻的印象，让读者从感性方面去认识理解农村和农民的生活和命运。

本来作者在一些篇章中也描绘了农村风光或清新秀丽或浑厚坦荡或雄奇变幻的景象，但因为作者展示的农村生活和农民命运的辛酸悲苦更为强烈，所以那些美景也就在读者的印象中显得较为平淡或者退居其次了。但是作者所描绘的这一部分表现农村风光的作品还是值得仔细品味一下的。首先作者在这一部分作品中表现出对大自然的热爱，其实是对喧嚣的城市生活的一种反叛。作者所着力描绘的那些质朴的农民生活，真诚善意的人际关系，特别是在遭受生活的打击所造成的悲伤中的不忘尊敬教师善待乡亲的农民（如《冬腊月》中张小花的家长），都给人一种生活的力量，同时也是对商业社会人际关系作出的对比与颂扬。

在上述的评述中，我们已从作品所描写和表现的生活中看到了作者的创作思想，那就是在表现农民的艰辛的生存状态和悲苦的生活命运的同时，着力表现山区农民那种极带普遍性的精神：他们的外表是那么平凡乃至卑微，而骨子里却是那么质朴、善良、坚忍乃至博大。作为农民儿子的作者，怀着一颗赤子之心去描写他们，为他们的生活和命运叹息、流泪和呼号，又从内心深深地挚爱他们，赞颂他们。

在前面关于作品的内容和思想的评价中，我们已经可以看出作品在艺术方面的功力和特色了，但在艺术技巧方面还值得一提的是以下几点。

好些篇目，作者都以写小说的笔法来描绘环境氛围，这不仅让读者有置身于作品所描绘的环境之中的感觉，而且更为深刻地表现了特定的农村生活。有的表现这里的贫困、落后乃至荒寂，在自然灾害面前农民的痛苦和无奈；有的描写农村田野的寂寥宁静，或农家小院的鸡鸣犬吠；有的描写山区的雾重风狂或风雪弥漫。这些生动而真实的环境描写不仅像小说一样为表现人物的生活和命运服务，而且将作者的情绪情感蕴涵其中，使读者受到感染。

作者怀着浓烈的感情在作品中描绘了一些独特的风光，抒发了自己独到的感觉，从而构成了独特的意境。在《回家》中作者抒发了对田野生活的熟悉和眷恋，一个农村孩子对土地的热爱和与土地血肉相连的感情：

> 我从小生长在乡村，听惯了母亲唤儿的声音，看惯了老牛暮归的情景。至于麻雀屋顶嬉戏，秋风落叶飘零，暴雨袭击斗笠，田野蛙声如溪的景致，更是溶于我的灵魂。在那苍茫天宇下的那个弹丸之地到处布满了我的足迹，奶油一样酥软的泥土漫过脚丫，生长五谷杂粮的泥土浸透了我的血液。

这种感受是只有生活在农村的孩子才独有的。在《一生中能经受多少场暴雨》一文中作者表达了对自然灾害的恐惧感：

> 电闪像魔鬼一样狂笑着露出的白生生的獠牙，只那么一闪，那种恐惧就穿透了我们的全身，我们还来不及掩耳朵，那种惊天裂地的霹雳声在头顶炸响，仿佛把屋顶脆生生扯成几块。风，是愤怒之极的狂徒，曾经温柔的手变得残酷无情。他用锋利的手指撕扯着绿叶成荫的树枝，泼皮无赖地用无影无形的身躯向树干撞击，向人类的家园撞击，他毫不掩饰地指使鸡蛋大小的冰雹向天空下的万物袭击……

这种对暴风雨的感受完全有别于过去那种把暴风雨用来比喻或象征

革命的感受。这种对暴风雨的恐惧感完全来源于对农民生存状态的切身体验，而《荡涤心灵之旅》中作者却又用了与上文完全相反的笔法和感情来构筑一个清新宜人乃至超越世俗的境界：

沐一楼清风，嗅一丝花香，听一声鸟鸣，掬一捧阳光。风走过无痕，人走过无声。有人荷锄而行，黄土上没有留下丝毫足迹，只有满山遍野的松树，在清风中独自歌唱。……群山的环抱里升起一缕缕炊烟，在天空的路上多姿多彩，飘逸洒脱。

这些饱含泥土气息，充满暴风雨中的磨难和弥漫山野清氛的意境都是作者特有的，也正是作品感人的地方。

在构筑意境的过程中，作者很注意提炼自己的语言，在许多篇章里我们都可以找到诗化的语言、抒情的语言和人格化的语言，而这些语言又和特定的情景和作者特定的感受融为一体。在《拾荒》一文中作者写道：

在田地间遗留下来的谷物，在贫困年代常常发出诱惑的强光，灼伤一双双饥饿的眼睛。

之后，作者写了“我”提着竹篮赤着脚在田野上游荡，细细地在每个角落、每一棵苞谷秸下找寻一颗豆子或者半截胡萝卜的过程。这样我们才能体会到“诱惑”、“灼伤”这些词的分量。在《冬腊月》一文中作者写道：

人在屋里做些温暖的梦，雪花在外面唱着清冷的歌。

在《阳光下，生命的花瓣纷纷飘落》中作者写道：山路为绳，将山里人疙瘩摞疙瘩的日子捆紧。

这些独特的句子不仅表现出特定的环境中山里人特定的生活，也表现出作者独特的感受，其内涵也是丰富的，耐人寻味的。

如果要说这本散文集还有什么不足的话，我想可以指出两点：

其一，有些篇章的立意不高，像《黑板》、《烟蒂》、《打水》、《温柔一骗》等篇章都是这样，当然这首先与题材有关。

其二，有的篇章好像是文学化了的说明文，如《昭通洋芋小词典》、《昭通苹果札记》，就其整篇而言是在写昭通苹果、洋芋的栽培方式和优点。虽然叙述说明的语言带上了文学色彩，但就其内容而言，它们仍然是说明文。再如《鼠的死亡方式》实际上写了捕鼠的各种方式。看不出它还有什么更深的意味。一部集中了 64 篇散文的集子，其中有些篇章不尽如人意这也是很自然的。

创作理论探讨

从生活到艺术

——文学创作的基本过程

文学创作是一种精神生产，精神生产和物质生产一样，有它自身的规律和特点。这些规律和特点集中反映在它的创作过程中。

文学创作过程包括三个相对独立而又互相联系的阶段，即素材积累、艺术构思和艺术表现。素材积累是作家进行物质准备的阶段，是创作赖以进行的基础阶段。在这个阶段已有作家的精神参与，这就是艺术发现和创作契机的产生。第二阶段是艺术构思，这是作家的主观因素对客观因素进行加工改造，使主客观实现逐步统一的阶段，在这个阶段，艺术作品的雏形已在作家的脑海里形成。第三阶段是艺术表现，就是艺术创作的具体实施，也就是艺术构思的具体实现，作家脑海里孕育的艺术形象转化成为作品的客观的艺术形象。这个阶段并不是艺术构思的消极体现，而是艺术构思的继续和深化。

一、素材积累

生活素材是文学创作的物质基础，素材的积累是作家进行艺术创作的前提。社会生活是文学艺术创作的唯一源泉，作家要进入创作，首先必须从丰富的社会生活中获取创作素材，取得赖以进行精神生产的原料，然后才能进入创作。“巧妇难为无米之炊”，如果没有生活素材，没有这赖以进行加工的原料，那么无论作家的想象力多么丰富，也是难以进入创作的。

素材是形成文学作品题材的基础。文学作品中的题材是从素材提炼加工创造而来的。叙事性作品中的人物、事件、环境都是从获自现实生活的素材形成的。许多文学名著中的人物，我们都可以从作者那里找到生活原型，即使是一个“拼凑”起来的角色，也有着数个来自生活的“影子”。环境的描写则往往是某一地域的真实再现。事件虽然可以虚构，但也是以生活中发生或可能发生的事情作为基础进行加工的。抒情性作品中的情与景也是由现实生活触发而形成的。所以鲁迅说：“天才无论怎样说大话，归根结蒂，还是不能凭空创造。描神画鬼，毫无对证，本可以专靠了神思，所谓‘天马行空’似的挥写了，然而他们写出来的也不过是三只眼、长颈子，就是在常见的人体上增加了眼睛一只，增长了颈子二三尺而已。”①

素材又是提炼和形成主题的基础。文学作品的主题不是凭空形成的，更不是先定出主题而后才去找材料，这样的作品是缺乏生命力的。黑格尔曾经说过：“在艺术和诗里，从‘理想’开始总是很靠不住的，因为艺术家所依靠的是生活的富裕，而不是抽象的普泛概念的富裕。在艺术里并不像在哲学里，创造的材料不是思想而是现实的外在形象。所以艺术家必须置身于这种材料里，跟它建立亲密的关系；他应该看得多，听得多，而且记得多。”②任何文学作品的创作都是首先由客观生活触发了作家的主观情态而产生创作契机的。作家在积累素材的过程中，受到了客观世界的刺激，发现了生活中的美与丑，发现了生活的某些本质，从而产生对社会生活的某种认识和评价，这就是艺术发现。这种认识和评价并不是纯理性的，而是带着强烈的主观感情色彩的，他急于要

---

① 鲁迅：《叶紫作〈丰收〉序》，《鲁迅全集》（第6卷），第219页。

② 黑格尔：《美学》（第1卷），第357~358页。

把他的这种认识和评价表现出来，达到某种社会作用，于是产生了创作冲动。当创作冲动产生时，作品的主题也就开始在作家的头脑里孕育了。经过进一步的分析、研究、消化，才提炼出比较明确的主题。如果作家只有丰富的材料，对生活缺乏深刻的感受和体验，就不可能产生乃至形成一个深刻厚重的主题。素材的积累过程与对生活的感受、体验过程和情感酝酿过程是交相融合的，文学作品的主题也就在这个过程中逐步酝酿成熟。

深入生活是积累素材的主要途径。素材的积累有无意识积累和有意识积累两种情况，但无论是哪一种积累都是深入生活的结果。无意识积累是指有些作者原来并没有想到要从事文学创作或并没有想要从事某方面题材的创作，而当他们充分熟悉了某一方面的生活后，受到激发，产生了创作冲动，从而写出了作品。俄国著名作家列夫·托尔斯泰、苏联作家高尔基以及美国作家海明威都是这样。年轻的托尔斯泰曾经是一名下级军官，参加过著名的俄土战争期间的塞瓦斯托波尔保卫战。他的第一篇以战争为题材的短篇小说《袭击》在《现代人》杂志发表以后，立即引起反响。1854 年当托尔斯泰穿着军装和马靴风尘仆仆地走进《现代人》杂志编辑部时，诗人涅克拉索夫对他说："你的武器不是军刀和战马而是笔。"此后托尔斯泰写出了他的第一部长篇小说《战争与和平》。高尔基是在经历了长时期的流浪加革命的生活以后才拿起笔来开始写作的。海明威开始写作时，他的身上还残留着饱经风霜以后留下的疾病和弹片。丰富的经历使他们走上了文学之路，并成为世界著名的作家。

有意识积累是指作家自觉地深入生活考察、采访，进行观察记录。有意识积累又包括两种情况：其一是作家对本已身处其中的生活进行有意识的观察记录，从而有所发现，有所创造，一些有志于文学创作的业余作家就是由此走上文学道路并坚持走下去的。著名乡土作家刘绍棠一直坚持写他所熟悉的农村生活，他在谈创作经验时曾经说过："我就是守着这一亩二分自留地挖下去。"善于写工厂生活的作家蒋子龙也是这样走出来的。另一种情况是，对自己本不熟悉的生活，作家有意识地投入其中，去生活、考察、采访、观察、体验，从而获得了丰富的创作素材。丁玲和周立波亲自去参加土地改革运动，写出了优秀长篇小说《太阳照在桑干河上》和《暴风骤雨》，柳青亲自去当一个基层干部，写出了《创业史》。久负盛名的老作家巴金在20世纪50年代亲赴朝鲜前线采访，写出了优秀短篇小说《团圆》（改编成影片《英雄儿女》）。

无论是通过哪种途径积累素材，都包含着一个共同的规律：必须通过观察、体验、研究、分析几个环节，才可能获得对生活的深切感受。对特定的人物、环境有深刻的理解，才可能获得对生活的真知灼见。

所谓观察，在这里是要求作家特别留心特别仔细地去看一切人和事，大至一场伟大的历史变革，小至一个人的一颦一笑，无论是四季风光、天候物象，还是社会风貌、人情世态都在观察之列。通过观察，博览自然社会风貌，熟谙人情世态，熟悉自己描写的生活，创作时才能运用自如。不仅如此，观察还要求作家以特有的艺术眼光，也就是审美的眼光去看待世界，他能敏锐而精细地发现别人没有发现的东西，能够看出隐藏在现象后面的实质，发现生活的内在意蕴，发现生活中的美。正如法国雕塑大师罗丹说的："所谓大师，就是这样的人：他们用自己的眼光去看别人见过的东西，在别人司空见惯的东西上发现出美来。"①

作家在精细地观察生活的同时，还需要体验生活。所谓体验也有两层意思：其一是经过自己的亲身实践获得对于生活的亲身感受，只有经过亲身感受的东西，才能真切而富有感情地把它表现出来；其二，作家绝不可能对任何生活都去体验，对于那些不能亲自去体验的生活，作家必须设身处地地想象人物在特定的环境条件下可能出现的行为和内心活动。在想象体验的过程中，作家的感觉、情感和意志高度集中，与生活中通过观察摄取的形象融为一体，从而获得一种真切的内心感受。文学是情感的艺术。作家只有通过体验，才能将他所描写的人物表现得真切

① [法] 罗丹口述，沈琪译：《罗丹艺术论》，人民美术出版社1978年版，第5页。

自然，细致入微。法国作家乔治·桑说：“我有时逃开自我，俨然变成一棵植物，我觉得自己是草、是飞鸟、是树顶、是云、是流水、是天地连接的那一条横线，觉得自己是这种颜色或那种形体，瞬息万变，去来无碍。我时而走、时而飞、时而潜、时而吸露，总而言之，我所栖息的天地仿佛由我自己伸张出来的。”这段话非常形象地写出了想象体验的具体感觉。

观察和体验可以获得对于生活中的人、事、物的直观认识和情感感受，但这种认识和感受还只是认识的感性阶段，因此还必须通过进一步的研究和分析才可能使这种感性认识上升为理性认识，从而抓住事物的特征和本质。文学作品的写作正是需要将理性的认识融于感性的描写之中，这样才可能将深刻的思想寓于生动的形象之中。在素材积累的过程中，如果完成了观察、体验、研究分析全过程，也就为艺术构思打下了坚实的基础。所以毛泽东同志告诫文学艺术家们：“到火热的战斗中去，到唯一的最广阔的最丰富的源泉中去，观察、体验、研究、分析一切人、一切阶级、一切群众、一切生动的生活形式和斗争形式、一切文学和艺术的原材料，然后才可能进入创作的过程。”①

在积累素材的过程中，通过自己的观察体验从生活中获得的第一手材料成为直接材料，这是最可宝贵的材料，因为它是作者亲见亲历的，包含着作者的形象感觉和切身体验。这种素材进入创作使用起来是最为得心应手的。但是一个作家不可能事事亲见事事亲历，他的作品（特别是大型作品），必然包括他从文献资料或其他人那里得来的素材，这就是间接素材，它也是不可缺少的。对于间接素材，作者可以通过想象和联想，设身处地地进行体验，使其成为直接经验，在通过研究分析得到深刻的认识。经过这样一番处理，间接素材也就可以比较顺利地进入创作了。

---

① 毛泽东：《在延安文艺座谈会上的讲话》，《毛泽东选集》（第 3 卷），第 817~818 页。

二、艺术构思

构思是作家根据素材进行酝酿，孕育作品，实现创作目的的创造性思维活动，是对作品的内容和形式怎么处理的总体思考。构思包括题材的选炼、主题的开掘、形象的孕育、人物活动和事件进程的布局以及表现形式的探求等。

对于文学创作来说，构思是从生活到艺术的飞跃，它既是作家对生活感受深化的过程，也是将这些感受、认识和生活材料逐渐溶化、改造形成艺术形象的过程。艺术构思是感觉能力、想象能力和理解能力的综合运用。因此构思是整个创作过程中的关键性环节，构思的成功与否，关系到作品的优劣成败。因此，刘勰在《文心雕龙·附会篇》中说："总文理，统首尾，定与夺，合涯际，弥纶一篇。"[①] 由此可见构思对于创作的重要意义。阅读那些优秀的文学作品我们发现，精妙的构思乃是将深邃的思想感情和独特的艺术表现结合在一起的枢纽。

艺术构思的内容是多方面的，但其核心是孕育形象和显现意境。构思从开始到完成大体上要经过三个阶段。

第一阶段是萌发阶段。作家在积累素材的过程中受到生活的触发，产生了创作冲动。当他对素材进行了研究、分析后，加深了对素材的认识和理解，把素材的内在意蕴和自己对于生活的真切认识和独特的体验加以提炼，形成一个较为明确的认识，这就是创作意图，也就是"立意"。这个"意"还不能说就是作品的主题，只能说是主题的大意。几乎是伴随着确立创作意图开始的，作家在自己的脑海里用审美的眼光饱含感情地审视生活的一个个直观形象，对他们作出精工打磨的意向，根据表达的主题需要对他们进行改造。

第二阶段是孕育阶段。作家根据自己的创作原则，按照典型化的方

---

① 范文澜：《文心雕龙注》（下册），人民文学出版社 1962 年版，第 65 页。

法，运用形象思维，将来自生活的人物和景物素材进行酝酿，或是“拼凑”，或是“生发”，或是连续，或是删削，在脑海里进行着紧张的冶炼。这时作家的精神状态正如刘勰在《文心雕龙·神思》中所说：“思接千载，视通万里；吟咏之间，吐纳珠玉之声；眉睫之前，舒卷风云之色。故思理为妙，神与物游。”[①] 通过联想与想象，一个个来源于生活而又有别生活的形象逐渐明晰起来。由产生粗略的轮廓，经过精雕细刻到成为清晰生动的形象。形象的孕育与创作意图的进一步明确和深化是互为表里，相互为用的，时而根据创作意图去修改形象，时而又用形象发展的自身逻辑去校正创作意图。

通过反复加工印证，创作意图越来越明确深刻，形象也愈来愈鲜明生动。对于每一个人物形象的孕育都包含着表里两个方面。从表面形象来看，作家必须想清他的衣着外貌、说话的表情、语言的声调、习惯的动作，等等，正如果戈理说的：人物的每一颗纽扣，每一枚胸针他都必须想清楚。从内在的形象来说，作家必须明确人物的身世经历、经济地位、气质性格、文化教养、思想情操、道德观念以及在特定情景中的情感变化。而且形象的孕育并不仅仅是主要人物形象在意念中的完成，它还包含着人物之间相互矛盾关系的建立、情节的展开和环境的设置这一系列内容，因而这是十分复杂的一项精神劳动。

第三阶段是定型阶段。这是生活素材经过作家的头脑加工改造，成为既能传物之形神，又能达人之情理的具体形象。这个形象已经不是客观事物的简单再现，而是包含了作家主观思想感情的表现；这个形象与现实生活相比是变了形的，处于“似”与“不似”之间。当主客体因素的融合得以实现，构思就基本完成和基本定型了，这意味着作家脑海里的艺术形象明确了，确定了。

艺术构思的最终目的就是要实现对生活反映的审美化、艺术化，也就是实现客体的社会生活内容在作者的主体因素参与融合后向艺术品的

①范文澜：《文心雕龙注》（下册），人民文学出版社1962年版，第493页。

过渡与升华，只有实现了这个过渡与升华，才能成其为艺术品。这是艺术构思最关键的地方。著名作家王蒙把艺术构思从生活原型进入酝酿，然后升华变形的过程称为“过桥”。他说:“一般地说，愈是缺乏经验的新手，愈不会创造、发展、变化生活给自己的原始触发。他们大致还逗留在桥的那一边，就事写事，就人写人，就现实写现实。过了桥以后，就进入了一个全新的艺术世界，全部是生活的，又全部是想象的；全部是客观的，又是主观的；全部是具体的，又是抽象的。在这个艺术世界里，每一草一木，一砖一石都放射着人类文明与智慧的光辉。获得某种触发以后，能否发展成为充分的、勇敢的、高度凝聚的艺术想象，这是原始的触发——胚胎能否发育成人的关键。”①

孕育形象是所有文学作品进行构思时的核心，也就是说，抒情类、叙事类和戏剧类作品在构思的过程中都存在一个在脑海里酝酿形成一个艺术形象的中心环节。显现意境的孕育形象是同样的道理，即是作者要把从生活中提炼出来的典型片断和自己面对这个片断特有的感情融为一体，形成一个艺术境界。这个境界既是生活真实的集中概括，又是作者感情和情绪的集中反映。意境也是艺术形象，但它是那种主观色彩很强烈的感情浓郁的艺术形象，所以显现意境的构思主要表现在抒情类作品中，在叙事类作品中只是具有上述特征的某些片断才有意境。显现意境的构思对抒情类作品来说是至关重要的。因为有无意境是判断作品优劣的主要标准之一，按王国维的话说:“词以境界为上。有境界则自成高格，词有名句，五代、北宋之词所以独绝者在此。”②

由以上分析的形象的孕育和意境的显现这个过程中，我们可以看到艺术构思的重要特点，就是在构思过程中主客体因素的逐渐融合，因此，构思的过程是感性与理性、情感与理智、想象与意志相统一的过程。

---

① 王蒙：《漫话小说》，《小说林》，1982年第12期，第67页。

②王国维：《人间词话》，人民文学出版社1960年版，第191页。

三、艺术表现

在创作构思完成或基本完成之后，作家就开始执笔写作。所谓艺术表现，就是作家驾驭语言、艺术技巧和艺术形式把构思中孕育的形象和意境转化成为由语言文字定型的文学作品的过程。艺术表现是一种创造性的劳动，它使存在于作家头脑中的主客观相统一的艺术形象转化成为以语言文字为载体的客观存在的艺术形象。

艺术表现是在艺术构思的基础上进行的，但是艺术表现并不是艺术构思的消极结果，它并不是机械地描摹艺术构思的轮廓，而是艺术构思的继续和深化。事实上构思中的艺术形象总是还存在许多模糊含混或不准确的地方，而当作家付诸实践时，就必须使那些模糊含混不准确不完善的地方变得清晰、明朗、准确，并使之完善，用文字固定下来。郑板桥谈到画竹时说，通过仔细观察形成了“胸中之竹”，但“胸中之竹”已不是“眼中之竹”，等到“磨墨、展纸、落笔，倏作变相”，“手中之竹”又不是“胸中之竹”。他的这段话清楚地说明了，“胸中之竹”是艺术构思的产物，已不是自然的竹，而是主客观的统一体，等到变成了“手中之竹”，和“胸中之竹”又有了差异。这正说明了艺术表现是艺术构思的继续。

艺术表现又是艺术构思的深化，因为艺术表现是一种严肃认真的实践活动，在它的整个过程中作家仍在不断地思考。通过艺术实践，作家会深化对生活现象的认识，也会发现自己的构思中违背人物性格逻辑和生活逻辑的某些地方，从而修正自己的构思，使之符合人物性格和生活发展的逻辑，使艺术的真实得到更高的表现。列夫·托尔斯泰在构思《复活》时，起初它的主题只是道德批判。他从1889年动笔，整整写了十年，到1899年才最后完成。在漫长的写作过程中，他深化了对题材的认识，于是将作品的主题从对个人的道德心理谴责转向对社会政治黑暗的控诉，对沙皇专制制度的揭露。这是一个在艺术表现中深化构思的突出例子。在艺术实践中出乎作者的预料改变构思的例子更为有趣：普希金对他的诗体小说《叶夫盖尼·奥涅金》的女主人公塔吉亚娜的最后出嫁感到非常惊异，而鲁迅也没有料到阿Q会很快走向大团圆的结局，巴金写《秋》时，原本没有想到淑贞会自杀，可是他越写下去，越觉得她的路子越来越窄，当写到她向花园跑去时，才想到那儿有口井，她会自杀。这就是艺术的真实，这样的作品才会有感人的力量，而那种违背人物性格逻辑和生活逻辑的表现是缺乏艺术魅力的。总之，艺术构思是艺术表现的准备，而艺术表现又是艺术构思的继续和深化，两者是不可分割的，但又有各自的特点和性质。

艺术表现需要具备一定的条件，这就是艺术技巧，包括语言修养、艺术手法的运用和艺术形式的驾驭。

高尔基说："文学创作的技巧首先在于研究语言，因为语言是一切著作，特别是文学作品的基本材料。"[①]语言的运用要规范化，首先达到准确、鲜明、生动，并在此基础上进一步达到形象、精练，富于情感性和音乐性。高明的艺术家能够通过简练的笔墨，精妙地把艺术作品深厚的思想和意蕴表现出来。简要处，惜墨如金；挥洒处，用墨如泼。《木兰辞》里："万里赴戎机，关山度若飞，朔气传金柝，寒光照铁衣。将军百战死，壮士十年归。"三十个字把军情的紧急、北方的严寒、军旅的生活、战斗的激烈、英雄视死如归的精神以及凯旋而归的喜悦、欣慰都概括了出来，并且描绘了一种肃穆、苍凉、激昂的意境。语言的运用应该达到纯熟，随心所欲，挥洒自如，或含蓄蕴藉，或淋漓尽致。语言的修养是千锤百炼出来的，只有通过长期的艺术实践才能达到纯熟自如的境地。所以古人留下了许多大师们锤炼语言的生动典故：杜甫的"吟安一个字，捻断数根须"，贾岛的"三年得两句，一吟双泪流"，王安石的"春风又绿江南岸"，选择了许多个字，最后才选定了"绿"字。这些例子都说明语言大家对锤炼语言的高度重视。

①高尔基：《社会主义现实主义》，《论文学》，第321页。

艺术表现手法的熟练运用，自然是艺术表现过程中的必备条件。最基本的表现手法是叙述、描写、抒情、议论和说明，但是在每一种手法里面都包含着好多种手法，而且运用的巧妙又全在作者自己。这里当然无法一一进行探讨。此外，象征、暗示、对比、衬托、铺垫、照应、虚实以及各种修辞格也都是作家常用的手法。近些年来，借鉴外国得来的“意识流”、“黑色幽默”、“荒诞”、“魔幻现实主义”、“新写实主义”等等也大大丰富了文学的表现力。这种种表现手法，正是作家的“十八般武艺”，都要能够结合表达的需要灵活运用，驾轻就熟，把艺术构思的内容准确而又生动地传达出来，并显示出一定的深度和广度。鲁迅曾赞扬陀思妥耶夫斯基的人物描写，说他“几乎无须描写外貌，只要以语气声音，就不独将他们的思想感情，便是面目和身体也都表示着”[①]。他又说：“要极俭省地画出一个人的特点，最好是画他的眼睛。我以为这话是极对的，倘若画了全副的头发，即使细得逼真，也毫无意思。”[②]这两段话都表示了艺术技巧运用的高明，前者显示了描写的精确，后者说明精确的描写能达到以少胜多、因小见大、言简意赅的效果。巴金说：“最高的技巧便是无技巧。”[③]其实这话的意思是指技巧运用得十分纯熟和谐，完全没有斧凿的痕迹，技巧消融在内容之中了。

对艺术表现来说，形式的选择（此处主要指体裁、结构）也是十分重要的。各种体裁都有其自身的特点，有其自身的表现力。某种题材的作品只适宜于某一种形式，而不一定适宜于另一种形式。完善的形式将使内容表现得更为充分，而且构成一种和谐的美。作家不仅应该根据题材选择适当的形式，而且应该熟谙自己的表现形式，力求其和谐完美，达到内容和形式的统一。

在艺术表现过程中，初稿完成以后，为了提高艺术质量，反复修改

---

①《鲁迅全集》（第 7 卷），第 94 页。

②《鲁迅全集》（第 4 卷），第 395 页。

③ 巴金：《随想录》。

是必不可少的。大型作品往往要反映极为纷繁复杂的曲折的生活，不反复研究，反复斟酌，反复修改，就不能得到真实而深刻的反映；小型的作品也要力求在短小的篇幅里表现较为深刻的内容，力求艺术表现上的完美，因而也需要反复修改。修改的任务一是继续实现艺术构思，或是修正艺术构思中有缺陷的地方，使作品更趋完美，中外文学大师们都非常重视修改。曹雪芹写《红楼梦》在悼红轩里“披阅十载，增删五次”。托尔斯泰创作《复活》也延续十年之久，其中主人公玛斯洛娃第一次出场的肖像描写就修改了二十多次。郭沫若写剧本《孔雀胆》，初稿只写了五天，但却花了二十多天进行修改，修改的范围是根据具体情况确定的，有时要伤筋动骨，在作品的情节发展上做大的改动，有时在作品的细节上要仔细推敲。如巴尔扎克写《欧也妮·葛朗台》时，原先写老葛朗台系一条白领带，后来改成了黑领带，因为黑领带耐脏，可以少洗，这一细节的改动有助于突出这个吝啬鬼的性格。

文学创作过程是一种复杂的精神劳动。创作过程中的三个阶段素材积累、艺术构思和艺术表现是相对独立各有内涵和特点的，应分别加以研究，但却又是紧密联系逐层递进交叉往复的，因而又必须从整体上进行考察和把握。在这个逐层递进交叉往复的过程中，形象思维充分展开，并伴随着作家强烈的情感活动，作家的创作灵感则是这当中最富创造性的精神动力。

变形与求真

——文艺创作规律探索之一

“变形”与“求真”是文学艺术创作中的一对矛盾，也是文艺创作的基本规律之一。在文学艺术创作中能否处理好这一对基本矛盾的辩证关系，是文艺创作能否获得成功的重要因素之一。

所谓“变形”是指艺术家将来自现实生活的材料通过艺术构思进行加工创造，使之形成作品中的艺术形象。这个艺术形象虽然来源于现实生活却不是现实生活的翻版。这个艺术形象融会了艺术家的思想感情、艺术见解和审美要求，它是现实生活的变形。

所谓“求真”就是追求艺术的真实性。对于现实主义作品来说，艺术真实不仅要求再现社会生活的客观情貌，更为重要的是能够正确地反映社会生活的本质和规律，反映艺术家对社会生活的真情实感、真知灼见，体现艺术家对生活的正确评价。对于浪漫主义作品来说，虽然它不要求按照现实生活的客观情貌进行描写，但它同样注重反映生活的本质，同样注重表现作者对生活的真情实感、真知灼见以及由此而激发出来的生活理想。

“变形”是从生活到艺术的必然要求，没有变形便没有艺术，从这个意义上说，变形即艺术；“求真”，也是艺术创作的必然要求，失去了“真”，艺术也就失去了生命力。这两个命题是相互对立的，却又是相反相成的。因而在艺术创作中，对它们的度的把握、相互关系的把握，便成为对艺术家思想认识和艺术功力的检验。著名画家齐白石先生说："作画妙在似与不似之间，太似则媚俗，不似则欺世。"[①]这正是道出了他对艺术创作的深切体会和精辟见解。

一、"变形"的必然性与艺术要求

从生活到艺术，变形是必然的，其原因如下：首先，艺术家在观察生活时，没有不带上主观色彩的，纯客观的观察是不存在的，因而客观事物不可能在观察者的脑海里绝对忠实于原貌地复现。美学家朱光潜说："每个人所见到的世界都是他自己所创造的。"[②]因而，在摄取创作素材时就存在着某些变形。由观察而产生的感受和体验，则更多地染上了创作者的情、思、意，于是客观事物的变形又进一步。通过构思而形成的艺术意象，更浓厚地带上了艺术家的思想感情色彩，融会了他对客观事物的认识评价，这一阶段的变形就更为显著了。在艺术创作中由素材化为艺术形象产生变形是必然的，但是并不等于说，所有的艺术作品都能实现生活的艺术化，使艺术品成其为艺术品，成其为具有魅力的审美对象。事实上还有相当多的作品，虽然对生活素材进行了改造，但还只是对生活现象的修饰和打扮，而并没有经过提炼，实现升华。这样的作品只是使人感到它与生活雷同，但却缺乏感人的力量。那么怎么才能实现生活的艺术化？从生活到艺术的变形有些什么要求呢？艺术对于生活变形的要求首先表现为质的飞跃。中国古代把诗比作酒、生活比作米，由米变成酒是"形质尽变"。所谓"形变"即是说：尽管艺术世界有时仍貌似生活，但它只是"似"而不是雷同，用齐白石先生的话来说，也就是在"似与不似"之间；所谓质变，即是说：生活本身是现象与本质、

① 汪流等编：《艺术特征论》，文化艺术出版社1984年版，第20页。

② 朱光潜：《美学论》。

主流与支流、假恶丑与真善美混合在一起的，而艺术则要求通过一定的形象来显示本质、显示主流，使真善美与假恶丑泾渭分明。其次艺术对变形的要求是要使之产生一定的审美价值：就艺术与生活的关系来看，它可以再现生活的美、自然的美；就艺术与艺术家的思想的关系来看，它要以表现心灵的美、人性的美；就艺术与物质手段的关系来看，它可以表现出造型物质表现力的美。这些美，按照美的规律统一为一个有机体，构成了艺术的审美价值，产生审美效应。人们在对艺术对象自由自觉的“观照”中产生情感的激动和精神的愉悦，并由此领会到社会人生的某些真理。朱自清先生的《荷塘月色》就是自然美、情感美和语言美相结合而创造出来的艺术世界，它不再是清华大学校园内那个荷塘的艺术照片，那月色也不仅是月亮放射出的光芒，而是这两者融入了主观色彩后所形成的情景交融的艺术世界。无怪乎有的人在读了《荷塘月色》以后兴致勃勃地去观赏清华园内的荷塘却大失所望，其原因就在于他还不懂得艺术品已不等同于生活。同理，有的人在观看了优美的自然风光和优美的爱情故事相结合的影片《五朵金花》以后，再抱着同样的兴趣去观赏大理蝴蝶泉，也只能是大失所望。因为影片中蝴蝶泉已不再是自然的蝴蝶泉，而是弥漫着浪漫而温馨的爱情氛围中的蝴蝶泉，而且又是在朝气蓬勃、意气风发的整个时代背景以及友爱、质朴、纯厚的人际关系的大环境包围中的蝴蝶泉，所以，影片中蝴蝶泉的美还不仅是自然的美，它还融入了理想化的社会美、人情美和富于浪漫色彩的爱情美，这样一些思想色彩和感情色彩，它比之于自然的蝴蝶泉已经产生了质的变化。

所以，艺术变形存在着失败与成功两种情况：失败的艺术变形只是对生活现象的修饰或打扮；成功的艺术变形必须要有质的变化与升华，要使艺术品具备一定的审美价值，产生一定的审美效应。

实现艺术变形的质的飞跃的关键又何在呢？这就要看艺术家是否善于剪裁、提炼、联想、想象并进行概括性的虚构了。在这诸多环节中，想象又是最为重要的一环，因为没有想象便没有质的飞跃，没有想象便没有艺术创造。当代著名作家王蒙把想象比喻为过桥，他说："一般地说，愈是缺乏经验的新手，愈不会创造、发展、变化、生活给自己的原始触发。他们大致还逗留在桥的那一边，就事写事，就人写人，就事实写事实。到过了桥以后，就进入了一个全新的艺术世界，全部是生活的，又全部是想象的、全部是客观的，又是主观的；全部是具体的，又是抽象的。在这个艺术世界里，每一草一木，一砖一石都放射着人类文明与智慧的光辉。获得某种触发以后，能否发展为充分的、勇敢的、高度凝聚的艺术想象，这是原始触发——胚胎能否发育成人的关键。"①德国古典哲学家康德从哲学的角度论述了由想象创造出的世界所产生的巨大的艺术魅力，他说："从哲学的角度讲，想象力作为一种创造性的认识能力，是一种强大的创造力量，它从实际自然所提供的材料中，创造出第二自然。在经验看来平淡无味的地方，想象力却给我们提供了欢娱和快乐。我们甚至用想象力来重新把经验加以改造，诗人在这方面肩负着特殊的任务。"②他这里所说的诗人是文学家的代名词。由这些论述我们可以看出想象在实现从生活到艺术的变形过程中所起的重要作用。

二、"求真"的必要性和艺术把握

艺术家通过对生活的加工变形创造的艺术世界所产生的审美效果可以用三个字来概括，即"新"、"奇"、"美"。所谓"新"，或是人们闻所未闻，见所未见，或是虽曾有所闻虽曾有所见，但却未曾有所发现。所谓"奇"，或变幻莫测奇峰突起，或险象丛生惊涛迭现，或神人合一物妖一体，或于方寸之间展开一个广阔世界。所谓"美"，或艳阳春花色彩绚烂，莺歌燕舞，鸟语花香；或挚爱融冰睿智生辉，德高服众志坚摧顽；或慷慨激昂气贯长虹，天崩地裂力挽狂澜。艺术形象所表现出来

①王蒙：《漫话小说》，《小说林》，1982年第12期，第67页。

②转引自谭兴国《写作技巧探微》，重庆出版社1983年版。

的新、奇、美，可以产生出一种动人的力量，然而它必须还有一个字作核心，才能产生持久的艺术魅力，震撼人的心灵，这个字就是“真”。如果离开了“真”，新、奇、美只不过徒具形式而已，它的光彩很快就会暗淡下去。比如“燕山雪花大如席”一句，可令人想起“千里冰封，万里雪飘”的北国风光，进一步想起“须晴日，看红装素裹分外妖娆”的壮丽景象，可谓新矣，奇矣，美矣，这正是因为它有一个“真”字作基础。然而“广州雪花大如席”，却只能成为笑料，因为它缺少一个“真”字。由此可见，“求真”是艺术的精髓，是艺术的生命力之所在，“变形”必须以“求真”为其内核。

“求真”在艺术上应该如何把握呢？其要有三：第一，重在神似，而不在形似。宁可形假质真，而不要形真质假。这里的“神”是一个较广义的概念，它不仅是“精神气质”之意，也是真情、真意和真实本质的含义。还记得一幅用中国画的写意手法绘成的鲁迅肖像画，鲁迅的身躯几乎是一笔勾成，像一座挺立的岩石，笔法极为简练。画得较为详细的是头部，然而就是在头部，作为重点突出的也只是三个地方：那倒立的短发显示出他的倔强、坚忍；那深邃的目光，显示出他敏锐而深刻的洞察力；那一撇浓黑的上髭又显示出长者的淳厚与艺术家的幽默。这一幅画的手法也可说是鲁迅最喜欢的“白描”，“有真意，去粉饰”，寥寥几笔就勾画出这位文学家、思想家的精神特点。这是“神似”的一种表现。

碧云天，黄叶地，西风起，北雁南飞，晓来谁染霜林醉，总是离人泪。

——《西厢记》

离愁别恨万千，情人的眼泪染红了枫林。夸张手法的运用，非此不足以表现主人公胸中的千愁万恨，读者只感到情真意切，绝不会去计较它的夸张已离开了形似，这是神似的又一种表现。

在神似与形似的关系上，鲁迅说过，“宁可假中真，不可真中假”。“假中见真”是在一种虚幻的外壳下，反映生活的本质和规律，而“真中见假”却是表现出外壳或形式与生活相仿佛，而本质却是虚假的。《聊斋志异》多写鬼狐仙妖，其外壳可谓假矣，可它表现的真情真意，其揭露的社会本质又异常地真实而深刻。在《司文郎》一文里，作者写了一个盲和尚能通过鼻子嗅出文章的优劣，即使把文章烧成灰也能辨别得出来。一位考试落榜者将古圣先贤的文章送到他面前，盲和尚感到异香扑鼻；反之，一位黄榜高中者将他恩师的文章送到他那里，盲和尚未闻先呕。生活里怎么有如此之事？论其故事外壳当然是假的，但是它揭露科举制度埋没人才，考官受贿，徇私舞弊的实质，却又是十分真实的。这就是假中见真的生动例子。郭沫若题蒲松龄故居的对联为：“写鬼写妖，高人一等；刺贪刺虐，入骨三分。”高度赞誉了蒲松龄艺术变形的高超技巧和反映现实的真实性与深刻性。

第二，文学作品都免不了写偶然性，写巧合，但只有当生活逻辑的必然性寓于偶然性之中，作品才会产生艺术力量。虽是虚构却不是虚假。如果只有偶然性而无必然性，那么虚构就变成了虚假。中外文学史上都不乏这种必然性寓于偶然性之中而收到假中见真效果的例子。俄国作家果戈理的《钦差大臣》，描写了俄国一个边远小城的一群官员——从市长到所有的局长委员们都把那个逃避赌债、避祸他乡的纨绔子弟当成钦差大臣恭迎入府，然后争相奉承、贿赂、巴结，真是丑态百出，而且自始至终（他离开此处时）未发现这个冒牌的钦差大臣。这个故事即使在生活里有过雷同，但也是极其个别的偶然的，但这个剧揭露沙皇俄国时代官场的腐败现象，却是极为真实的，官场的腐败导演出一系列丑剧，就这个意义上说，又是必然的。

第三，有一些现实主义作品是形神的真实都注重的。形的真实表现为细节的真实，而神的真实则表现为高度的概括性和深刻的思想性，这种作品是将具象与抽象相结合，合二为一的。例如鲁迅的小说《祝福》中，作者描写祥林嫂的最后日子：头发已经全白，脸上瘦削不堪，黄中带黑，消尽了先前悲哀的神色，仿佛木刻似的；只有那眼珠间或一轮，还可以表示她是一个活物。竹篮中的破碗，空的；一手拄着一支比她更长的竹竿，下端开了裂。这段描写从“形”的方面讲，高度地逼真地显示出它的个别性具体性，然而它又是旧中国受封建社会摧残的千千万万劳动妇女命运的写照，从这个意义上说，它又是千千万万劳动妇女悲剧命运的一个代表符号，所以它是具象与抽象的结合。同理，阿Q既是一个具体的个别的人物形象，又是千千万万中国国民性劣根性的抽象。葛朗台既是那个箍桶匠暴发户，又是千万个资本家金钱至上的灵魂概括。

三、“变形”与“求真”的辩证关系及其表现途径

“变形”是艺术创作的必然要求，“变形”使生活艺术化成为审美对象；“求真”是使艺术具有生命力并产生艺术魅力的必要条件。“变形”必须以“求真”为其内核，而“求真”却要通过“变形”来实现。因为艺术的真实不是照相式的准确，不是机械般的精密，而是另外一种更大、更广泛、更深刻的东西。毛泽东对艺术真实作了精辟的论述，他说：“社会生活和文学艺术虽然两者都是美，但是文艺作品中反映出来的生活却可以而且应该比普通的实际生活更高，更强烈，更有集中性，更典型、更理想，因而更带普遍性。”[①] 这种“更大、更广泛、更深刻”、“更带普遍性”的真实，正是要通过变形而且只有通过变形才能实现的。实现“变形”与“求真”两者相统一的艺术途径是什么呢？这就是典型化。所谓艺术典型，是那些能够以鲜明独特的个性充分地概括了某种范围的共性，反映了社会生活某些本质方面并且具有较高审美价值的艺术形象。根据这个定义我们可以看出，典型体现了个别性和概括性的统一，具象和抽象的统一，感性的审美对象和理性的本质认识的统一。把

①见毛泽东《在延安文艺座谈会上的讲话》。

生活素材化为典型的过程就是典型化，典型化的方法包括“个性化”和“概括化”两个方面，这两个方面既体现了艺术变形的要求，也体现了艺术“求真”的内涵，所以它们是实现变形与求真的途径。

近些年来，文艺界对典型与典型化的方法提出了一些质疑和探讨，有的人提出了“淡化”或否定“典型”的一些观点，对此我想提出一些点滴看法。发端于意大利的电影创作的“新现实主义”，主张把摄影机搬到大街上去，这似乎就有“淡化”典型的倾向，但我认为这是艺术家和观众对艺术创作中那些虚假变形的逆反，也就是对那些虚假的虚构不满。他们把摄影机搬到大街上去，并非是见什么拍摄什么，而是去选择生活中具有典型性的人和事。这种贴近生活的创作方法，目的还是为了“求真”两个字。生活中的某些原型也可以成为典型，关于这一点用黑格尔的话来说：“每个人都是典型，同时又是单个的人。”

西方现代主义的各种流派，诸如象征主义、魔幻现实主义、意识流、黑色幽默等，都并非是排斥典型的。这些创作方法只是对于如何处理艺术和生活的关系的各种探讨，实质上也就是对变形方式的探讨。至于那些不厌其烦地描写生活中极其琐屑的一些现象的作品，确有淡化情节、淡化典型的倾向，在这一类作品中似乎看不到典型了，然而我认为，这类作品正如一首抒情诗一样，作者本身便是一个典型。

那些琐屑不堪的描写不正是作者心灵世界的曲折反映吗？在“二战”以后面临世界的各种矛盾和危机，有人丧失生活的情趣和信心，心灵空虚灵魂扭曲百无聊赖，所以产生了这样的作品。

所以用典型化的方法来处理“变形”与“求真”的辩证关系，这种理论原则并没有过时或丧失生命力，但“变形”的方法应该不断创新以满足不同时代人们在审美心理上对于“求真”的不同要求。

景因情美 形以神聚

——文学创作规律探索之二

对于写作，构思是关系作品优劣成败的关键性环节；对于阅读，抓住构思又是进入作品的思想空间和艺术领地的钥匙。抒情性作品尤其如此。阅读古今中外那些优秀的散文作品，在欣赏它们的文笔、领略它们的意境之后，如果进一步思考，我们就会发现，精妙的构思乃是将深邃的思想感情和独特的艺术表现结合在一起的枢纽。因此，研究抒情散文的构思对于写作和阅读鉴赏都是有重要意义的。

构思是根据材料实现写作目的的创造性思维过程，是对作品的形式和内容怎么处理的总体设计，说得通俗一点就是从总体上考虑文章怎么写。

构思的内容可从广义和狭义来说明。广义的构思包含着下列内容：对材料的梳理、选择、提炼，主题的确立，体裁的确定，结构的安排，写作角度的选择以及表现手法的运用等。由此可见构思确实包含着对文章的通盘考虑。没有这番考虑，或者写不出文章来，或者写出来了也难以成篇。《文心雕龙·附会篇》说："总文理，统首尾，定与夺，合涯际，弥纶一篇。"这正说明了构思对于写作的重要意义。

构思的艺术性集中表现于艺术家独特的发现和独特的表现，这是本文论述的重点。

精巧的构思，首先在于独特的发现，或者说植根于独特的发现。所谓独特的发现就是指发现了生活的某些方面的内在意蕴，发现了生活现象之间的必然联系，或是从新的角度开掘出别人未发现的新意，能“从别人司空见惯的生活现象中发现出美来”。正如宋代诗人梅圣俞说:“诗家虽率意而造语亦难，必意新语工，发前人之所未发者，斯为善矣。”有了独特的发现，构思才能找到一个新的基点，并由这个基点展开，发展，完成；如果没有这个发现，构思则会落入俗套或是重复别人的老路子。

试以古今描写长江三峡的三篇散文为例。郦道元的《江水》，描写了山势的连绵险峻，水流的奔腾湍急，进一步描写了春冬之时的“素湍绿潭”、“悬泉瀑布”以及“晴初霜旦，林寒涧肃，高猿常啸，属引凄异，空谷传响，哀转久绝”的景色和气氛。从而传达出一种崇高、深远而又凄凉、婉转的情调。这种情调是作者特有的生活感受，也正是本文构思的基点。刘白羽的《长江三峡》则不同，他着重表现的是三峡的雄奇瑰丽，由此而产生出一种极为自豪的情绪。在文章一开头就定下了这个基调：“在我们母亲的河流长江上航行，像在一支雄伟瑰丽的交响乐中飞翔。”由此展开，先写瞿塘峡的险峻，再写巫峡的奇丽和西陵峡的壮阔。他也写了瞿塘峡的险峻，但却更多地描绘了峡中日出的瑰丽景象，可以说因其险峻才增其瑰丽，使这支交响乐起始的一章情调就很高昂。他描写巫峡的秀丽风光，说它“简直像一条迂回曲折的画廊”，然而整个“画廊”又未离三峡的峻峭。在这里用“奇丽”一词来归纳才更妥帖。他写西陵峡的险滩是从站在轮船上的感觉来写的，本来写的是轮船穿过激流险滩的惊险，却给人以奔放豪迈之感，传达出战胜激流险滩的喜悦之情。由此可见刘白羽《长江三峡》所描绘的重点和它所传达的情调都迥异于郦道元的《三峡》。方纪的《三峡之秋》则又是一种格调，他抓住了一个“秋”字作为描写重点，写秋色、秋光、秋情。他抓住富有三峡秋色最大特点的橘柚树作为重点描写对象，由此推宕开去，于是全文的格调与上面两篇又截然不同，既无郦文的险峻凄凉，又无刘文的

《长江三峡》的雄奇瑰丽。三峡似乎失去了那令人惊心动魄的磅礴气势，而变得潇潇洒洒无拘无束，三峡的悬崖峭壁也失去了那令人望而生畏的感觉，而展现出一种成熟的辉煌与静穆的深沉。这就说明，自然景观进入文学作品已带上了作家强烈的主观色彩。这种色彩，一方面是由作家的时代感和精神个性所致，另一方面又是作家在立意构思上的刻意追求。必须有这种追求，艺术品才能成其为艺术品。所谓艺术发现，并不像自然科学的发现一样，是一种纯客观的东西，它其实是客观的人事、景物和作家的生活感受相撞击而产生的火花。

由以上三篇文章的对比可以看出：如果没有新的发现就不可能有新的构思，也就不可能有创新之作。到过三峡的人何止千万，但为什么没有写出多少文章来？描写三峡的文章又不知有多少，又有几篇能表现出新意呢？以上列举的三篇文章是对于相同题材的不同发现，我想再举两篇文章来说明在不同题材中却有相类似的发现。叶圣陶先生的《牵牛花》，描写院子里的六盆牵牛花一刻不停地向上生长，由此悟出“生之力”的旺盛，从中受到了一种奋发向上的激励。这篇文章写于1931年，大约是寄托作者的对青年人的鼓励和对未来的希望吧？宗璞的《紫藤萝瀑布》写于20世纪80年代，作者着力描绘了一树开得十分茂盛的带着深深浅浅的紫色又流着点点银光的紫藤萝花，并通过回忆这一树紫藤萝花在十多年前的不幸遭遇作对比，从而解开了自己对于生命的疑惑“花和人都会遇到各种各样的不幸，但是生命的长河是无止境的”。不管境遇如何，在我们这个世界中，生命总是生生不息的。作者由衷地感到了生命力旺盛的喜悦。两篇文章的主题都是由生活暗示给作者的，又都是作者的发现。两文的主题内涵有相似之处，却又不完全相同。前一篇文章表现作者在闲适寂寞的心境中的自励和希望，后一篇文章却对紫藤萝花发出了热烈的赞美，隐含着历经坎坷而终于进入一个新的境界后的激动与喜悦，再没有《牵牛花》中流露出来的那寂寥与落寞。由这两篇文章的对比，我们又可看出，艺术的发现可以是类似的，但绝不是等同的，这样，也就必然会产生不同的构思。

艺术发现归根结蒂是作者对于生活的一种内心体验与感受。雷抒雁的散文诗《蚕》就表现了自己对生活的独特体验和感受。一般写蚕的作品都着眼于表现蚕的奉献精神和执著追求，而这篇散文诗却描写蚕织就了一个束缚自己的茧，它在这个茧中气恼、焦急、痛苦、抗议，而又难于解脱，最后它终于明白了："你织的茧得你自己去咬破"，于是"破茧新生"。这篇作品颇具哲理，富于启发性。

在具备独特发现的基础上，还需要找到独特的艺术表现，将自己发现的美传达出来，创造出别具一格的，并且有独特的魅力的艺术形象。

抒情散文的构思是特别要注意艺术表现的，因为抒情类文学作品不像传统的叙事类作品靠人物命运和故事情节去打动读者，而是靠深邃的思想、美好的情感、独特的韵味、优美的文笔和如诗如画的意境去感染读者。这一切的成功的实现，在很大程度取决于独特的艺术表现。

抒情类作品的艺术表现的着力点在什么地方呢？概而言之就是要处理好"情"与"景"、"形"和"神"的关系。

借景抒情、融情于景，这是抒情性作品的共同特点，但是选择什么样的景，抒发什么样的情，就成了作家仔细斟酌的地方了。古往今来文章积累多了，于是便出现了一些情与景的对应关系：借柳丝的轻柔飘浮、缠绕纠结抒依依相恋的难舍之情；借松柏的四季常青、凌霜傲雪表现坚贞不屈的思想品格。"杨柳岸晓风残月"表达了缠绵悱恻之意；"乱石穿空，惊涛拍岸"抒发出豪迈奔放之情。然而重复一多，总不免步前人之后尘，也就落入俗套，缺乏创新意识了，更加上时代在前进，人们的思想感情与古人相比固有相似的一面，但也有不同的甚至更趋复杂的一面，所以寻求新的景物表现新的情感，便成了作家的追求。借白杨的枝繁叶茂、团结向上、力争上游的形象，赞美在民族解放战争中坚持抗战的人民群众；借黑夜的灯光，表现对光明的憧憬和希望；借松树的多种特征，歌颂无私奉献的共产主义风格；借紫藤萝抒发对生命旺盛的赞美。

运用借景抒情、托物言志这个艺术手法，除了寻求新的"景"和

“物”来抒情结合之外，更为重要的是要注意结合个人的经历、体验和所处的具体环境来表现，才能达到创新的目的，使读者感到既新鲜又亲切。同是表现思乡之情，郑振铎借助春天的小燕子，而黄河浪借助的是故乡的榕树，注意到了这一点，同一景同一物，在不同的作者笔下，也可抒发不同的情感和表达不同的寄托。同样是大自然的秋色，欧阳修写《秋声赋》肃杀悲凉，用以表现当时的时代气氛和作者的寂寞压抑的心境；而峻青却表现出它的灿烂丰硕，歌颂丰收的喜悦与欢乐，借此赞颂时代的繁荣与生活的丰富。由此可见，艺术表现和艺术发现是互为表里的。

在找到了寄托思想感情的景和物之后，并非就能达到表情达意的目的，还必须要有相应的艺术处理才能使思想表达得深刻隽永，使情感表现深沉、浓郁。以联想为其思维核心，调动一定的艺术表现手法是达到这个目的的途径。在众多的优秀散文作品中常常见到下面三种运用联想的艺术表现手法。

其一是重点描绘，由此及彼。如郑振铎的《海燕》，一开头就用饱含情感的笔墨描绘了小燕子的伶俐可爱。接着就由自己航行在海上所见的小燕子联想到故乡的小燕子，满怀深情地问：“这小燕子，它们果真是我们故乡的小燕子么?”通过联想，再点出:“啊，乡愁，如轻烟似的乡愁呀!”把对故乡绵绵不绝的思念之情抒发出来，并深深地打动了读者。

其二是巧妙衬托，突出主体。在朱自清先生的散文《绿》中，作者为了突出眼前梅雨潭的绿得可爱，写道:“我虽见到北京什刹海佛地的绿杨，脱不了鹅黄的底子，似乎太淡了；我又见过杭州虎跑寺近旁高峻而神密的‘绿壁’重叠着无穷的碧草与绿叶的，那又似乎太浓了。其余呢？西湖的波太明了，秦淮河的也太暗了。”通过联想，引入其他有相同点又有不同点的风景名胜作背景，从浓淡明暗几方面进行对比衬托，使眼前的“绿”产生多层次的立体感，传达出令人赏心悦目的艺术美，作者的深情也深深地融入这一片晶莹的翠绿之中了。

其三是层层推进，情随景深。日本女作家壶井荣的散文《蒲公英》的联想便是这样写的。作者首先描绘了一幅孩子唱着儿歌玩蒲公英的天真和谐快乐的图像。接着便联想到悲惨的战争年代吃野菜也吃过蒲公英的情景，那种极为苦涩的味道，便成了当时生活的象征，与目前的和平生活景象形成了鲜明的对比。作者又进一步引出那株顺手栽培的蒲公英和那个在战争中失去了父母的孩子，把他们作为第三个层次推出，联系起来，喊出了无声的呼唤“须知你们是从被践踏、被蹂躏里勇敢地生活下来的，今后再遭践踏，再遭蹂躏，还得勇敢地生活下去，却不要再尝那已经尝过的苦难吧”！这是对战争痛苦的诅咒，也是对未来的期望。作者就是这样，通过联想的层层推进，充分表达了自己憎恶战争向往和平，并希望下一代勇敢地生活下去的思想感情。

处理“情”和“景”的关系，最终要达到情景交融才算最好的境界。但要达到什么程度才算情景交融呢？应该是“情”借“景”以托出，“景”因“情”而升华，这才是上乘之作，试以苏东坡的《前赤壁赋》为例。这篇赋的写景手法十分高超，作者将现实景色的横向展开与历史景物的纵向延伸交织起来。现实的景色描写是苏与客月夜泛舟游赤壁，“月出于东山之上，徘徊于斗中之间。白露横江，水光接天，纵一苇之所如，凌万顷之茫然”。作者写的景十分开阔，朦胧和明丽交织在一起。历史景物的延伸是作者描写了赤壁之战前曹操横槊赋诗的盛大场面，很自然地引出了“樯橹灰飞烟灭”的情景的联想。作者正是借助这现实的自然景物和历史宏大场面的消逝表达自己感时怀古的忧伤之情，深感大自然的浩瀚和个人的渺小，历史的无穷和人生的有限。而作者由此引出了关于盈与虚、变与不变、一瞬与无穷的哲理思考，使眼前的景色与历史的场面显得深邃而不平凡，带上了强烈的主观色彩，在一个更高的层次上表达出作者旷达的人生态度和洒脱的思想感情。所以《前赤壁赋》确实是体现情景交融的艺术构思的上乘作品。

散文构思的艺术性更进一步或者说更全面地表现在如何处理好“形”与“神”的关系上。人们用“形散神不散”来概括散文的特点。

所谓“形”指的是材料、结构、表现手法和语言运用等，所谓“神”是指贯穿全文的思想感情。由此可见“形”与“神”的关系包含了“景”与“情”的关系，但又比“景”与“情”所指的内容更宽。可以说这是散文构思的一个带全局性的问题。对于“形”与“神”统一的关系，秦牧曾打过一个比方:“散文应‘散’而不乱，全靠思想把那一切材料统一起来，用一根思想的红线串起生活的珍珠，珍珠才不会遍地乱滚，这才成其为整齐的珠串。”这个比喻说明了“神”的统率作用，但我们认为还没有说明它的灵魂作用。是否可用这个比喻:“神”好比人的大脑统率和支配人的一切行动，又好比血脉流贯人的四肢百骸，在“形”的任何一个地方都通贯着“神”。“景”与“情”的关系是“形”与“神”关系表现的重要部分，但不是全部内容。因此“形”与“神”的构思结合问题，除了前述的景情关系之外，从全局来看，还有以下几点值得特别注意。

第一点是以思想感情为灵魂，确定叙述描写的基调。例如郁达夫的《故都的秋》意在表现在时代的压抑和禁锢下，作者思想苦闷、情感悲凉、创作枯淡的心境和力求解脱、追求“清”“静”的情怀。所以全文的调子是清淡而又冷艳的。写景不取香山红叶的暖色，也不取颐和园游人如织的热闹，而是写一个破旧的冷落的小庭院，突出清静；写牵牛花是“蓝色或白色者为佳，紫黑色者次之，淡红者最下”，突出冷色；接着又写秋风秋雨，寒意逐渐加深……总之，从景观色彩到物候变化的叙述描写，都统一在一个寂寞忧伤的调子下面。《天山景物记》就不同，展现在读者面前的是一幅幅明丽的色彩鲜艳的图画，整个调子是欢快的。写冰不觉其寒冷，写雪山也是美丽动人的，一开头就定下了欢快的基调。叙述的调子同样如此，如《荷塘月色》的第一句就是“这几天心里颇不宁静，今晚在院子里坐着乘凉，忽然想起日日走过的荷塘，在这满月的光里，总该是另有一番样子吧”。一开头就写出自己为现实所困扰的烦闷以及追求宁静与光明的心情。这一句可以说，为全文的主旋律——交织着淡淡的哀愁与淡淡的喜悦定下了基调。直到本文倒数第二段一句“但热闹是他们的，我什么也没有”，仍可看出这个基调是始终统一的。

第二点是以“神”为经“形”为纬，将全文组织成一个有机的整体。

范仲淹的《岳阳楼记》除首尾两段外，处处写景，然而处处是透过作者情感世界的眼光来写景，除此而外，作者紧扣“先天下之忧而忧，后天下之乐而乐”来组织全文，由“阴风怒号”的景写到“春和景明”的景，由悲景写到乐景，最后引出一句画龙点睛的议论。全文转合自然，贯通一气。

秦牧的《土地》所取的材料上下两千年，纵横几万里，然而作者以劳动人民失去土地、争取土地、获得土地、保卫土地和建设土地的艰苦卓绝的斗争历程和悲欢离合的感情波澜为经；以古今中外的一个个材料为纬，编织出一幅丰富多彩、气势磅礴而又动人心魄的图景。

由以上两个例子可看出，处理好“神”对于“形”的凝聚作用、组织作用和渗透作用，是散文的艺术构思的又一重要特点。

第三点是散文艺术构思的结果最终要形成一条明晰的思路，这条思路体现着材料的安排顺序和结构方式，“形”与“神”结合点和结合方式，以及艺术表现手法的运用。不同的作者，不同的篇章，形成的思路可以说是千差万别，但是纵观许多散文作品，也可以归纳出几种相同类型的思路模式。

其一是顺势推进型。这种思路的特点是：按照外在客观事物发展的逻辑顺序和内在思想感情发展的起伏推进。在这里很重要的一点是：思想感情的起伏必须和客观事物的发展合拍，这就是它们的结合点。朱自清的《荷塘月色》、鲁彦的《听潮》都是这种类型。

其二是中心发散型。这是以一点为中心向四面八方展开而形成的一种思路。这种类型的思路可以上溯古代，下通未来，东西横贯，南北沟通，思路的跳跃性很大。如秦牧的《土地》就是这种思路。

其三是曲径通幽型。这种类型的思路在文章起始时先确定一个要寻觅的目标，文章曲曲折折地向前推进，出现许多波澜，又产生了许多情趣，“山重水复疑无路，柳暗花明又一村”，目标找到了，却跟原先设想的大不一样。杨朔的散文多是由这种思路构成。如《香山红叶》、《荔枝蜜》等。

其四是多角度审视型。这种类型的构思也有一个中心点，但从不同侧面来观察下笔行文，最后形成对观察物的立体感，从而实现自己的创作意图。从表现方法看，这就是我们通常讲的移步换形法，思路随着立足点的移动而向前发展。台湾作家李乐薇的《我的空中楼阁》就是用这种方法构思写作的。

其五是画廊展览型。这种构思方法是将所描写的景物一幅幅排出，愈来愈丰富生动。碧野的《天山景物记》就是这样推进思路的。但《天山景物记》的思路推进，结合进了时空关系。从空间关系看，先写远望天山，再写进入天山，最后写出天山，其中一些段落从傍晚写到夜幕降临，再从深夜写到清晨。

以上的例子说明：思路是构思完成的结果，是“景”与“情”、“形”与“神”有机结合的纽带，结构层次、表现方法都蕴涵在其中了，所以抒情散文的艺术构思到底巧不巧妙，新不新颖，最终将表现在构思完成所形成的思路上。

求异思维与诗美

——文学创作规律探索之三

营造意象是诗歌创作构思中的一个关键性环节。所谓意象，按照艾青的解释是“具体化的感觉”，意象即寄托着自己的情感与思想并糅合为一体的具体物象。一度时期，风花雪月这些意象和哀怨缠绵的感情曾经被作为资产阶级或小资产阶级的情调加以批判，而代之以高山、大海、青松、翠柏、风云、雷电、山呼、海啸这些意象，用以抒豪情寄壮志。可是曾几何时，风花雪月、悬崖、坟墓、秋雨、落叶等披上了梦幻、迷离、矛盾、失落与困惑的外衣又成为诗歌写作中的时尚了。竞相模仿不断出现，这样的诗歌创作到底有多少价值？读者或许要问：那么诗歌创作应该是选择什么样的意象才好呢？笔者认为，不在于你选择了什么意象，而在于你在选择的意象中发现了什么，而且还要看你构筑的意象形成了什么样的品格。这就涉及创作构思中的思维方式问题。

求同思维和求异思维是人们的两种思维方式，在认识客观事物的过程中，根据对象的不同，或认识阶段的不同，应该采取不同的思维方式，才能达到较好的效果。

有人说，在我们的国民性中比较缺乏的是求异思维，或称逆向思维。这不无道理，因为过去长期的封建社会中以宗法制为核心的政治结构和以礼教为核心的意识形态结构成为民族性格的两个决定因素。16、

17世纪，当欧洲的自然科技迅猛发展时，中国的知识分子在政治的高压下只好集中精力去翻故纸堆，阐释经传的微言大义。这样的传统延续下来，形成了一种思维定式：不能离经叛道。

这只是求同思维，也称顺向思维。这种思维方式，在认识某些对象或是某些问题时是必要的。但如果固守这种思维方式一成不变，那就会形成人云亦云，亦步亦趋，在这种思维定式中阉割了自己，失去了独立思考的能力。而与之相反的是求异思维，或称逆向思维，它的特点是要把握自我，不失去自我，也就是独立思考。就一般而言，独立思考的精神在我们的国民性中不能说没有，但至少可以说是不足。许多国民在大事小事上都喜欢随风转，“风”一来就成了墙上芦苇。当今社会上的崇洋媚外就是一个例子。

艺术创造需要借鉴，但重要的是独创，艺术贵在独创。这句话容易说，但做起来却很不容易。就是要提倡一点求异思维，提倡独立思考。独立思考就是要求我们既不依傍古人，也不依傍洋人。

20世纪80年代以后国内出现的一些新诗，就其选择的意象看，似乎很有一点求异思维的样子。为什么？因为这些新诗的审美观念都一反传统。比如中国的古典诗歌以红梅、素雪、翠竹等为美，而当时的某些诗人则以大便、蛆虫为美。究其原因，是因为西方现代派的远祖法国诗人波特莱尔说过：“在自然中一般人所谓的丑，艺术上能变成非常的美。”波特莱尔的著名诗篇就是《腐尸》。传统的诗歌，歌唱万紫千红的春天，歌唱生机勃勃的生命，歌唱积极进取，奋发向上，而一些现代派诗人则歌唱死亡，歌唱白骨和骷髅，并以此为美。这又是为什么呢？这是因为法国的象征派诗人保尔瓦莱里在他的《海滨墓园》里就歌唱了骷髅。传统的诗歌虽也讲究含蓄隽永，但更偏向于晓畅优美，而某些当代诗人的诗歌则讲究神秘莫测，光怪陆离，“越是叫人读不懂的，越是好诗”。这是因为西方现代象征主义的“大师”们几乎都是追求神秘莫测的。马拉美就主张“诗应当永远是个谜”。这样，如此种种的诗歌创作中的“反传统”和求异思维是不是又落入了另一个窠臼之中呢？

写到这里，忽然间想起我国古典诗歌之中也有人写过腐鼠、骷髅、僵尸等等，只不过他们又使用了另一个词语。如李商隐就写过："不知腐鼠成滋味，猜意鹓雏竟未休。"建安诗人写到："白骨露于野，千里无鸡鸣。"蔡文姬更写得血淋淋的："马前悬人头，马后载妇女。"杜甫也写过："朱门酒肉臭，路有冻死骨。"我国古代的这些诗人是否都以这些描述对象为美呢，还是另有用意？这似乎不用过多的解释，他们是在揭露鞭挞现实，批判丑恶。可见诗人的创作不在于选择了什么作为自己寄托情感的意象，而在于作者发现了什么和表达了什么样的情感和思想品格。

在古今中外的文学作品中有不胜枚举的名篇佳作，琢磨那些优秀的诗篇是如何构筑意象的，可以给我们一些思维方式上的启发。比如同样是表达爱国的情怀，鲁迅选择的意象是直接从希腊神话中借用过来："灵台无计逃神矢"，把比喻男女爱情的丘比特神箭用来表达自己无法逃避眷恋祖国的情绪；郭沫若选择的意象是炉中燃烧炽热的煤球，比喻自己强烈的爱国情绪；而舒婷则用"河边上破旧的老水车"、"干瘪的稻穗"、"失修的路基"和"淤滩上驳船"以及"额上熏黑的矿灯"等意象感慨近百年来祖国的落后和探索出路的艰难。他们在选择和构筑意象方面的确是别开生面的。又从表达男女之爱来看，李商隐选择的是"身无彩凤双飞翼，心有灵犀一点通"，其意象美丽又新颖；匈牙利诗人裴多菲将激流与小鱼、丛林与小鸟、废墟与常春藤对举，表达自己愿意为心爱的人营造欢乐与幸福；而舒婷的《致橡树》既表达了纯洁高尚的男女之爱，更表达了超出男女之爱的高尚爱情。这些意象的发现，开掘与构筑，正显示出他们构思的独特、新颖，也显示出求异思维取得的创新成果。

作家不能没有责任感

毛泽东的《在延安文艺座谈会上的讲话》（以下简称《讲话》）是马克思主义文艺理论的经典著作。《讲话》精辟地论述了文艺理论中好些根本性的问题，其中第一个问题就是文艺的方向问题，即文艺为谁服务的问题。在新的历史时期，面对各种文学思潮和各种文艺现象，重温毛主席的教导，深感强调文艺的方向问题具有重要的现实意义。

从五四运动前后——新文化运动以来，直至20世纪60年代，进步的作家们总是带着强烈的责任感和使命感进行创作的。为了推动社会的进步，他们总是在自己的作品中歌颂什么或鞭挞什么。《讲话》发表以后，他们更进一步明确了“为工农兵服务”、“为人民大众服务”的政治方向，作品的倾向性更加鲜明了。现在看来，那个时代的作家们充分注意到了文艺的战斗作用，即注意到了文艺的认识作用和教育作用，对于文艺的娱乐作用虽没有强调，但只要是艺术性较高的文艺作品，娱乐作用也是自然地包含在其中的。

在民主革命和社会主义革命的进程中，革命文艺对于人民的教育和鼓舞作用，对于人民革命和社会主义建设事业的促进作用是不可磨灭的。不过，那时由于“左”的思潮的影响，对“为工农兵服务”、“为人民大众服务”的理解较为狭窄，偏重于政治斗争的功利。因此文艺创作的路子显得不够宽广，文艺的娱乐作用发挥得不够充分。从20世纪80年代以来，特别是在80年代中后期，由于诸多原因，其中主要是在改革开放以后人们在精神生活上有了新的追求，对“左”的思潮的逆反心理，以及西方文艺思潮的影响，作家们的创作动机表现得较为复杂了。有的作家说，他们的作品就是想“让观众（或读者）乐一乐或掉几滴眼泪，并不想起什么鼓舞作用”，有的作家说，他们搞创作就是想“追求一种宣泄的快感”。这些创作思想，强调了文艺的娱乐作用。然而在强调发挥文艺的娱乐作用时，作家们是否考虑到了文艺作品的认识作用和教育作用呢？情况就较为复杂了。正因为如此，一些低劣庸俗乃至思想反动的作品出现了，这样的作品毒化了社会空气，对观众、读者，特别是对青少年起了很坏的影响。事实上，文学作品绝不可能只产生娱乐作用。文艺作品在使观众、读者产生快感的过程中实际上已经渗入了认识作用和教育作用，当作品使观众“乐一乐”或“掉几滴眼泪”时，观众、读者已经有了感情的倾向，已经在对作品所反映的生活进行评价了。所以，文艺作品绝对不能排斥认识作用和教育作用，绝对不能排斥思想性。世界上绝对没有离开具体内容不带倾向性的文艺作品，因而也绝对没有只产生娱乐作用而不带思想性的文艺作品。因此，作品在进行创作时，在想使观众、读者“乐一乐”或“掉几滴眼泪”时，就应该考虑到自己把什么样的思想给了观众、读者，就应该意识到文艺作品一经发表就会产生或大或小的社会影响，就不应该忘记自己肩负的责任。

至于把文艺作品作为宣泄感情的工具的作家，也应该考虑到自己宣泄了一种什么样的感情，社会影响如何。人的确有一种宣泄感情的本能，但作为社会的人，自然对社会也负有一定的责任，而且作为经受了社会文明熏陶的人，也应该用理智来规范自己的创作。我们不能只图宣泄而不顾社会影响。如果我们宣泄的是一种美好的感情，自然也会使读者观众受到美的感染，有益于身心健康，但如果我们泼出去的是“污泥浊水”，自然也会污染环境。有的作家勇于解剖自己，勇于袒露自己灵魂深处最幽暗的角落，但这也不能仅只是袒露而没有评价和认识。鲁迅是严于解剖自己的，但他每一次解剖自己，都是在进行严肃的自我评判。因此主张宣泄感情或解剖自己的作家也不能没有社会责任感。每个人都希望生活在一个美好的社会里，都希望自己获得幸福，但如果社会中有这样一部分人只用宣泄自己的感情不顾及别人的痛苦而去胡作非为，那么社会将会是什么样子？一般情况如此，而能够称之为作家的人自然更应该明白这个道理。

每一个时代的人民都肩负着一定的历史使命。我国目前正处在社会主义现代化建设新时期，也就是要建设具有中国特色的社会主义，建设社会主义的物质文明和精神文明。建设两个文明，特别是精神文明，文学艺术肩负着重要的特殊的任务，这就是要为铸造人民群众的新的灵魂做出自己的努力。社会主义精神文明具有丰富的内涵，它以社会主义新文化为其内涵。社会主义新文化“必须继承和发扬民族优秀传统文化而又充分体现社会主义时代精神，立足本国而又充分吸收世界文化优秀成果”[①]。鲁迅曾经为了把“国民”从封建主义的精神奴役下解放出来，为铸造新的“国民”灵魂而奋斗终生（“二为”），今天的作家也应该继承鲁迅的这种精神，为铸造具有社会主义精神文明的人民群众的灵魂而作出自己的贡献，绝不能去散布封建奴役或是资本主义社会中的腐朽没落的精神鸦片。这些年来的文化界既有思想解放的一面，但也的确存在着散布精神鸦片的现象，这是不容忽视的。正因为如此，强调文艺的社会主义方向具有极为重要的现实意义。在新的历史时期，党中央提出了“为人民服务，为社会主义服务”的文艺方向，这是对毛泽东文艺思想的坚持和发展。“二为”方向和“百花齐放，百家争鸣”的“双百”方针既拓宽了文艺创作的路子，繁荣了文艺创作，又坚持了《讲话》所规定的政治方向。文艺工作者不应当忘记自己肩负的职责，而应当沿着社会主义的文艺方向去进行创作，用自己的作品去提高人民的思想道德和科学文化素质，促进社会主义物质文明和精神文明的发展。

---

① 引自江泽民同志《在庆祝中国共产党成立七十周年大会上的讲话》。

20世纪80年代小说的发展、超越与反思

20世纪80年代，中国小说的发展与繁荣真是绚丽多彩、目不暇接，文学思潮竞相更迭、此起彼伏，真可谓乱花迷人眼，后浪逐前浪。这种状况在中国小说发展史上是罕见的。回顾和审视这十年的小说创作发展状况，对它的成就与误差进行认真的总结与反思，这不仅有助于文学创作的健康发展，而且有助于更好地发挥小说在现实生活中的审美效应。

一、发展脉络

20世纪80年代，中国小说在浪潮迭起中迅猛前进。1977年至80年代初出现了席卷全国的“伤痕文学”，揭露林彪、“四人帮”及其推行的极“左”路线毒害人民的肉体与灵魂造成的累累伤痕。“伤痕文学”热潮中许多优秀作品在今天看来技巧并不是那么纯熟，甚至有简单粗糙的痕迹，但在当时却产生了强烈的轰动效应。为什么会出现这种状况呢？因为“伤痕文学”所反映的社会生活与揭露的问题和千百万人民群众的生活和命运息息相关。现在“伤痕文学”这个词语已经逐渐被人们淡忘了，但事实上作家们并没有停止揭露“伤痕”，只不过是在更深的层次上揭露罢了，“反思文学”与“寻根文学”正是“伤痕文学”的发展与深化。

接着“伤痕文学”到来的一个浪潮是“反思文学”。所谓“反思文学”就是反思现实，反思社会。这个时期的主潮大约在1980至1983年。这段时期，作家们不仅描写了十年动乱的灾难性的破坏及其给人们造成的精神创伤，而且把目光放远放宽观察与思索：为什么会产生“文化大革命”这场灾难。作家们从思想路线上去进行反思，从中国的文化传统方面去进行反思，从国民性方面去进行反思。十年动乱所造成的历史教训是极为深刻的，这也必然促使人们对历史和现实进行深入思考。高晓声的《李顺大造屋》、茹志鹃的《剪辑错了的故事》、刘真的《黑旗》、张弦的《记忆》等，就是作家们在经历了十年颠簸之后站在新的历史高度对昔日的生活再认识的产物。从20世纪50代末到60年代初，我国社会生活的复杂面貌在过去的文学作品中几乎是一片空白，反思文学的作品中很多都反映这个时期的社会现实，填补了这个空白。

古华的长篇小说《芙蓉镇》可称是从思想路线上进行反思的代表作品。作者通过一个外号叫“米豆腐西施”的农村妇女胡玉音经历的劫难和新生，对二十多年间社会政治变迁进行了深入的思考。胡玉音人长得漂亮，勤劳俭朴，在农业劳动之余与丈夫一起做小生意——卖米豆腐。她服务态度好，生意兴旺。夫妻俩起早贪黑，辛勤劳动，省吃俭用，盖起了一幢新房，在“四清”运动中就被打成“走资本主义道路”的代表人物，与此同时，关心和支持过胡玉音的人都被打成了“黑线人物”，这里面有为了共和国的诞生而出生入死地战斗，并受伤致残的粮库主任谷燕山，有出身贫农参过军的大队党支书黎满庚，还有胡玉音那朴实忠厚而又胆小的丈夫和被错划为右派的文化馆馆长秦书田。由此，我们可以看到“极左”路线是怎样地摧残着共和国赖以存在的基础，是怎样伤害着人民群众对党对社会主义的感情，我们也可以清楚地看到“文化大革命”产生的近期根源。具有讽刺意味的是，小说中的一个坐吃山空的懒汉、无赖却始终是历次运动依靠的对象。这部小说的可贵之处并不在于图解现成的历史结论，而是在对社会历史思考的同时给人留下了浓郁的审美享受，用作家的话来说，就是“寓政治风云于风俗民情，借人物命运演乡镇生活变迁，力求写出南国乡村的生活色彩和生活情调来”。小说塑造了胡玉音、秦书田、谷燕山等几个性格丰满的人物，描绘了具有浓郁地方色彩的风俗民情，确实实现了作家给自己提出的创作要求。

在1984到1986年这段时间又出现了一股文学思潮，称为“寻根文学”。这是作家们在反思现实的基础上进一步追本溯源，试图把现代生活中的各种现象，特别是“文化大革命”的产生，从久远的历史源流中寻出一个根子来，这种根子又主要是从文化传统上去寻。作家们认为“文化大革命”的产生不是一次偶然事件，它的根源在“文化”，在“民族文化传统”，在“民族文化心理”。作家们希望从这一段被扭曲的历史中，找到导致这场灾难的民族文化因素。“他们追溯‘文化大革命’的历史根源，十七年，一百年，两千年，甚至追溯到四千多年前的仰韶文化。于是在反映当前生活的作品里，时常回荡着我们民族从历史深处走来的深沉足音。作家们痛苦地扫描民族历史，究源溯始，述往思来，历史与现实的交叉描写成为十分普遍的现象。”① 这一类作品如《村魂》、《山魂》、《河魂》、《旗魂》等，顾名思义，这一类作品都有点历史的阴魂不散的意味。韩少功的《爸爸爸》是寻根文学中颇为著名的一篇。

《爸爸爸》“以冷峻的笔调描绘了湘西深山中的一幅民俗图，湘山鄂水，祭祀打冤，迷信掌故，饮食服饰，乡规土语，全部囊括在这不足三万字的小说中”②。其中，重点描写了两个寨子打冤，而打冤的原因仅仅是因为一个寨子的山形“冲克”了另一个寨子的“运气”。残酷的斗殴和杀戮使双方都死伤了不少人，最后鸡头寨自己毒死了全部老人和奶崽，只留下青壮年搬迁到其他地方，再去传宗接代。作者有意淡化了故事发生的时代背景，却追溯了这个寨子久远的历史，又把近于神话或寓言的一些情节事件融合在现实的描写中，令读者产生扑朔迷离之感。那些人物、故事、习俗以及文化氛围，既是古代的，又是近代或现代的。

① 刘纳：《在逆现象中行进的新时期文学》，《文学评论》，1986年第5期。

②《探索集》，上海文艺出版社。

作者要突出的正是在传统的阴影笼罩下的近代和现代，正是渗透在我们民族心灵深处的文化心理状态。这种传统的文化心态正是鲁迅早就指出的国民劣根性，它形成了惊人的愚昧，使鸡头寨的全体民众都盲目地服从于莫名其妙的迷信和习俗，失去了任何思考和辨别能力，形成了令人惊异的“集体无意识”。作者描写的现象是有限的，但作品内容的意象却是深远的，读者引起的联想是广泛的，首先就会令人想到“文化大革命”中那种派性的狂热，那种“集体无意识”的盲目性带来的悲剧。

从伤痕文学、反思文学到寻根文学，我们可以看到 20 世纪 80 年代小说反映现实生活逐步深化的发展脉络。随着国家经济体制改革的逐步发展还出现了反映这一变革的“改革文学”。但我以为“改革文学”与前述三种文学思潮在内涵上是有区别的，前述三种文学思潮反映了作家对现实认识的逐步深化以及在处理作品与现实的关系上的一种主观精神，而改革文学主要是就作品的题材而言的，因此，在“改革文学”中总是渗透和交织着前述三种文艺思想。许多“改革文学”的作品描写改革的艰难、起飞的沉重，而总是随着揭露“文化大革命”留下的伤痕历史的积弊以及残存的“国民劣根性”，这种深刻的现实主义精神不仅反映在小说创作中，也反映在其他体裁的文学作品中，但应该说，在小说中反映得最为集中突出。

从 1984 年到 1986 年，特别是 1985、1986 年，伴随着思想内容上的深化与“寻根”，出现了在形势上标新立异的热潮，也可说是学习与借鉴西方现代派的热潮。由于热衷于形式的创新和追求，引起了对小说本体的思考，这意思就是说，要探究小说是什么和小说应该是什么。笔者不想在此探究这个问题，只是想借此说明当时对于形式的追求是何等热烈。人们把对这个问题的探究也纳入了“更新观念”的范畴。

这一时期，作家们除了继续采用现实主义的创作方法外，还广泛借鉴西方现代派的表现手法和结构形式来塑造艺术形象。首先，“意识流”手法已经成为作家们使用的“常规武器”。王蒙是使用“意识流”手法较早的作家，他的《春之声》、《杂色》和《蝴蝶》都使用了这种手法。到了20世纪80年代中期，使用“意识流”手法的作家已经很多，而且使用得较为纯熟，能把这种手法融合到一些传统的表现手法中去，阅读起来就不感到那么晦涩了。用这种手法创作的作品着重于人物内心世界的审美化，也就是以作家塑造人物的内在意识为展开情节的线索，随着意识的流动，再现一个人的内心生活，其重心放在人物内心世界的探索，展示人物的内心图景上。许多作家还采用象征、隐喻、魔幻、变形、荒诞等手法来塑造艺术形象。采用象征手法的如冯骥才的《神鞭》。这部中篇小说描写清末天津的一条汉子傻二，他头上那条油黑粗壮的辫子力负千斤，神出鬼没，威力无穷，教训过市井无赖，打败过武林高手又震慑了东洋武士，然而这条“所向无敌”的辫子在八国联军的真枪实弹面前却被烧焦了。傻二终于悟透了头上这条祖宗留下来的“国宝”并不可信，他跟随时代前进，在辛亥革命中他成了一名神枪手出现在国民革命军中。采用魔幻手法的如张贤亮的《男人的一半是女人》的议论部分，让马克思、宋江与小说主人公章永璘对话。采用荒诞手法的如谌容的《减去十岁》、宗璞的《我是谁》。《我是谁》叙述女生物学家韦弥在“文化大革命”动乱年代惨遭迫害，精神崩溃，觉得自己变成了一条大虫，她经受不住这种非人的残害而投湖自尽。何立伟的《白色鸟》则用隐喻的手法，表现了一种意念。老外婆要遭斗争了，她害怕残酷的斗争会污染和伤害孩子的心灵，就给小外孙找了个小伙伴，让他们到远远的地方去玩，不到天黑不要回来。小说着重描写两个孩子在大自然的怀抱中嬉戏，没有受到污染的天真无邪的一白一黑的俩孩子与美丽的大自然交织成一幅恬美和谐的图画，抒发了作者的人生理想和社会理想。

在结构方面，好多作家突破了线性结构的形式（即以一个故事为主线的形式）而采用了网状展开结构、放射性结构或时空交错结构的形式。这些结构形式的好处在于能够广阔的展开社会生活。女作家王安忆的《小鲍庄》写了五个以上的家庭，各个家庭的人物故事相互交织，展示了他们的生存状态和生活状态，每个家庭中人物的生活和命运又牵连到许许多多普通农民的生活。当时，崭露头角的女大学生作家刘索拉的《你别无选择》，可以说是以一种混乱的结构为结构，散乱无章的情节，一大堆联系松散的人物，错杂的互不衔接的叙述，恰恰制造出一种躁动不安的氛围以及躁动不安的心态。这的确是当今大学生的生活写照。时空交错的形式，既是结构也是叙述方法，这种方法或将不同地点发生的事件平面展开，或将历史与现实沟通。这种方法既能展示较为广阔的生活，也加快了小说叙述的节奏，同时又增强了故事的戏剧性和穿透性，符合现在一些读者的心理特征。这两年间，小说的叙述体式也发生了很大变化，许多作家都不再重视场面的精心刻画以及事件流程的圆满叙述，而常常采用一种融入艺术氛围和饱含情感的概括叙述。叙述故事刻画人物往往追本溯源，却又很快过渡到现在，场面的描写也嵌入历史的流程之中，重在抓住其特点，并不在意交代得一清二楚。这种叙述体式使小说节奏加快，思想深化，文字的韵味加强而耐人咀嚼了。

到了 1987 年、1988 年，小说创作进入了一个相对平实的低谷。大概是作家们在竞相标新立异之后坐下来沉思了。这两年作家们没有再提什么新的口号，也没有在形式上再玩什么新花样，而是更深地扎入生活中去了。改革开放时期人们的物质生活和精神生活的巨大变化，人们的心态变化，价值观念、审美观念的变化都在这两年的小说中得到了更为广泛和深刻的反映。

这个时期的创作，我们要特别提到“改革文学”的变化。作家们很少再去描写乔光朴式的改革英雄和李向南式的清官，而是着力于刻画普通人的生活和命运，烦恼与欢乐，刻画商品经济发展中的人情世态。女作家池莉的《烦恼人生》是这一时期很有代表性的作品。这部中篇小说以生活流的形式描绘了工人印家厚的一天。这个普普通通的工人肩负着工作和家庭的重担不停地奔波，他生活得很累，然而他心地厚道，热爱工作，热爱生活，再苦再累也没有失去对生活的希望。女作家方方的《风景》描写城市底层的工人生活，逼真地表现了他们的生存状态以及他们的奋斗和追求。一种并不光明磊落但却讲实惠的价值观念正在当代人的头脑里发挥作用，尽管可以批判它，但却难以改变它。1989年9月才发表在《小说选刊》上的《明天的太阳》（作者田中禾）生动地表现了急剧变化的令人炫目的社会生活，墨守成规的人已经很难适应这种生活，随波逐流的人也有许多痛苦，主动地不顾一切地去投入生活的人却又是那么的不安分，甚至不道德，总之生活充满了矛盾，作者并未提出解决矛盾的办法，只把矛盾摆出来，让读者去判断，去思考。

这个时期的小说还有一个重要的主题就是：呼唤人性，呼唤健康感情，强化生命意识，批判传统文化，崇尚血肉本能的健全发展。这个问题的是非曲直很难简单界定，有待专文讨论，笔者在此不作评述。

此外在这个时期的小说中还出现了一种新的人物形象，颇有点像19世纪俄罗斯文学中的“多余人”和美国的“嬉皮士”，他们好像看透了一切，“对传统价值不屑一顾，又不想费力去重建自己的价值；他们冷漠、调侃、玩世不恭，在玩世的外表下未必没有真实的痛苦，但他们决不流露这种痛苦；他们成熟而世故，不会轻易上当。”[①] 这一形象无疑是来源于现实生活的，至于怎样评价他们也有待讨论。

二、可观的超越

20世纪80年代小说创作的成就是十分突出的。它首先表现为内容的丰富性和深刻性，80年代小说多方面、多层次、多角度地反映了广阔的社会生活，表现了深刻的现实主义精神；其次，这一时期的小说很重视揭示人的心灵世界的丰富性和复杂性；再次，在80年代小说创作中，不同的创作方法，不同的风格流派，确实呈现百花齐放的局面。从文学发展的总体估计上看，我以为是超越了新中国成立十七年的小说创作的。在这里我无意低估新中国成立十七年小说创作的成就，更无意用80年代的优秀作品去取代新中国成立十七年的优秀作品。文学的发展与自

① 雷达：《动荡的低谷》，《小说选刊》，1989年第2期。

然科学的发展不同，自然科学的发展，可以用汽车取代牛车，而文学的发展，却不能用后代的优秀作品去取代前代的优秀作品，各个时代的优秀作品都有它独立存在的价值。我的意思只是说，从总体格局上看，80 年代的小说创作在新中国成立十七年小说创作的基础上发展了超越了，并取得了可观的成就。下面，我想就 80 年代小说的几个显著特点来说明这种看法：

第一，80 年代小说多方面、多层次、多角度地反映了广阔的社会生活，表现出深刻的现实主义精神。

80 年代小说是新中国成立以来最敢于正视我们民族的艰难曲折、悲喜交织的生活历程的文学，特别是敢于正视共和国成立以后党领导人民走过的这一段艰苦曲折又困难重重的道路的文学，表现了我们国家的艰苦卓绝，表现了人民群众百折不挠的斗争生活，表现了人民群众苦痛而又充满希望的思想感情。

深刻的现实主义精神首先表现于题材的广阔性与丰富性。80 年代小说以当代题材为主，当代社会的各个角落，从国家的重大政治活动、政治斗争、军事斗争、经济改革、文化生活到家务事儿女情，以至于市井小民的生活习俗身边琐事都得到了反映；从地域来看，既反映了喧闹纷繁的都市生活，也反映了宁静、变幻的草原、雪山、丛林生活，生动地再现了各方面的社会现实。深刻的现实主义精神同时又表现为思想的深刻性。从伤痕文学、反思文学、寻根文学到改革文学，作家们总是在深入探究生活的思想本质、历史的规律和生活的底蕴。大多数的作家都具有一种强烈的使命感，他们都自觉或不自觉地继承鲁迅先生的精神："意在揭出病痛，引起疗救的注意"，因此在作品中表现了强烈的主观意识。生活真实和艺术真实得到了很好的结合。深刻的现实主义精神还表现在对人物灵魂的深入探究上。80 年代的小说越来越注重表现人的心灵，但不是孤立地表现，而是把它放在特定的社会环境中去表现，因此，对于环境氛围的描绘也就越来越细微了。作家们力图表现出在特定的典型环境中人的极其细微的精神、心理、意识的变化。

在前述的“发展脉络”中对这个问题已经作了较多的阐述。引述了好些例子，故此处不再赘述。

第二，重新确立了“文学是人学”的这一重要命题。

马克思主义关于人的学说，强调人在社会中的主体地位和人的自我存在价值；人是一切社会关系的总和。文学是以反映社会生活为基本职能的一种意识形态，因此，文学的主体应当是人。“文学是人学”是符合文学发展规律的一个命题。在文学创作中，强调人的主体地位，强调塑造人物性格和艺术典型的重要意义，这是对文学规律的一种尊重。在我国现代文学史上，许多杰出的作家艺术家，同外国文学史上许多伟大作家一样，在“文学是人学”这个命题下，取得了突出的成果，我们可以举出许多生动的例子来加以说明。80 年代小说在人物性格的描写和艺术典型的塑造上所取得的成就就在于在真正的意义上恢复了“文学是人学”的本来面目。其表现如下：

其一是艺术形象塑造上实现了“人”的复归。首先“是从‘神’到‘人’的复归”[①]。在“十年动乱”以至“文化大革命”前的一些文学作品中，可以说是存在着描神画鬼的倾向。塑造英雄人物和领袖人物的形象，有许多时候把他们拔高或者神化，成了某种政治概念的化身，他们是高大完美纯而又纯所向无敌的。而 80 年代小说中塑造了一系列无产阶级革命家的形象，在这些作品中既把这些领袖人物作为人民领袖、革命家来描写，展示出他们的精神风采，又展示出他们丰富的性格内涵。权延赤的写实小说《巨人的魅力》就是这样来塑造毛泽东同志的形象的。写英雄人物也把他们写成产生于人民群众中，具有普通人的七情六欲，和普通人的感情息息相通的人。像小说《将军吟》和《两代风流》中的彭其、陈镜泉、李辰这些具有盖世功名的高级将领，也有普通人的苦痛与困扰；像乔光朴、李向南这样的改革家也有普通人复杂的思想感情和儿女情事；像靳开来这样为国捐躯的英雄也有突出的缺点和错误；

① 缪俊杰：《人物性格塑造的突破与超越》，《文学评论》，1986年第 6 期。

像赵蒙生这样在战火的洗礼中成为英雄的人物，也有过不光彩的想当逃兵的历史。这些人物形象可以说是实现了从“神”到“人”的复归。另一种是“把‘鬼’还原成‘人’”[①]。历次政治运动中阶级斗争扩大化的错误做法把本来堂堂正正的人打成了牛鬼蛇神。80 年代小说在人物性格描写和典型塑造上拨正了这种错误做法，实现了从“鬼”到“人”的复归。如《天云山传奇》中的罗群、《犯人李铜钟的故事》中的李铜钟，作者在新意识的观照下把他们塑造成具有远大目光，忠于党的革命事业的高尚的人，还原了他们的本来面目。还有那些失落了人的价值，被世俗的眼光看成“鬼”的人，也把他们还原为人，如《乡场上》的冯幺爸。也还有那些可以把他们看成“鬼”的反面人物，也没有简单地脸谱化地把他们涂成“鬼”相，而是把他们写成活生生的有血有肉的人。像《乔厂长上任记》中的冀中，《芙蓉镇》里的李国香、王秋赦，《故土》中的安适之，以及在多部影视片中出现的蒋介石，作者都把他写成了活生生的富有性格特点的人物。正因为如此，这些人物更显得真实可信，他们那丑恶的灵魂也就揭露得更为深刻。以上这几种情况，从艺术的视角来说，都可以说成是把“鬼”还原成人。

其二，20 世纪 80 年代小说在塑造人物性格时，“特别注意人物性格的‘整体性’和‘丰富性’。”[②] 小说要创造出有较高审美价值的人物性格和艺术典型，就不能停留在性格描写的低层次上，即满足于表现人物表层的单一的性格特征，而是要求向更深的层次发展，把笔触伸向人物的内心世界，开掘出人物性格结构中的矛盾内容和复杂心态，表现出人物性格的复杂性、矛盾性和丰富性，使人物的内心世界达到审美化的程度。

在这方面较早突破的有代表性的人物形象的是方之的小说《内奸》中的田玉堂和陆文夫的小说《美食家》中的朱治冶：贪财逐利的商人田

① 缪俊杰：《人物性格塑造的突破与超越》，《文学评论》，1986年第 6 期。

② 缪俊杰：《人物性格塑造的突破与超越》，《文学评论》，1986年第 6 期。

玉堂有爱国的一面，好吃成性的寄生虫朱治治也有有用的一面。

在此后的作品中，作家们沿着这条路走了下来，塑造了众多的性格丰富复杂的人物形象。铁凝的《麦秸垛》中的大芝娘，这个军人的妻子，这个朴实健壮的劳动妇女，在过去的作品中常常是作为高大、完美的形象来塑造的。然而铁凝笔下的大芝娘既有博大、宽厚、善良的胸怀，又有质朴得近于麻木的精神特征。在革命战争中，大芝娘慰藉着并忠实地等待着自己的丈夫，然而革命胜利后，当了干部的丈夫却无情地抛弃了她，她并没有什么太大的不平，只是在办了离婚手续后，又追到城里去找丈夫，要求再同一次房生一个孩子，果然生下了女儿大芝，她也就感到生命"圆满"，从此就带着大芝生活。在"三年困难时期"，离异的丈夫带着重婚的妻子来到她这里吃得她坛坛罐罐都见了底，她也毫无怨言。在"文化大革命"中大芝死了，她还善待过四川逃荒来的小池媳妇和痛苦绝望的知青沈小凤。大芝娘的身世和性格确实是催人泪下的，然而在大芝娘复杂的性格中，我们却看到了真实，看到了民族性的底蕴。

在塑造英雄人物时，作家们也同样着意刻画他们精神面貌的多个侧面。如莫言的《红高粱》中的人物余占鳌，单是他的身份就很复杂，他既是狂荡的轿夫头，是闯荡江湖的杂牌军土匪司令，又是名满天下的抗日英雄。在他的身上既有英雄的胆气、豪气，又有流氓无产者的粗鲁与浅薄。然而却令读者感到他的真实和统一，既令人震惊于民族的伟力，也叹服于"时势造英雄"的真理。

其三是人物性格描写的心态化，人物性格的哲理化。当代小说家们把笔触伸向人物的心灵深处，试图挖掘出人物心灵的深层结构。同时很多作家深受弗洛伊德的精神分析学的影响，在人物描写中注重写潜意识和下意识，力图刻画出心理活动的丰富性和复杂性。1986 年以来还出现了一股写性意识的潮流。这样一来在一般小说中心理描写的成分增加了，甚至出现了非情节小说，专写一个人的意识活动。女作家王安忆写的《荒山之恋》和《小城之恋》都很注重描写人的潜意识，写人们正常情感得不到正常发展被压抑下来，形成了一种潜意识隐藏在心灵深处，这种潜意识埋藏得愈久，当它找到突破口时便爆发得愈加猛烈。作品中描写的他和她正是由于这种潜意识的爆发导致了烈火般的情爱和悲剧的结局。张贤亮的《绿化树》也是很注重写人的心理和意识的。《绿化树》写人在可怕的饥饿中顽强的求生欲望，写在极不谐调的爱情中璀璨的生命火花的迸射。这些小说都是把笔探进了人们最隐秘的心灵世界，开掘出过去许多作家还没有开掘过的领域，达到了相当的深度。

由于经过“十年浩劫”，由于我们的社会生活中现在仍然存在着许许多多的不正常现象，由于作家对社会对人生仍然在进行着沉痛的反思，对人的精神和意识进行着深入的开掘，所以小说的主题和人物性格就不是那样直露和浅薄，不是那种纯功利主义的，而常常表现得深沉和富于哲理。在这个时候，西方现代派的一些哲学观点和表现手法为作家们所吸收和借鉴，因此小说的主题和人物性格哲理化的倾向也就越来越被注重。王蒙的小说《蝴蝶》的主题和人物性格受“庄周梦蝶”的启发，小说写老干部张承先的几起几落：八路军干部——市委书记——“文化大革命”中的活靶子——囚犯——普通群众张老头——副部长，对人生和社会充满了慨叹。而《活动变人形》则受启发于奥地利作家卡夫卡的《变形记》。

第三，在作品中注入现代意识。

20 世纪 80 年代小说的又一大特点是在作品中灌注着现代意识，或者说用现代意识来观照生活和艺术。什么是现代意识？人们有许多不同的解释，有的人把它归纳为忧患意识、危机意识、超越意识、批判意识、创新意识，我以为这也不能全部概括现代意识的内涵。我想，是不是可以这样理解：现代意识是顺乎社会的正常发展和人的健康发展的意识。在现代意识的烛照下，作家们对许多人物、事件和现象的认识和评价就有别于传统的认识和评价了。比如人们对《人生》中的高加林想方设法要离开农村，到城市去施展自己的才干，实现自己的抱负给予了肯定的评价，认为他是要去实现自我的价值，是有益于社会的。对高加林抛弃了对他无限深情的巧珍而别恋黄亚萍，也不再把他写作“陈世美”，而是把爱情与事业联系起来，作出了一种原谅的解释。在这些基本点上作者和好多评论者、读者取得了一致。在对社会的反思中，作家们对很多社会问题进行了深入的探讨和思索，如人的价值观、伦理道德观、爱情婚姻观、社会观等。人们对婚外恋、“第三者”等已不再简单地给予否定和批判了。吴若增的长篇小说《离异》，充满了思辨，全篇议论甚多，但并不枯燥，而且很吸引人。作者知识丰富见解透辟。比如作品中的人物小姜在谈到人的生活、感情与社会的关系时说：“人的生活要合乎自然，社会的形态也要合乎自然，这样人才能发展，社会才能发展。”又说：“现代社会当该是一个高感情的社会。所谓高感情就是应当允许人们把自己多样化与多层次的情感表现出来发泄出来。”“情感生活是否健康，是现代人赋予健康一词的真正内涵；反过来说，对于现代人的所谓健康，主要的不是指身体而是指情感。”而“中国的传统的道德观念的核心是儒教，儒教主张‘克己’，也就是克制自己的感情，实际上这是违反自然的”，违反自然必然扭曲自己的感情。这一段议论可以看做小说的主题。小说的主人公李勃与妻子生活多年以后，发现双方的感情越来越不协调，越来越淡薄，他希望和妻子好聚好散，各自去寻找感情的归宿，而妻子把婚姻关系看得高于一切，虽然感情十分痛苦也坚决拒绝离婚，同时，李勃遭到了社会舆论的谴责。在他们分居的过程中，李勃结识了年轻诗人金岛，金岛追求感情的自由，却不珍视感情，以致随便释放自己的感情。她和李勃热恋，如火如荼，当李勃千方百计实现了离婚，要和她结合时，她却已经移情别恋了。李勃在痛苦绝望之中自杀了。李勃的悲剧不能说没有社会意义，它正好说明了一种新的感情观念还没有被大多数人所接受时而必然产生的矛盾与悲剧。对于李勃这个人物，现在还没有被大多数读者所肯定和接受，这正好说明了传统观念的浓厚，同时也正好说明了李勃这一形象的塑造是有社会意义的。

三、冷静的反思

20 世纪 80 年代小说创作的成就是突出的，它的主流应该给予充分的肯定。但是由于受资产阶级自由化思潮的影响，也出现了一些偏差和错误，出了一些坏作品，有的作品甚至严重背离社会主义文学的方向、道路。为了社会主义文学的健康发展，为了 20 世纪 90 年代小说创作的健康发展，对一些错误倾向应该进行冷静的反思。其错误倾向大概表现在以下三个方面：

第一，在强调表现人性时，出现了一些带有庸俗化倾向的作品。在 1986 年以后的一些创作中，描写性意识的作品大量出现，对这些作品当然不能一概否定，但是其中有一些作品为了取悦于某些趣味低下的读者，追求感官刺激，为写性意识而写性意识，甚至成了性展览，一些青年文学爱好者也竞相模仿，在读者中造成了极不好的影响。与此同时，表现“人性恶”的作品也出现了。表面看来作者似乎是客观地描写人性的复杂性，其实某些作者是带着一定程度的欣赏来写人性恶。这些作者忘记了社会主义文学应该担负的社会教育作用，背离了社会主义文学的“二为”方向。

第二，一些作者无分析地接受西方现代派文学的影响，不考虑本国人民的欣赏习惯和审美要求，不是把西方的东西融化在自己的血液中，而是机械地模仿，全盘照搬，用这样的方法写出来的作品，自己认为很高级，但读者却寥寥无几。近三年来“雅文学”失去了大部分市场，于是粗制滥造的“通俗文学”到处泛滥，其内容庸俗低级，在青少年中造成了极其恶劣的影响。许多作家见此情况也赶快掉过头去搞通俗文学，即使这样，也还没有见到“通俗文学”的上品之作。雅俗共赏的作品还有待于作家们去努力创造。

第三，一些作家追求形式美追求自我表现走到了极端，他们无视人民群众的生活和命运，痛苦和欢乐，一心钻进象牙之塔去创造自己的艺术精品，其结果证明，他们的艺术精品并未创造出来。社会生活是文学艺术的唯一源泉，社会主义文学必须与人民群众同呼吸共命运，只有深入生活，把自己的创作和人民群众的忧戚与欢乐结合起来，才有可能创造出真正的艺术精品。

四、展望90年代

文学创作向多元发展，已成为作家们的共同呼声，前十年所谓多元，就是指在坚持四项基本原则的前提下各种文学流派、各种题材和各种表现形式的文学都能得到发展，这是真正的百花齐放的局面。随着国家政治经济形势的健康发展，随着改革开放的深入，百花齐放的局面必将到来，小说创作也将出现奇葩争艳的状况。虽然在发展的过程中会有起伏，但这将是总的趋势。

在各种创作方法和表现手法争妍斗艳的情况下，现实主义仍然是主潮。从中外文学中来看，现实主义始终是文学发展的主潮，当代文学也是这样。国家的命运、人民的命运以及自身的命运，仍然是广大作家和广大读者关切的主要问题，“为人生”的文学过去曾经激动过千百万读者，今后也仍将感动和激励广大的作者和读者，虽然其他的文学也会受到广大读者的喜爱。

随着广大人民群众物质文化生活水平的提高和精神需求的发展，小说创作在题材、风格、表现手法等方面逐步形成了多层次，今后将会形成更为丰富的层次。前十年俗文学和雅文学有分道扬镳的形势，但实践证明，雅文学过于高深反而会失去大量读者，而俗文学过于浅俗不但不能发挥文学的社会作用，而且也只能暂时取悦于一部分文化层次低的读者。所以，今后将会出现雅文学和俗文学相结合的趋势。事实上中国古代的四大名著就是雅俗共赏的，它们有着旺盛的生命力和广大的读者群。雅文学和俗文学的结合，也意味着作品的艺术性和可读性相结合将显得越来越重要。

在继承传统与借鉴西方的关系上，文学创作的潮流仍将循着在继承的基础上创新，在继承中借鉴的方向发展。中国现代文学、当代文学发展的历史证明了这一点，这是一条正路。中国文学值得继承的传统是深厚的，既有古代文学的传统，又有现代文学和当代文学的传统。当然要在批判继承的基础上有所创造，有所借鉴，文学才能更新，才能发展，才会丰富；不创新，不借鉴，必然会停止前进，但是“全盘西化”是行不通的。今后，左右中国文学发展形势的仍然是广大面向社会、面向人民、面向生活的作家和广大读者。中国的文士还没有到“关门养气”的时候，他们将走向社会，走向人民群众中去，“全盘西化”的调子只能在“沙龙”里唱唱，拿到社会上就行不通了。小说创作的发展也必然要在继承中革新和借鉴，才会获得蓬勃的生命力并赢得广大的读者。

后　记

在昭通师专学校领导的关心支持下，在学校科研处的具体安排下，我的这本文学评论集《走进昭通文学——昭通文学创作研究》终于能够出版了。我感到很欣慰，昭通终于有了一本较为全面地评介昭通文学现象和昭通作家群的专著。

昭通文学现象和昭通作家群的出现，不仅在云南省引起了较为强烈的反响，而且在国内也引起了关注。国内各级报刊上发表的评论文章不少，但是迄今为止，尚无一本全面地评价和介绍昭通文学现象和昭通作家群的专著。昭通的文学评论本来就是和昭通的文学创作共同存在的，但在昭通的文学作品大量发表和出版的时候，如果昭通没有一本文学评论集出版，不能不说是一件遗憾的事。

我是昭通文学界中的一分子，二十多年来一直参与昭通的文学活动，关注着昭通文学的成长和发展变化，并为昭通的多位作家、诗人写过文学评论。也许因为我任教的课程是文艺理论和美学的缘故，掌握了一定的理论武器，所以我的文学评论尚能为文学界以内和以外的众多读者所接受。我的文学评论得以在省内各种报刊上发表，较为一致的反映是“中肯”，既不虚夸与矫饰，又不高高在上地贬损与指责。因此我由开头的“友情演出”逐渐变成“专业”评论。在对各作家作品进行评论的基础上，我又对昭通作家的创作思想和创作风格进行了总体观察和分析，写成了两篇较长的带有概括和总结性的论文，分别发表于《云南文艺评论》和《昭通师专学报》。因而使这个文学评论集既有总体论，又有各别论；既有作家作品的评论与赏析，又有创作理论探讨，能够形成一个相对完整的结构。

这个集子的出版，我想应该具有以下几个方面的价值：一是可供对昭通文学感兴趣的读者了解和鉴赏昭通文学作品；二是可供研究昭通文学现象的研究者参考；三是可作为一家之言反馈给昭通的作家、诗人，引起他们的思考，以进一步提高创作水平。如果从更宽的文化层面上来讲，集子的出版将有助于昭通文化的建设和发展，有助于昭通的社会主义精神文明建设。昭通师专，作为昭通的最高学府，对昭通的经济文化发展直接或间接地起着举足轻重的作用。由昭通师专来出版这本书，既可显示昭通师专对当地文学现象和文化发展的关注，又可促进校园文化的健康发展，培养和提高学生健康的审美情趣和审美素质。

这个集子的评论涉及昭通三十来位作家的作品（并不都有专论），应该说已经包含了现仍工作和生活在昭通的主要的作家、诗人，但仍不能囊括所有的昭通作家、诗人。从概念上说，人们一般把昭通作家分为两大部分：一部分是已经离开昭通在外地工作和生活的昭通籍作家，另一部分则是仍然工作和生活在昭通的昭通作家。本书较大的缺陷就在于：由于本人视野的限制，未能对离开昭通的昭通籍作家的作品作出评论。这只能留待今后有机会进行弥补。

在这个集子即将出版之际，我衷心感谢昭通师专的领导和科研处的同志对我的关心支持，感谢昭通文学界的朋友们长期以来对我的关心与支持，感谢《云南文艺评论》多年来对我的关爱与支持，特别感谢昭通市文联副主席、昭通作家协会主席蒋仲文先生在认真阅读了我的书稿以后为本书写下了深刻的序言。这可作为阅读本书的一把钥匙。

刘廉昌

2007 年 6 月 28 日于昭通师专南校区